方悄悄 著

酒神的
玫瑰

Rose *of* Dionysus

上海文艺出版社
Shanghai Literature & Art Publishing House

我则用葡萄的新枝将它覆盖。
——狄奥尼索斯
（希腊酒神，宙斯与忒拜公主塞墨勒之子）

上部

0. 一个中国男人 001　1. 一个中国女人 017　2. 另一个中国男人（这个人没有什么用）027　3. 王扶桑的营生 036　4. 王扶桑的"条件" 054

5. 另一个中国女孩（与王扶桑很不一样）065　6. 王扶桑的团伙 081

7. 罗小川的心事 097　8. 一个航海的传说 117

下部

9. 王扶桑的武器 [125]　10. 调查记者的工作 [139]　11. 王乐乐的问题 [149]

12. 夜场里的女王 [164]　13. 妹妹的身份 [178]　14. 糖姐 [190]　15. 她和她的历史 [204]　16. 酒神 [215]　17. 女人们的秘密 [232]　18. 天赋 [243]　19. 天赋-B面 [253]

20. 葡萄的新枝 [261]

没有一个家庭比我们家更应该敬重酒、感谢酒了。

是祖宗传下的酿酒技术,让我们在这个距离家国遥远的国度有了自己的安身之地。丰足的食物,数以公顷的葡萄园,虽非豪富但足够家族繁衍生息的产业。

然而我们也应牢记祖宗的教诲:不可过度饮酒。

我的儿子和长孙将继承我的酒庄,但你们须谨记:保持它原有的位置和规模,不得搬迁,也不得扩大。酒可以令人忘记俗世的苦痛,也可令人陷入迷狂,因此绝不可因贪婪而任意增产,亦不可为获利而诱使他人饮酒。

最后也是最重要的,你们尽管思念故土,但绝不可回去,也绝不可与任何中国人进行酒的生意。

以上是智利百子莲酒庄创始人庄志涛先生的遗嘱。

0

一个中国男人

开在圣地亚哥的市中心，La Piojera 酒馆一入夜总是顾客盈门。

二十年来都是如此。

尤其是近来，生意更加好得多，因为不知道哪一个多事的将这间酒馆写上了中国的旅行指南，据说还分享上了一个叫"知乎"的网站，于是中国的留学生、游客、商人，一批批涌进这酒馆，并且不点别的，上来就是要一杯 Terremoto，地震酒。

老酒保何塞以前还有些犯嘀咕，这么烈的酒，一个个挺清秀的姑娘跟喝奶昔似的咕嘟咕嘟喝完，万一出事还了得？不过他很快就了解了，其实这些东方游客们来到这里，追求的就是这感觉，狂野而甜美，神秘又奔放，奔放中还带着一丝危险，但同时又要不那么危险——毕竟在整个南美大陆，智利的治安状况还是首屈一指的。

Rose of Dionysus

智利，这个词原本的意思，是世界的尽头。

听上去有种放逐般的荒凉，但其实，它是整个南美最为富饶的国家。

原因很简单。

因为纬度。

智利大部分的国土，落在南纬三十至五十度之间，与欧洲相仿，正适宜人类居住。

同样适合在这个纬度生存的，还有葡萄。

曾经，一场根瘤蚜病的浩劫，几乎摧毁了整个欧洲的葡萄酒产业，许多珍贵古老的葡萄品种纷纷宣告灭绝。人们一度以为它们真的全都灭绝了，直到有人想起，西班牙殖民者的航海路径曾远至南美，而他们也将葡萄带到了这里。

许多笃信传统的酿酒者于是涌向了这片土地，他们很快便发现，智利，只有在智利，因为得天独厚的地理和农业条件，生长着大片赤霞珠和派司葡萄，这两种葡萄都是由浩劫前的欧洲葡萄品种演变而来，仍然带有葡萄酒爱好者们倾心膜拜的古老风味。

很快，由这两种葡萄酿造的葡萄酒便被输送回欧洲，智利的酒庄主们声称，他们的酿造既存有欧洲传统，又富于南美风情，是新世界带给欧洲大陆最好的礼物。

然而，一种产品要真正建立起它的名声，除了实力，更需要的是——一种加冕。

长期以来，智利的葡萄酒总是被欧洲的同行们称为"廉价货"，只配装在纸袋里，在超市开架售卖。

直到——那个酒庄的出现。

百子莲酒庄。

酒庄的创始人声称，在他家后院的葡萄园里，发现了浩劫前最娇贵的波尔多葡萄品种——佳美娜葡萄的原株。

苦心栽培，终成气候。用这种珍贵的葡萄酿成的酒，终于获得了《葡萄酒杂志》的首肯，并被葡萄酒之神罗伯特·帕克打了 95 分的高分！

以此为契机，智利的葡萄酒终于进入了中高档市场，在英国和日本开始大受欢迎。

比这更重要的是，百子莲酒庄还无私地分享了佳美娜葡萄的植株，时至今日，这种葡萄已经成为智利第三大品种，给所有的从业者带来了可观的收益。

是的，人们本应该感谢这个酒庄的主人。

他们也的确是这样想的。

但是在这份感谢里，却总掺杂着某种复杂的思绪。

为什么，百子莲酒庄生产最好的智利葡萄酒，建立它的却不是智利人？

是一个中国人……

一个中国人，从远洋货轮上下来，除了他的妻子，和他们身上穿的衣服之外，一无所有，没有人认识他们，也没有人在意他们，没有人知道，他们是从什么时候开始，先是盘下了一家小酒馆，售卖掺着烈酒的葡萄汁，后来是一个蒸馏坊，再后来便是一个酒庄……

为什么是中国人？

中国人，一个惯食稻米的民族，居然懂得酿造最好的葡萄酒？

这个中国人，他为什么要来到这个世界尽头的国家，这个最远离他们故土的地方，做这样充满风险的营生？

当然最大的问题是，为什么，当其他的酒庄已经种植出了品质完全不逊于百子莲的佳美娜葡萄，却仍然无法酿出像百子莲一样果味浓郁、散发着奇诡芳香的葡萄酒？

是巫术，有人说。是中国人从遥远的东方带来的巫术。不然的话，为什么那些高价从欧洲聘请过来的酿酒师傅，从美国明尼苏达州或是从法国采购的优质橡木桶，所有这一切都无法跟一个中国人简陋的发酵坊匹敌？

有人说，曾看见那个人在自己的屋里设了祭坛，将自己的血液、头发和指甲投入火中，向魔鬼乞求葡萄酒的滋味。

这个谣言很快被官方否认，但永不会消散。

即使在百子莲酒庄的创始人庄志涛对所有同行开放了自己的酒庄，将全部作业向公众一览无余之后，那个谣言仍然存在。

它不仅继续存在，还在暗中被添枝加叶，增加了许多匪夷所思的细节。谣言根植得如此之深，乃至于它几乎变成了圣地亚哥的一个传说：有些父母在吓唬孩子的时候，会说"当心中国人的魔鬼把你抓去酿酒"。确切有多少人这么说，当然不可能一一去统计，但是后来，当庄志涛的孙子们在当地上了小学，他们为了这个谣言，可吃了不少苦头。

"你们会被献给魔鬼酿酒！"

那几个守规矩的孩子——也就是说，那几个由庄志涛的独子庄承志与当地另一位酒庄主的女儿联姻、诞下的混血孩子——当他们面对这样的挑衅时，总是按照妈妈的叮嘱，坐得笔直，紧闭着嘴巴，甚至把眼光更专注地盯着眼前的书本。

但那个孩子不一样。

那个孩子——那个私生子，父亲的妻子拒绝让他进门，还是祖母给他取了名字，叫做庄恨水。

据说，这是一个非常中国、带有古中国哀戚意味的名字。

这个孩子，也长着一双跟祖父一模一样的、黑色的中国人的眼睛。

尽管那时候他的身材远远比嘲笑他的孩子们矮小，他也总是跳得高高的，挥出拳头。然后被揍得鼻青脸肿。

回到家里，又会被父亲惩罚站在屋外，如果不认错，就连晚饭也不给吃。

不过，在老酒保何塞的记忆里，这样的时候倒也不多。

因为，很奇怪，尽管在家里的地位那样尴尬，那样受到养母和兄弟的排挤，父亲出于愧疚甚至对他更加严厉……但庄恨水并不是一个特别倔强的孩子。

"我错了""请原谅"这样的词，好像对他来说很容易说出口。

有人说，那是因为他妈妈。他妈妈据说是一个在酒吧里卖唱的东南亚歌女，一个薄有姿色又无依无靠的女人，面对不那么友好的世界，只好赔尽笑脸。

在把孩子送到庄家来以后，就没有人再在圣地亚哥看见过她的身影。

整个大家庭里，庇护这个孩子的人，只有他的祖父祖母。人们私下里议论，因为中国人并不在意什么婚姻的神圣、家族的荣誉，他们在意的只是所谓的"血脉"，这正是他们愚昧的表现。

不过说到这个孩子,他们也只好耸耸肩。

正像 La Piojera 的一位熟客、庄家的老园丁蒂亚戈评价的那样:"如果他是智利人的话就好了!"

说实在的,没人能不喜欢庄。哪怕是挥出拳头的时刻,他也总是笑嘻嘻的。后来人们才渐渐意识到,他动拳头倒不是因为喜爱暴力,而是因为他比那几个木讷的兄弟更早明白,跟智利人打交道,与其装作严肃、不为所动,倒不如干脆打上一架。随着他一天天长大,他身上那种乐天知命、随喜就市的性格就一天天更加明显。他长得不像父亲,倒更像祖父:父亲的面容里带着一丝南半球的优柔和阴郁,而庄呢,两根长直的眉毛直插入鬓,还有一双狭长的、亮闪闪的、东方人的眼睛。他的皮肤不白,但不像一些东南亚人(如果他母亲的身份属实)一样显出含混的黑黄色,而是一种健康又纯净的棕色。他的牙齿整齐洁白,笑起来特别灿烂。

公平地说,就算是一个土生土长的智利小伙,也不太可能笑得比他更好看啦。

更讨人喜欢的是,这小子还会酿酒。他就是靠着这一手绝活,到头来,反而跟那几个欺负他的混小子称兄道弟起来。

当然,他酿的,不是像他祖父酿的那样正经的、封装在橡木桶里的葡萄酒,而是当地人都爱喝的皮斯科酒——将新鲜的葡萄去皮去籽,榨出汁来,发酵蒸馏,最后放在一种圆锥形的泥制容器中继续发酵。

这种酒也可以制作成各种鸡尾酒,而这正是庄恨水的拿手好戏。

这里插一句,那个什么狗屁的世界知识产权组织,居然将皮斯科酒的国籍认定为秘鲁,这天下到底还有没有"公正"两个字可言?

没有智利的葡萄,没有安第斯山脉的冰帽融水灌溉的土壤,怎么可能酿出真正可口的皮斯科酒?

老酒保何塞只要想到2007年他听到这噩耗的那天,还是忍不住会骂一句脏话。

但就是那天,庄恨水来到酒馆,在自酿的皮斯科酒里加进安格斯特拉苦精,调制了一款名为"悲伤"的鸡尾酒,请来到酒馆的每个人喝了一杯。

"为老何塞的悲伤干了这杯!"

这样一来,又有谁还好意思继续悲伤呢?

老何塞擦着酒杯,回想起当天那幕,心里不由得百味杂陈。

他为庄恨水感到担忧。

平心而论,这一次庄遇到的"悲伤",可是比皮斯科酒的国籍归属地,还要严重得多了。

这一天,还没完全入夜,La Piojera 酒馆里已经挤满了人。

因为百子莲酒庄的继承人庄恨水,为了庆祝自己从大牢里放出来,要请所有路过的人喝上一杯。

游客们,尤其是女客可能很兴奋,觉得自己会在这里邂逅一位富家公子哥,但只要是本地人都清楚:这个小伙子,虽然还是那样可爱,但他已经不是什么酒庄的继承人啦!

他爷爷去世的时候,他正因为聚众酗酒(或许打破了商店的几块玻璃),被关进了风化监狱。

这么一来,虽然爷爷的遗嘱上明确指定他继承酒庄,但父亲与养母联名登报：长孙庄恨水无视祖父教诲，违反了遗嘱中"不得过度饮酒"的条例，因此宣布解除了他的继承权。

当然了，本地的警察什么时候连喝酒都要管，也是奇事一桩。

明眼人都看得出来，既然疼爱庄的祖母几年前就已经过世，如今祖父也撒手人寰，那么，他的继承权被解除，也就是迟早的事。

养母的家族，不仅拥有数家酒庄，还投资有地产、铁路，背景深厚可想而知。说实话，被她视作毕生耻辱的庄恨水居然能这么快从牢里放出来，大家都觉得，应该是他祖母的在天之灵起到了一些作用吧。

以上是善良的人们对庄的担忧。

但是，以这里人们的个性，只要嘴唇一接触到酒杯，别说对别人的担忧啦，就算是对自己灵魂的担忧，都会马上被抛到九霄云外。

"庄，你真的就这样算了？"在游客的嘈杂声中，有人突然这么问。

庄恨水震了一下。但是，他的唇角马上浮现出了一丝笑容，"算了……不然还能怎么样啊？胳膊拧不过大腿……"

"你是不是傻？"那人继续，"全圣地亚哥的人都知道，你祖父指定了你来继承酒庄，这也是你祖母的遗愿。你真的甘心就这么放弃？这笔财产可不少啊。"

"我家里的事情，为什么大家比我都清楚？"庄恨水笑嘻嘻地问。监狱里的生活让他的脸变得瘦削、苍白了一些，但反倒让他的眼睛更加明亮了。如果他祖母还在，一定会在这张脸上发现自己钟爱的黑白片电影明星的影子。说起那位老妇人——愿她安息！在智利的年月里，她常年自我禁足在庄园深处的别墅，以观看自己青春时期的电影来抚慰乡愁。她如果知道自己最宠爱的孙子马上就要踏上那片遥远的故土，不知道会是喜是忧？

"说真的，庄，你到底什么打算？"那位热心人继续热心地发问，"就算他们剥夺你的继承权，总还得给你一些补偿吧？不然你靠什么生活？"

"我还有手艺啊。"庄恨水一本正经地回答。

这回答在人群中激起了一阵欢笑。

"说真的，你这家伙，你要是早生个一百年，一定可以成为一个了不起的私酒贩子！"

"今天晚上的调酒就非常棒！这又是你的什么花样？"

"我嘛，"庄恨水说，"我在监狱里找到了一个酿酒的秘方。"

"什么秘方？"

在那一刻，大家不由自主地屏息凝神。说到秘方！没准，祖父已经将百子莲酿酒的秘密告诉了他……但是庄恨水环顾一圈，郑重其事，吐出两个字："友谊。"在众人一阵失望又调侃的喧哗中，他高举着酒杯："让我们为友谊干杯！"

"相信你才怪！"

"你该不会是在监狱里的粪池边找到什么奇怪的植物了吧！"

"你这家伙呀，除了你的养母，什么东西你都要拿去蒸馏！大家还敢喝你的酒，这真是友谊的力量！"

尽管这样嘲笑着他，但大家还是将举起的酒杯中的酒一饮而尽。

发现庄恨水突然失踪,是后来的事了。

老酒保何塞对他的最后一个印象,是他挤到了吧台前,递给自己几张大钞,并且说了一句:"祝你健康!"

但在当时,并没有人注意到庄消失了,更没有人会想到,他居然会一去不回。

大家以为不过是洗手间满了,他出去撒个尿而已。

庄恨水的确是出去撒尿的。

走出小酒馆,他才发现街上已经升起冷浸浸的晨雾。

几点了?他苦笑了一下,从口袋里掏出一只六分仪手表。

那是祖母的表。那是经历过漫长而艰苦的航海,终于双脚落在陆地之后,船长送给这一对中国夫妻的结婚礼物。

这只表在当时一定很昂贵……罗盘式的表针显示分钟,黄铜的表针显示时刻,航行在大海上的人,很容易便从太阳上中天的时间,计算出自己所在的纬度。

只是,那只表早已停止了转动。就如同祖母的人生一样。

她在这片遥远的国度、深深的庄园深处,营造出了一小片属于自己的中国领地。

中国茶和中国香,中国式的家具,霞影纱糊的中国纱窗。

他很喜欢待在祖母那里,吃她用墨西哥辣椒做的中国菜。对于中国,他记得小时候有一次感到惊奇:尽管智利的国土如此狭长,但中国却是全世界跨越纬度最多的国家。

"我们不回去了吗?"

"不回去了。"

"为什么？"

他没有得到回答，同样得不到回答的，还有"既然不回去，我学中文还有什么用"。那就不回去吧，那就学习吧，小小的人儿早已知道，在大人的世界里，有着各种他说不清道不明的缘由，他不需要去追根究底，只需要接受就好。

先接受，然后总有一天会明白。

先快乐，等到悲伤真的来临再悲伤也不迟。

因此，当前些天养母去监狱探望他，告诉他自己疏通关系，出了好大一笔钱，才让他能提早出狱，出席祖父的葬礼时，他也就耸耸肩，说了声"谢谢"。

这女人嘴里说着义正词严的话……其实就在祖父弥留那天，她还哄骗着祖父修改遗嘱，就为了去掉庄恨水继承酒庄的条款。

为了合乎法律，临时抓了两个见证人，其中一个就是家里的老园丁，那个总是喝得醉醺醺的老蒂亚戈。

或许养母是觉得，既然他总是喝得神志不清，那么总也不会把当时的情形说出去，就算说出去了，人们也会当他说的是疯话。

可偏偏老蒂亚戈那天很清醒。

当然，从东家的屋里出来，他又喝酒了。为了那个弥留之际的中国人而喝。为可怜的中国人而喝。

"自从妻子去世以后，我看他也没有什么活头了，一心就想着死。让他改掉遗嘱条款，怎么可能？那是他死去的妻子最疼爱的孩子。"

老蒂亚戈说，原来老东家在最后的时刻，仍然保持着清醒。他说，如果不让孙子回来见他最后一面，就要把百子莲酿酒的秘密，永远带进他的棺材里。

"所以呢？那个秘密，到底说了没有？你有没有听到？"

"如果我听到就好了……但是那个女人……"

在场的见证人，除了他，还有一个中国女人。

那个女人肯定以前从未见过，但却显得对庄家非常熟悉。她靠近老东家的床边，对他说了一句什么。

那一句话显然给了老东家极大的打击。

他想要坐起来，但没有成功。

在那之后，不管少夫人如何威逼诱骗，他始终不曾再开口说一个字。

可怜啊……医生终于赶来的时候，只看了一眼，就宣告不治。

"我想不通，为什么少夫人一口咬定有什么秘方？为什么他们一定要酿酒？这几年，他们全家都在做房地产，把圣地亚哥的房子高价卖给外国人，哪还有心思酿什么酒？"老蒂亚戈是真心地为老东家抱不平。

但是他错了。少夫人想要酿酒。非常想。她就是为了酿酒嫁到这个家族来的。当时，百子莲酒庄出现了一次不为人知的危机，靠她家族雄厚的财力，才得以遮掩过去。但是，她嫁过来的交换条件——拿到百子莲酿酒的秘方——却始终未能兑现。

"我去世的父亲，他一直对你们酿的酒耿耿于怀。"养母对庄恨水说。

"酒的口感，七成取决于葡萄，你们回去自己把土好好松一松。"

"你以为事情这么简单？"养母道，"你以为，整个智利的酒庄主都是傻子？"

"我并不这么以为，可他们表现得倒挺像。"庄恨水说，"只有傻子才会相信什么巫术，不是吗？"

"我不想跟你争吵。"养母说，"我的父亲绝不相信什么巫术。他自己便出身于酿酒的古老家族，所谓向魔鬼乞求葡萄酒的滋味，其实那不过是一种酵母。你们中国人，你们掌握着滋生某种酵母的方式。这就是你们百子莲酿酒的秘方，现在，我要你去找到这个秘方。我要你回中国。"

庄恨水觉得好笑。"酵母这种东西。"他说，"女士，酵母这种东西有什么秘密？你只需要维持一样的空气湿度、温度……"

"你以为我是傻子？"养母打断了他，"这些都没有用！你祖父临死前说……"她骤然收住了话头。

庄恨水笑笑。

"你可能就是傻子"，这句话他不能对一个女士说出口。于是他只是说："为什么要回中国呢？我喜欢这里。"

"如果不去，你休想再从庄家拿到一分钱。"

"我是真的不需要庄家的钱。"庄恨水觉得自己必须要跟她解释清楚，"我可以去别的酒庄找个工作，又或者当一个调酒师。但是，"他顿了顿，"钱归钱，我祖母的东西你得给我吧，那都是些不怎么值钱的东西，破手表啊，日记啊，窗帘布什么的。"

"你要那些东西有什么用？"

"这就不用你操心了。"

那一瞬间气氛凝固了。庄恨水几乎以为，她会立刻站起来，通知她的某个警察亲戚，再把他关上十天半个月。

但是她居然没有这么做。

她气冲冲地走了。

然后,他就被放了出来。

他的银行账户里甚至有了小小的一笔钱:刚好够买回到中国的机票。

当然咯,这些钱就变成了今晚 La Piojera 酒馆的酒钱,在请人喝酒这件事上,他可从来没有小气过。

本来他想,花光了钱,就离开圣地亚哥,世界这么大,大不了去别的国家,还怕没有他的容身之处?

但是,有人往他的口袋里放进了一块手表。

他不知道是什么时候、谁放进来的。

现在,他把它戴到了手腕上。

他察觉到自己背后有人,他不用回头看,就猜出了那个人是谁。

老蒂亚戈说,在那个逼爷爷改遗嘱的场合,有一个陌生的中国女人。

她全身穿黑,黑色眼睛,黑色的长发绾在脑后,人们看不出来她是美还是丑,甚至看不出来她的年纪。

这个全身穿黑的女人,现在站在晨雾里。她开口说话,说的是中文。似乎与他平时说的口音有些微不同,但他都还听得懂。

"我给你买了机票。"她说,"飞机还有四个钟头,就要飞往中国了。"

"谢谢你。"庄恨水说,"你现在退票可能会损失一点手续费,不过应该还来得及。"

"你为什么不肯回去中国?"女人问,"难道你真的不好奇吗,你们庄家能在智利做出酒庄的秘密?"

庄恨水摇摇头。

"我已经跟你养母说好,只要你能找回百子莲酿酒的秘方,就还给你酒庄的继承权。"

"你可能搞错了一点,我对这个继承权,原本就不怎么感兴趣。"庄恨水说,"我也从来不觉得有什么秘方。"他想了想,终于还是说出了这句,"你们为了这个不存在的东西,不惜逼死一个老头子,我真的觉得,你们非常非常的蠢。"

女人不再说话。她低下眼睛,看了一眼他手上的腕表。然后她伸出手,不由分说拉过庄恨水的手腕,不知为什么,她的这个动作让庄的心里泛起一阵悸动。

"你真的一点不好奇吗,自己是从哪里来的,为什么会生活在这里?"她急急地问,语气中带有几分恳切。她将头发往后挽,再用力挽,露出了整个额头。

她把脸贴近庄恨水的脸,眼睛对着他的眼睛:"你也一点都不好奇,我是谁吗?"

事后确认,百子莲的老园丁蒂亚戈,就是全圣地亚哥最后一个看见庄恨水的人。

但是这事儿也说不准……毕竟他当时描述的情形,也太匪夷所思了。

"我真的看见老夫人!"他赌咒发誓,"我看见老夫人,站在路边,摸着庄的头,在为他祝福!然后就来了一辆黑色的轿车,然后,老夫人,还有庄,都消失了!"

众人哄堂大笑,问他是不是看花了眼,毕竟那天的雾那么大,后来气象报道说过,二十年不遇。

在那样的大雾里,庄恨水登上了飞机。他想到自己很幸运,不必像祖父祖母一样,在大海上颠簸翻覆,九死一生,但也不会在呕吐的间歇,一抬头,就能看到明亮的北极星。

"飞机即将起飞,请关闭您所有的电子设备。"

庄恨水下意识地,又瞟了一眼那只腕表。

那只古老的、曾经伴随着他的祖父母踏上这块国土、但早就放弃了职能的航海腕表。

当那个女人低眉垂目,接触到他手腕皮肤的一瞬。

那只表,居然静悄悄地,开始走动了。

1
一个中国女人

真是气炸了!

这是王扶桑每天早晨起来的第一个念头。

如果有一天,她因为脾气暴躁下了地狱,如果地狱的主持人会有那个好心问问她:王小姐,请问你的脾气为什么会这么差?

她会回答:因为我被骗了。

是真的被骗了。

在她和发小梁承业之间,有一个永恒不变的争吵,关于是谁撒下了那个弥天大谎:21世纪是生命科学的世纪。

"是陈章良。"王扶桑坚持。她记得非常清楚,当年旅美学子陈章良携"青年诺贝尔奖获得者"的光环回国,在接受中央电视台采访的时候,就是用这句名言,满怀信心地鼓励莘莘学子投入到生命科学发展的大潮中来。

但梁承业说:"良哥没说过这话!"

"那是谁?"

"是著名的……庄国栋老师。"梁承业说。庄国栋是他的舅舅,也是他和王扶桑的高中生物老师,生物组组长。

"你开什么玩笑!"

"真是他说的。"梁承业说,"他上课的时候跟咱们说的。但他没有说他是听谁说的。但如果是陈章良说的,那么他一定会讲出来,因为陈章良是他的偶像。"

"所以?"

"所以那句话就不是陈章良说的。"

那一刻,王扶桑真的很想打他。

梁承业当然不在乎学不学生物。因为他是一个富二代。他可以学他想学的任何东西,去读任何一个垃圾学校。但王扶桑不行。那一年,全市高考理科第二十九名的王扶桑,以三分之差痛失某 Top3 高校最热门的生命科学专业的录取资格(她填了专业拒绝调配)之后,她的生命就开始了 Hard 模式。

被调配到那所非 985 院校,专业还是生命科学。到王扶桑发现 21 世纪并不是生命科学的世纪的时候,她已经读到了大三。就是在那一年,她发现,自己的学长学姐们,几乎全都选择了考研。

要问为什么?

因为……找不到工作呗!

那一年,整个生命科学专业只有一个本科应届毕业的女生找到了一份体面的工作:她去了市公安局朝阳刑侦支队法医物证科,成为了一名光荣的法医。

不管每个月工资多少,那至少是北京市公务员。

那段时间,王扶桑记得自己非常焦虑,为了化焦虑为动力,她每天拉着梁承业在操场上跑圈。

梁承业跑不动,捂着肚子开导她:"不要焦虑了,学姐(为了跟王扶桑读一个学校,他顽强地复读了一年),你的英语这么好,绩点这么高,完全可以申请出国啊!"

王扶桑想打死他:"我出国?钱呢?"

"我给你啊!不不,我借给你,借还不行?"

"去死吧你,有钱了不起啊。"

王扶桑从来没想过要用梁承业的钱。尽管,他非常真诚地希望她多少能用一点。她的拒绝倒不是出于什么高尚的原因,就是一种趋利避害的生存本能。王扶桑觉得,一个女人如果用惯了男人的钱,就像学习中习惯了抄作业,一时轻松但考试的时候就会倒大霉。

也就是在那一年,传说中的"四大不能学"专业火热出炉,分别是:养耗子、过柱子、推式子、烧炉子。

养耗子,也就是生命科学专业,以毫无争议的高票数位列四大专业之首。

全赖那个已经查无此人的骗子所赐,全中国学习生命科学专业的学生,供应全世界的研究岗位都有余,而其他可能的就业途径,基本上全都被名校生占据。留给他们这种非985、211学生最好的出路,其实是考公务员,但是,在同样完全没有背景的前提下,如果你和一个同专业的男生同时去竞争一个部门的岗位,那么胜出的那个,差不多、一定、肯定是男生。

王扶桑认识一个学姐,报考某市属自然科学博物馆的研究员，笔试面试都是第一，却硬生生被一个胖胖的男生挤掉了名额。

名单公布的那一晚，王扶桑跟着她们宿舍的人一起冲到了楼顶，把激动的学姐从栏杆上拉了下来。

"不要啊，学姐！使不得啊，学姐！人生还长，大有希望，要不你读个研缓缓？"

当时的情况就是这样。

王扶桑再三考量，感觉自己拼命努力一把，的确有可能申到一笔奖学金去国外哪个野鸡大学读博，但那其实不解决任何问题：难道读博之后，就不需要找工作了么？那时候刚冒出来一个词叫"千老"，说的是百年王八万年龟，千年的全是老博士后，并且一大部分的生物学博士最后都成了"千老"，这个词，真是过早地揭开了未来的真相。

王扶桑不得不正视现实，本专业至少在十年内都解决不了人才过剩的问题。说起来，人类基因组测序都已经完成了，普通人的生命里，还有什么了不起的科学要去探索？马上就要大四，转专业也晚了。王扶桑牙一咬，只能考证。

她瞄准的两项，一是注册会计师，二是司法考试。注册会计师三年考完就算入门级学霸了，司法考试必须一年内全部通过。

时不我与，王扶桑报名了司考。

她通过了。

她毕业了。

然而，她还是被骗了。

当初报名参加培训班时，招生的人盯着她那仨瓜俩枣的学费,将"钱景"描绘得一片光明。考试是通过了,但正式执业之前要在律所实习一年。这一年的时间堪称地狱,王扶桑提都不想提。

收入低倒是其次。所里一个月给实习工资2300,租完房(合租)就没有剩余,王扶桑还要靠自己大学时候打工的积蓄支撑。没钱吃饭的时候,她就回到学校,蹭梁承业的饭卡。梁承业这人虽然草包得很,但对王扶桑向来大方得过分。他总是带着王扶桑吃最豪华的学校承包食堂,煲仔饭麻辣香锅,再加烧烤和饮料,吃得王扶桑半年时间里还胖了10斤。

一边吃饭,他还要一边给王扶桑灌迷魂汤:"太辛苦就不要做了,学姐,我养你啊。"

也许有那么一瞬——记不清了,但一定有过——王扶桑是动了心的。

但是,她立刻会想起很多事情。

"靠男人吃饭,可是要倒霉的呀,王扶桑!"这个声音,实际上是八岁王扶桑的声音,时不时就会跳出来警醒着她,让她不能有一刻放松。

其实,经济上的困窘,因为看得到尽头,总还熬得过去。王扶桑真正觉得崩溃的问题是另一个。

她不愿承认这个问题仍然与她的性别有关——因为是女生而找不到工作,找到工作了还因为是女员工而惹上麻烦?但事实就是如此,她想否认都否认不了。

律所分给王扶桑的那个导师,四十多岁微秃的中年男子,已经看透了人生,对法律工作的全部理解就是:拉单子。

王扶桑后悔不已地记得那天,她处理了一上午文书,也来不及跑到学校去,就在楼下便利店买了一只茶叶蛋吞下去,然后打开自带保温杯,倒进去一小罐啤酒,再倒进去半瓶真露烧酒,拼命摇晃后,一饮而尽。

这种饮料是她自创的,筋疲力尽的时候来上一杯,减压又充电。

没想到导师当时也在店里,正遮头盖脸地买避孕套,撞见这一幕,十分惊喜。

"哎呦小王,挺能喝的呀?"导师夸奖道,"这样吧,今天晚上饭局,你跟我去,拉几个单子!"

小王到底抹不开那个面子,去了。传说跟导师一起去饭局,导师的单子也能分给你一些,那时候小王还很年轻,对这种事不是不动心的。

然后的事情就别提了。

酒桌上的一切还能忍受,大多数是言语上的,"你们所的女律师颜值很高啊""小王律师来喝个交杯酒",王扶桑冷静应对,把那帮人灌了个七七八八。但是,当酒局结束,一个中年微秃的男子挨近你,喷着酒气、诚恳地对你说"我带了套套"的时候,那种恶心的感觉是你回家洗澡都洗不掉的。

熬完了实习期,拿到了资格证,小王谢绝了导师真诚的挽留,立刻就辞职走人了。

然而,"某某所某某小王律师特别能喝酒"的名声,在一个小范围里已经传开,然后便像涟漪一般,一圈一圈地扩大。

一个特别能喝酒的女人,在饭局上,总会成为男人围观的对象。

最后有一次,王扶桑终于喝吐了。

不是喝醉的吐,而是难喝到吐。

当时一帮律师法官聚在某个不太好说的场所,一杯一杯地灌着芝华士兑绿茶。

芝华士、兑、绿茶。

就喝着这样令人作呕的饮料时,忽然一张嘴伸到了脸上。

王扶桑站了起来,哇的一声,吐了那个伸嘴的人一脸。

吐完才看清楚,那人就是本所的合伙人。

从此以后,她在这个所的生涯也基本上断送了。一开始有些茫然无措,也有些害怕,但很快她就醒过了神。

在律所摸爬滚打了几年,尤其是,当那些男人都喝醉了,而她竖起清醒的耳朵,听着他们胡言乱语的时候,一些"不用很麻烦很累也能赚点钱"的小方法,已经在她的脑子里成形了。

使用那些方法所需要的社会关系和能力,她原本就具备,或者稍微努力一下就能具备。她只是必须下定决心去使用而已——像个男人那样,不知羞耻、不知畏惧地使用起来。

决心下定以后,她就给自己的学姐——那位在法医物证科工作的罗小川,打了个电话。

然后她想起自己某一次在酒局上,邻桌有个气冲冲的女警察,直接把酒杯扣在了身边一个男人头上。女警察冲出酒局,王扶桑也跟了出去,看见她跑到一个路边大排档点了小菜,吃了几口翻倒在地上……王扶桑送她去了医院。她也打了这个警察的电话。

还有一个女调查记者。长得颇像《霹雳娇娃》里的刘玉玲,在一般人眼中可以用"丑"来形容,或者说是一副刻薄相的。王扶桑跟她原本在一个网络论坛认识,很快就发现这位记者的职业素养极佳,也就是说,翻找资料或曰扒人祖宗三代的功力,堪称一流。

三个电话打通,王扶桑平静地说出了自己的想法,听到那边的人挨个回答:好,那就一起。

一个属于她自己的小团体慢慢建立,她开始不用在所里坐班,不用给别人准备上庭资料,还能上交一定的利润……别人开始说她过得不错,她取得了某种程度的成功。

算是……赢了吧?

但是还是很气。比如被人问到"小王律师这么优秀怎么还是一个人"的时候。

每天辛苦揾食的女人自然没有那么多时间可以用来生闲气,王扶桑于是习惯把一个月的闷气攒到一天来消化,消化的方式也非常带劲:喝酒。

绝对不会邀人同饮,而是网购一排小瓶装的白酒,多数时候是产自她自己家乡的"酒仙酒",在家里封好门窗,打开电视,然后一瓶一瓶喝下去。

喝到什么程度呢……

睡着为止吧。

这天早晨,也就是头天夜里喝了酒的早晨,王扶桑醒来,迷迷糊糊的,忽然觉得有一点头疼。这种情形可从没有过。迷迷糊糊打开窗户,忽然对着外面的空气,她打了一个巨大的喷嚏。

好气啊,又过敏了!

事到如今,每个春天恼人的过敏,就是生命科学留给她的唯一馈赠。大一下学期的春天,她以为自己得了流感去看校医,校医一副"终于等到你"的表情,同情地告诉她:"不用看了,不是感冒,是过敏。"开药之后补充道:"你们生物系的都会这样,还有化学系。"

她曾经以为,随着自己不再接近实验室和培养皿,这种过敏总有一天会缓解直到消失。的确,在离开学校以后,每年春天柳絮飘起来时,虽然还会有一阵鼻子发痒,但那感觉已经不再那么明显……

"阿嚏!"又一个喷嚏带着一个巨大的惊叹号般,突然地从身体内部撞上了脑门,让王扶桑一阵发懵。这时候电话突然响了起来。是梁承业。

"扶桑啊,我告诉你一件巨大的事。"他说。

"是不是陈章良完蛋了?"王扶桑平静地问。

"什么?"

"我昨晚上看了新闻。"王扶桑说,"农大前校长、曾获青年诺贝尔奖的著名生物学者陈章良辞去两会政协委员职务。"

"不是这事儿。"梁承业说,"再说这事儿跟咱们有什么关系。"

"怎么没关系?大仇得报了至少。"王扶桑说。

"但要是那句话就不是他说的呢?我舅舅说……"

"你没别的事我挂了。"

"别,别呀。"梁承业慌了,"扶桑,今天晚上你有空吗?"

"没有。"

"求你了,陪我见个客户。"

"什么客户?"

"你来了就知道。"梁承业说,"真的,你绝对想不到,真是天降奇缘，我们就要……"

王扶桑把电话挂了的一瞬间，听到"发财"两个字。

她觉得有点头晕，下意识地一抹鼻子——居然擦了一手的血。

发财啊……伴着微微的头晕，王扶桑脑海里还回荡着这两个字。

虽然梁承业这个人大部分时候很讨厌，他还是……很了解她的。

2

另一个中国男人 （这个人没有什么用）

梁承业喜欢王扶桑。

这件事，不仅王扶桑清清楚楚地知道，梁承业的全家也知道，甚至，他们一整个县的人，可能有一半都知道。

"你到底喜欢她什么？"这句话，有很多人问过他。他答不上来。

喜欢她漂亮？当然，她的确很漂亮，但一般人都认为，她的长相跟她那以美貌闻名的妈妈和妹妹都相差甚远。王扶桑宽肩高个，浓眉大眼，从气质到体态，跟女性的魅力都不怎么搭边。不过，说实在的，梁承业根本不在乎她长得什么样。他从上幼儿园的时候就看这张脸，每一根线条几乎都刻进了他的大脑皮层，伴随着他每一次呼吸的节奏，到了这个程度，美不美几乎就是一件自我定义的事情了。这个女孩子曾保护他免受校园霸凌之苦，当他的家庭还不像后来那样拥有财富时，好些年里，她都几乎是他唯一的玩伴。再说，她又是那么聪明！梁承业看着她背下来一个个自己背不下来的单词，证明一个个自己做不出来的数学问题，心里对她全都是崇拜。这种崇拜即使经过岁月变迁也没有丝毫改变。他现在依然崇拜她，崇拜她可以凭自己的努力改变专业，靠自己过司考进了律所，靠自己的一双手吃饭还有储蓄，亲手把自己的家从六环搬到了四环。这些事情，梁承业自问，换成自己，一样都做不到。因此他从八岁到二十八岁，一直真心真意地爱着王扶桑，这份爱也许在不同的年纪有不同的深浅，尽管随着他们周遭的世界而发生着状态的改变，但很可能至死不渝。

他们出生在湖南省一个几乎与世隔绝的小县城。尽管那里并没有多少姓杨的人，但自古以来就叫做杨家镇。名字叫镇，建制却又是县，因此常弄得外来的人非常糊涂。该县与世隔绝的程度，用它和平解放的年份就可以证明：1951年。因为与世隔绝，所以里面每一个家庭，不论大小，几乎都有自己至少可以向上追溯三代的家族故事，也对别人的家族故事有着全套的了解。

而王扶桑的家庭故事，又恰恰是对她非常不利的。

提到王扶桑这个人，梁承业的妈妈、姐姐，一般都会先客客气气地说一句："那个女孩子人还是不错的。"

然后，批判就开始了。

"那个女孩子现在看着倒还是很不错的，但是你跟她结婚，是绝对不行的！"二姐会说，"她们家那个遗传性，吓死人喏！你就看她外婆，忍了一辈子，老了还要跟老公离婚的，人啊，种是不会变的。"

"怎么可以说是她外婆要离婚呢？"梁承业很气，"明明是她外公非要离……"

"是的喏,过了一辈子了,还硬要离婚,肯定是有什么事情忍不了了呗!"

梁承业往往就会在这里放下争执。因为如果争下去,更难听的话就会出来了。

为了照顾他的自尊心,姐姐们也不会说,王扶桑的外婆,是从妓院里出来的。

说到那家妓院可真是……杨家镇自古以来本是淳朴的地方,到了民国居然莫名其妙有了妓院,真是件礼崩乐坏的事,说起来丢尽了脸面。幸亏后来一场大火,里面的人死的死逃的逃,等到解放军接收的时候,只剩下几个打杂混日子的大姐——王扶桑的外婆就是其中一员。本来是要按照劳动人民给定成分,但后来有人揭发道,她其实是死去的妓院老鸨的女儿,也是剥削阶级的一员,这一举报,就让她进了学习班。从学习班出来以后,政府既往不咎,还是给她找了个在学校传达室打杂的工作,这份工作算是为劳动人民的后代服务,尽管这些后代最喜欢做的事,就是编着歌谣取笑她,用小孩子那份对鬼怪的好奇,用他们妈妈偶尔骂出来的话,也许并无多大恶意地,喊她是个狐狸精。

狐狸精长得自然是漂亮的,同时婚姻问题也难以解决。这让当地的妇女们,尤其是已婚妇女们感到不安。终于到后来,有人给她介绍了一个姓王的鳏夫,是个北方下来的政工干部,老婆因为不适应这边天气,不知染了什么病早早死了,没留下孩子;是老党员,没什么封建思想。一见之下,对狐狸精十分中意。但狐狸精说,我不嫁人。这下好了,王干部上门挑水做饭,鞍前马后,做小伏低,打不走骂不走。街道干部看着实在不像话，去给做了做工作，大概是把利害说得十分清楚，女方总算点了头。这件事当年也被当作移风易俗的好典型，着实宣传了一阵子。只是，大家总免不了为王干部担心，就是女的这个年纪了，还能不能生出孩子？闲言碎语一直有，大部分都说她妈妈祸害了太多女人，她肯定会遭报应：但其实没有。嫁过去的第二年，她就生了一个女儿，后来又生了一个儿子，只是在后来的艰难岁月，儿子患上脑膜炎，夭折了。他们的女儿则平平安安长到十几岁，出去读了卫校——就在那一年，丈夫突然提出，要离婚。

谁劝也不听，原因不肯说，什么也不要，咬死要离，马上要离。女方呢，也没有一句软话，但看得出整个人都已经飘忽，形销骨立。

男方离婚以后，立刻申请调回了北方，再没跟这个地方有任何联系。即使在女儿未婚生女、离家出走、妻子触轨而亡以后，他也不肯再回来，似乎这个地方对他来说，是一片避之不及的阴森鬼域。组织上要求他抚养两个外孙女，他断然拒绝。

这个消息一传开，大家便立刻理解为，那个女儿其实也不是他的骨血。

这本是一个悲剧。人们却宁愿相信，是因为这一家女人血液里就有不检点的基因，才注定了这一切的命运。命运在王扶桑的妈妈和妹妹身上已经显现。两个放荡的女人，不知自爱、自食苦果，或者总有一天会自食苦果。而王扶桑迟早也会……梁承业的两个姐姐竖起了眉毛，妈妈则不停地叹气，叹着叹着就有了眼泪，两只水汪汪、悲戚戚的眼睛盯着儿子，由不得他不服软。

梁承业觉得，自己这辈子是不可能不跟王扶桑结婚的。然而，一想到怎么才能结，他又打心底里觉得非常烦恼。也许自己没有意识到，他其实是个极端善良的人，善良到无法违拗任何人的意愿，更别提让深爱的妈妈和姐姐伤心了。不过，总是有办法的。他想到，原来他家里的人对王扶桑简直提都不要提，听到她的名字就会爆炸，可后来，也开口承认"那个女孩子本身人是很不错"，是为什么？

全都是因为自己，为了能跟她同校，奋力复读一年考上了北京的一所大学，虽然离父亲的期待还差得远，却也让家里的女眷暗暗松了口气。

梁承业一秒钟也没有想过要为了王扶桑脱离家庭。他的思考是，如果能证明王扶桑的存在，不仅能帮助他考上大学，还能让他的人生都有所成就，那他对她的感情就终究会得到家人的祝福。

那么，他能够成就些什么呢？

相比于王扶桑对前途的挣扎和迷茫，梁承业从一开始就深知自己有几斤几两。因此他也从没有过读研读博的念头，而是从大三起就积极找工作，一毕业就进了家央企。那家央企就位于北四环旁边，曾经以一副天价水晶吊灯在网络上知名。他能找到这份工作，当然不是因为人家需要他去研究石油到底是全部由有机物质、也就是浮游动物啊藻类这些变成的呢，还是有一部分是由无机物变成的？而是因为他大姐嫁给了一个纪委的领导，于是他就直接进了这家企业的纪委。

这份工作，可以说是名副其实的活少钱多离家近（他姐姐帮他把房子也买到了附近），就这样，梁承业二十五六岁，就已经过上了惬意的半退休生活。事业上，他从没有过争强好胜的心，到了下班点儿准走；他也不需要丰富多彩的休闲生活，宁愿叫一份外卖然后窝在沙发上看电视剧。如果没有王扶桑，如果不是她仍然以一种冷峻的、高不可攀的姿态悬在他差一点点才能触到的天顶，梁承业肯定乐于就这样过下去，哪怕长出大肚腩也不在乎。只有王扶桑的存在，才让他觉得，人生不止于此，多多少少还是要去做些什么才好。

做些什么好呢？

做些什么才能证明他和王扶桑在一起，一定会有光明的前途？

梁家一家上下，对梁承业的这份企图也心知肚明。尽管对儿子的优柔寡断非常放心，暗地里，还是加快了给他张罗终身大事的步伐。其实，梁家是早就给他物色好了媳妇的人选的，就是梁爸的生意伙伴的女儿杨璐璐。杨璐璐的父亲，曾经在副县长任上帮助梁家开创了"酒仙酒"的品牌，两家父母从那时候起就结下了非常深厚的友谊，也随口定下了娃娃亲。但是多年以来，梁承业这副不成器的样子，一直没能入得了高傲的杨璐璐的眼。杨璐璐自己，大学、研究生都是一路保送，研究生毕业之后自己找了一家效益不错的国企，待的岗位可不是像梁承业这样的闲差，而是日理万机的人力资源管理。以小县城传小话的速度，梁家爹妈早就知道，杨璐璐曾经公开地看不起他们的儿子，并且从大学时期开始，就谈过很多次恋爱，每次恋爱的对象，都确确实实比他们儿子强得多。既然人家女孩子看不上，只好怪自己家儿子没出息，本来，梁家在心里也对这件事基本放弃，却最近，隐隐地感觉到，杨璐璐的态度变了。

变得比以前……要稍微、只是稍微热情一点了。

梁家二姐在市里电视台当主持人,消息最灵通,听说是杨璐璐跟京城的某个官二代谈了好几年,自以为能结婚,没想到还是被甩了。

"这时候想起找我们承业老实人了。"二姐冷笑说,"承业但凡还有一丁点的出息,就不应该接这飞盘。承业,今后她要是给你打电话,你不许接,听到没有?"

"嗯嗯不接。"

梁承业嘴里这样应着,其实呢,他根本没有"不接谁的电话"这一项能力。果如二姐所言,没过几天,杨璐璐居然主动给他打起了电话。梁承业也接了电话,也老老实实地带着她去吃了几次饭,逛了几次街,甚至还给她买了一个小小的Gucci包。在杨璐璐面前,他还不敢提王扶桑,因为他知道这两个人从中学时代起就有深仇大恨。他心想,像杨璐璐这样的人,反正是看不上自己的,顶多拿自己当个备胎。备胎,那就备一备呗,反正也不少块肉,只是给别人提供一些心理上的安慰,对自己也没有太大坏处。他的这个推测基本是正确的,但他不知道世界上有一种人,即使对备胎也必须要牢牢地抓在手上。他对于命运的态度向来是得过且过,心想等杨璐璐有了新的男朋友,自然可以解脱他的苦差,他没想到的是,命运并没有为杨璐璐这样心比天高的女性准备另一个合适的男人,目前、当下,他几乎成了唯一的人选。

杨璐璐上一次给他打电话是三天前。

"承业哥哥。"她在电话那头甜甜地说,"我有个好消息告诉你。"

梁承业几乎以为她要说出"我要结婚了"这样大快人心的话，但那边却沉默着，要等他接话。"什么好消息呀？"他问。杨璐璐咯咯笑了一阵，反问他："我告诉你，有什么好处？"

"我请你吃饭！"梁承业脱口而出。那边"切"了一声，他只好补充，"那你想要什么，我给你买。"这样才算满意了，杨璐璐接下来还真的告诉了他一个大消息。

"我爸爸现在是市招商局局长，你知道吧？"杨璐璐说。梁承业当然知道。这个职位，也是整个杨家心头的疮疤。当年杨璐璐爸爸升迁在望，却被人举报了超生，好不容易才保住了公职。原来以为他至少可以当个市委书记，甚至进省，但现在看，他的事业可能就要在这个位置上结束了。

"上个星期，招商局来了个智利人。"杨璐璐说。

"智利？"梁承业一头雾水。智利人算是什么好消息？要卖给他们铜矿不成？

"这个人家里在智利有一个'百子莲'酒庄，哦对了，忘了跟你讲，他的国籍是智利，但他实际上是个中国人。"

杨璐璐絮絮叨叨，梁承业听了好久才理清了脉络：一个智利人回到中国来寻根，而且想要跟家乡合作，将一个叫"百子莲"的酒类品牌引进来。

于是梁承业就像那晚 La Piojera 的客人们一样，完整地听了一遍百子莲酒庄神奇的创业经历，却独独漏掉了继承权之争的故事。在这个新版的故事最后，庄主的孙子，依照爷爷的遗嘱来到中国，要寻找"百子莲"的根，并完成爷爷的遗志，将这个品牌带回中国。

因为这个故事多少有些离奇，在杨璐璐讲述完毕后，梁承业试探地问了一句:"真的吗?不会是骗子吧?"

杨璐璐生气:"你以为我爸爸是傻子吗?那么容易被骗。"就把电话给挂了。

梁承业只好自己上网查。不知道为什么,网络上关于智利的消息极少,他搜索"智利 百子莲",搜到第三页,终于看到了庄志涛先生艰苦创业的经历。

百度百科上,不知是谁从哪摘的资料,声情并茂地写道:

"庄志涛在自家的院子里发现一株葡萄藤上有淡红色的嫩芽,叶子上有五个小孔,重叠而形成一张神秘的鬼脸,到了四月份,这些葡萄藤的叶子变成深红色,令他想起航海时曾见过的落霞……"

毕竟也是生物系学生的梁承业,看得心头一动。

接着他看到庄志涛先生力排众议,坚持这不是梅洛葡萄的劣质变种,而是某个大有潜力的珍稀品种,并开始用这种葡萄酿酒。尤其是当他看到,1997年,庄志涛邀请的专家通过基因测序,终于确认这的的确确就是早被认为灭绝的佳美娜葡萄,并在次年获得智利农业部承认,成为农业部长口中的"智利国宝"的时候,这样的故事,任何一个生物狗,哪怕是梁承业这样没半点用处的生物狗,都会忍不住热泪盈眶。

"伟大的生物学!这是本该由我去完成的事业啊!"

是的,百度上有的是传奇,有的是大家喜闻乐见的故事。梁承业完全忘掉了,这上面一句也没提到庄志涛的孙子。

梁承业给杨璐璐打到第三十个电话的时候她才接。

梁承业承诺给她买一个 Chanel 流浪包,她才开了口,把庄恨水的电话给了他。

3

王扶桑的营生

"学姐,你今天有空吗?"

"不一定,刚接了两个命案,要加班。你急吗?"电话那边罗小川犹豫了一下,"这样吧,我待会下班点出来一趟,你提前来我们单位门口那个咖啡馆等。"

中午的时候,小川学姐出现在王扶桑面前,迎接她的是一个巨大的喷嚏。

"怎么,你过敏还那么严重?"

王扶桑闻言,撸起袖子,给学姐看自己胳膊上的一片红疹。过敏不仅严重了,甚至比在学校的时候更严重。

"过敏很奇怪的。"罗小川伸手在疹子上摸了一把,镇定地说,"有时候有有时候没,还说不出原因。"

"就是做多了生化分子实验,什么都过敏。"王扶桑恨恨地说,"可是我以前只是打喷嚏流鼻涕,好像没有出过疹子。你觉得呢，我要不要去医院看看？"

"你觉得最近身体有异样吗？"小川冷静地问。

王扶桑仰着头，仔细想了想。除了那件事，没有别的，说出来有些可笑。

"我这段时间，总是梦见我外婆。"王扶桑说。

这还是罗小川第一次听王扶桑说起她外婆。"你和她感情很好吧。"她谨慎地询问。王扶桑对家人的态度，她多少有些了解。

"感情好个屁，我讨厌她。"王扶桑说，"我听别人说，我妈生出来的时候，差点没被她扔进水缸里淹死。后来也一直偏心男孩，可惜男孩也没养大。反正就是典型的，不把女孩当人。"

"你也别气了，那个年代大概都这样。"小川学姐说，心里对王扶桑有些同情，"你梦见她什么了？"

"……很奇怪。"王扶桑说。要她重述一次梦里的场景，她还会觉得有些轻微的恐怖，这对她来说是特别少见的。"我外婆去世得早，我一直以为她是被火车撞死的。可昨天我梦见……"

"什么？"

"我梦见，不是被火车撞死的。"王扶桑说，"我梦见，火车轨道旁边长满了高粱，她是坐上了一辆点着火的车子，是烧死的……然后高粱越长越高，变成火红色，火车轨道也看不见了。"

"高粱变成火红色，这个我知道。"罗小川说，"那就是独脚金没跑了。你有没有辅修那门课，农作物的，里面说到，独脚金是一种专门毒害高粱的寄生植物，又叫'巫婆草'。它的生长需要一种激素叫'独脚金内酯'，而高粱的根恰恰能分泌这种激素，所以它就会拼命地榨取高粱的茎液，而且越长越多，一旦感染,高粱就会成片死亡。我还记得那句话呢:高粱萎缩枯死的那刻,就是独脚金绽放美丽红花之时。那门课你修了的吧?"

"没修。我修那个干什么,反正修了也还是找不到工作。"王扶桑说,"不过我查了。我还在网上查过县志,就我们那,解放前有一次独脚金泛滥,高粱绝收,县里饿死一大片。但是解放以后,我们那引入稻米了。火车轨道那儿我小时候经常去玩,那儿也没有高粱地啊。"

"你自己查没用。要不让李胜男帮你查吧,反正她喜欢查这些。"罗小川说的李胜男,就是那位善于搞些调查的记者。她隐隐知道,这位记者人脉广泛,经常帮王扶桑揽一些歪门邪道的生意,或者自己在其中充当调查员的角色。虽然罗小川自己也在帮王扶桑做着类似的事……但总对那一位有点不太好的看法。

"这些不着边的事情就不麻烦她了,她收费死贵。"王扶桑说,"我自己再想想吧。鉴定报告带来了吗?"

罗小川低下头,从随身背着的帆布袋里,翻出了一只密封的档案袋交给王扶桑。

"结论在里面。"她说,"我刚做好一个。另外一个麻烦点,还没好。"

"哦。"王扶桑接过纸袋,"我知道挺麻烦的,你慢慢做就好了。"语气平静,但罗小川看见她微微拧了一下眉尖,仿佛有些烦恼。"对了,那一个是给什么人做的呀?"罗小川鼓起勇气问。

"你问这个干什么?"王扶桑有些警觉,"有什么地方不对吗?"

"不是啦,就是好奇,为什么这么早做检测。一般这样的都是特别想要个男孩,我猜他家是不是家里有皇位要继承。"罗小川想让自己的口气显得轻松点。

"我哪知道。可能吧,现在的男的,个个家里都有皇位要继承。"王扶桑说。

罗小川忽然有点后悔自己问了这个问题,她不该问的。因为问了就与她有关,反而不好。其实她也知道,这些年王扶桑给她塞的这些鉴定,多半是些对老婆起了疑心的有钱人暗地里做个亲子鉴定,或是关于私生子。这一类的事情,有些人就是不想找正规的机构去做。

对于做个实验什么的,她当然不在乎,不过,这一次的一份检材,稍微有点特殊。

孩子还没有出生。送来的检材是孕妇抽的一管血,还有男方几根带毛囊的头发。检测的过程稍微有点麻烦,因为要先检出 Y 染色体,才能继续做亲子鉴定。就是这一点总让罗小川有点不安。当然,结果是亲子关系成立,那么因为结果而做掉孩子的可能性不大了,但是,这个检材中透出的一种诡异味道,始终让她放不下心。

是什么地方不对呢?具体的也说不上来……罗小川当年在学校上学的时候,就有实验天才之称,在小保方晴子还没出事之前,她的外号就叫罗晴子,意思是说,她不仅手速极快,能徒手抽取鲤鱼卵细胞核,而且对于实验的结果,有着一种超人的直觉。这一次,她的直觉就是:孕妇不太对劲。但是这个话,她瞅了瞅王扶桑的脸色,也就忍下了没有讲。

"明天吧,最晚后天,就能把鉴定报告给你。"

王扶桑点点头。罗小川在为她担心她知道,可她也确实不知道自己这种莫名的烦恼由何而来。也许是因为委托人吧……一般来说，给她介绍客户的人是李胜男，但这一次，就是那份特别麻烦的样本，委托人有点特别。

是梁承业交给她的。钱给得倒不少，可这小子当时欲言又止的模样，实在让人不能不起疑心。

"该不会是你姐夫做了什么不该做的事吧？"她当时故意这样说，吓得梁承业脸都白了连声否认。

那人完全不会撒谎，所以肯定不是姐夫了。

所以是谁呢？

如果是个完全不相干的人，他又何必吓成那样？梁承业千叮咛万嘱咐，这件事千万不可让王扶桑知道，看在同门之谊的分上，罗小川也答应了他，但是没想到，两天之后，王扶桑自己就气势汹汹地找上了门。

那个没出息的男人，不知道哪里露了馅，居然就这样出卖了学姐，真是让人又气又恨。然而，尽管王扶桑除了管她要结果，其他的事情只字不提，但这诡异的氛围，关于那个委托人是谁，罗小川已经能猜出个一二来。

问还是不问好呢？问的话，无疑踩到了王扶桑的痛脚，但不问的话，她又确实有些担心。

这时响起的电话铃声无异救她于水火，让她可以暂时逃避这个问题。

王扶桑双手不空，把手机开了免提。

"扶桑，我餐厅都订好了。"梁承业在电话那头说，"求你了，好不好，你就来一趟。这件事对我特别重要。"

"到底是什么事？"

她既然问了，电话那头，梁承业也就老老实实地，将事情的来龙去脉说了一遍。

"我就想请你给我参谋参谋。"梁承业说，"这件事情，我想先不让家里知道，所以自己要先拿些钱出来，建立渠道，注册一个商贸公司，还有注册我们自己的品牌，我想好了，名字就叫'小仙酒'。"

"我们？"王扶桑说，"谁跟你我们，别把我拉进去。"她挂了电话，对桌子对面的罗小川说，"学姐我先走了，我去跟他吃个饭。"

"对他别太凶。"罗小川叮嘱。

王扶桑点点头。

"你其实可以考虑一下他的。学弟人不坏。"

"我才不要。看看这些，你还想结婚吗？"王扶桑挥了一下手里的鉴定报告，仿佛在挥舞着现代婚姻制度的死亡证明。

跟罗小川告别后，王扶桑叫了辆车，赶赴梁承业所说的餐厅地点。虽然无法回应他的一片痴情，但是，最起码的江湖道义还是有的。

什么智利酒庄继承人，什么传奇的百子莲……她坐在车里，立刻就把基本信息发给了李胜男，并且还补充了一句："听着就不靠谱。"

李胜男的回馈信息，在她走入餐厅的那一刻发回来了。虽然到了春天，可餐厅里还开着巨大暖气，热浪一冲，她胳膊上的疹子立刻痒得难受。

既然如此，就更加没好脾气，她远远看见梁承业对她招手，加快脚步过去，把自己的包狠狠砸在一个陌生年轻男子的面前，同时说了一句：

"骗子，去死吧。"

梁承业的笑脸瞬间凝固了。

庄恨水怔了一下。然后，他"噗"地笑了。

"这位女士，您说什么？"他倒是没觉得生气，"第一次见面就说别人是骗子，难道你习惯这样做，好给人留下深刻的印象？"

"你想多了，骗子。"王扶桑说。手臂上的疹子越发痒得厉害，身体上有不适感的时候，她说话就会十分的不客气。"智利酒庄继承人，这样的话你也信？"她转向梁承业，"那我还是民族资产守护人呢，就是解锁资产还需要两百万，不然两千也行，你能不能打给我？"

梁承业闻言脸涨得通红，几乎恨不得落荒而逃。王扶桑倒是没有走的意思，一边坐下，一边还狠瞪着庄恨水，没有一丝尴尬的模样。

庄恨水与她对视，心里有一点震撼。

"我去！"他在心里说，"这个女人，她完全不像个女人啊！"

但是出于对女士的一贯礼貌，他不会把这种震撼表露出来。

截至目前，到中国的一切异常顺利。一切都按照那个女人的指示，步步达成，简直难以置信。在那驶向机场的黑色轿车内，除了不肯透露自己是谁，那个女人说的其他事情也大体靠谱：关于如何去寻找招商局的官员，如何放风说一个海外游子要认祖归宗，如何解释自己的身份，如何说一个他们一定会去传播的故事。

最后，一定要把目标锁定在这人的身上。

梁承业。

这个姓梁的人跟他是同乡，并且，他家也酿酒。

当然并不是葡萄酒，因为中国内陆的夏天炎热而潮湿，几乎不存在昼夜温差，那种自然条件并不适合葡萄的生长。杨家镇——他很纳闷为什么自己的家乡会叫这么个名字——位于湖南省中部，与人们印象中丰饶的洞庭湖区、旖旎的湘西水城都不相同，这个地方三面环山，另一面是沼泽，堪称贫瘠的土地上，连棵大白菜都种不出来。多少年来，那里的人们以高粱为主食，而这种植物在那里被用来酿酒，差不多是上个世纪、也就是1900年以后的事了。

"你的意思是说，这家人知道我们家酿酒的方子吗？"庄恨水记得自己当时就提出了质疑，"这不太可能吧？高粱酒跟葡萄酒，完全不是一回事，高粱酒要简单粗暴得多啦，更何况是那种土法酿酒……我说，你们真的确定吗？世界上的事情，可不是越古老越好的，酒就更不是了。"

但那个女人肯定地点了点头。

好吧，如果你们这样坚持的话……庄恨水的目光，勾着那个女人的侧影画了一条弧线。从外貌来讲，她与祖母虽然不是十分的相似，却有一个共同的特征：当她撩起散落的头发，给庄恨水看她的前额，庄恨水眼尖地发现，在她额角的发际线与皮肤交界处，和祖母一模一样的地方，长有同样一小块红色的胎记。

他不是没想过，也许那个女人到底还是养母的同谋，做的一切都是为了哄骗他离开智利，彻底与酒庄绝缘。但是，如果有人这样做足了全套功夫来骗你,那也可以说是一片真心了。

是的,他自己知道,他也在骗面前的这一对年轻人。

"骗子"这个指控,实在也没有冤枉他,他吃了这一骂,倒是更加心安理得。

就骗你了,怎么着吧?

如果他带着秘方和中国的投资回到智利,自然就有底气从养母那儿争回继承权,这样一来,他就的的确确还是继承人,这一切就不叫骗了,对不对?所以,他也能坦然直视王扶桑咄咄逼人的目光,甚至对她将要说出来的话非常感兴趣。

"你骗别人就好了,骗我是不是还嫩了点?我每天要打交道的骗子比你通讯录上的人还多。"王扶桑说道,"百子莲酒庄的信息,虽然在智利国内网站上都不太多,但我至少能查到,百子莲酒庄现在的经营者庄承志已经五十多岁,并且娶了一个当地西班牙族裔的太太,怎么突然又冒出你这样的一个继承人?"说到这里,她又转向梁承业,"你说吧,骗子问你要多少钱?"

哦,这样。

庄恨水一面不免觉得有些失落,自己明明严阵以待,对手却完全打错了方向,另一方面,又对面前的这个女生有些佩服。

倒不是佩服她的判断,而是佩服她的气势。

那一瞬间,他想起了自己那位说一不二的养母。

庄恨水清了清嗓子。"这位女士,你刚才说的都对。"他说,"但是,网络的搜索是不可能深入一个家庭的,有些事情,我们本来也并不打算公之于众。"

说到这里,他轻轻吸了口气,琢磨着怎么把接下来的话说得更有感情色彩一些。

"我的确不是父亲与他妻子的孩子,"他说,"他们的婚姻,是一次利益的结合,是为了把两个酒庄拥有的葡萄园与加工厂合并。但是我,我是一次绝望的爱情的产物。"庄恨水沉痛又不失尊严地说道,"没错我是一个私生子,但我的父亲非常爱我;我的祖父也爱我,因为我是一个百分之百的中国人,所以,他指定父亲去世以后由我继承酒庄,如果你们需要证明,我可以给你们看他遗嘱的扫描件。"

说到这里,庄恨水也去翻手机,准备出示这份文件,好教梁承业放心,也顺便趁热打铁,把这个充满怀疑精神的女人的怀疑彻底解决掉。但这时王扶桑开口说话了。"不用了。"她说,"我才不看什么文件呢,我又没收律师费。"接着,她话锋一转,问了一句庄恨水万万没想到她会在这个场合问出的话。

她问:"那你妈呢?"

"什么?"庄恨水唬了一跳,根本没反应过来。

"我说,你妈妈。"王扶桑说,"你说你爸爸为了财产和别人结婚了,那你妈呢?"

"她……"那一瞬间,庄恨水心中有无数的想法,一开始,他想简单回应一句"还好",省得多有麻烦,他还想到回答"她去世了",绝了后患,但最后,他脱口而出的却是一句实话,他怎么也没想到,自己居然会在这个问题上,毫无必要地诚实起来。

"我没有见过我妈妈。"他说,"他们讲,我爸爸给了她一大笔钱,然后,她就离开了,再也没回来过。"

"呸。"王扶桑说。

这声轻蔑的声音是赠给他那个不负责任的爸,还是不知所

Rose of Dionysus

踪的妈？庄恨水心里觉得这个女的好没礼貌，面上还是能维持着笑容，招呼道："服务员，麻烦帮我们开下酒。"

"啊对！"梁承业这时才回过神来打圆场，"扶桑啊你尝一下这个酒！这是庄老板从智利带来的国宝葡萄酒。"

"智利葡萄酒超市里就有，一百块钱以下就能买到还不错的，有什么稀奇？还国宝，真不怕风闪了舌头。"王扶桑说，"我说，你不懂的话就别掺和这些事好吗，你投资什么啊投资，你还不如去买A股呢？"

面对这样的奚落，梁承业也只好唯唯诺诺。庄恨水呢，一方面恨她说话尖刻，一方面又为自己马上就要打她的脸而感到无比期待。

超市里一百块以下的酒？这可不是百子莲出品的水准。

更何况，他现在开的这一瓶，是曾被《葡萄酒倡导家》评过95分高分，是挽救酒庄命运于即倒的神奇之水——是他出生那一年份的酒。

对于世界大部分地区的酒庄，那一年都是平凡的年份，然而那却是百子莲的奇迹之年。在那之前，这个酒庄已经被断言陷入了平庸。他们的葡萄早已经被推向全国普遍种植，而早年在他们的葡萄酒中曾一度让人们惊艳的那种奇诡跳脱、那种富于东方意味的醇厚口感，以及所有这些组合起来的神秘的滋味都已经消失。在那之前的一年，圣地亚哥市发生了几场连续的骚乱，这些骚乱似乎一部分是针对外国人——他们的发酵坊在骚乱中被烧毁，分销商对他们失去了信心，银行要来收回债务……然而，奇迹就在那一年发生了。

那一年，庄恨水出生，那时他的父亲刚新婚一年，妻子是当地酒商的女儿，嫁妆丰厚，谁也不知道他为什么会鬼迷心窍，被一个面黄肌瘦的菲律宾小歌女给诱惑了；祖父认下了孙子，据说给了母亲一大笔钱，然后赶走了她——这就相当于把孩子买了下来。据说中国人都是这样，只认属于男方的血脉，孩子的母亲毫不重要。古时候的皇帝，还会杀死皇位继承者的母亲，好让权力不会流到异姓的手里。

总之那一年，庄恨水出生了。家族的第一个孙辈，给这个酒庄带来了好运。那一年气候异常温暖，对日光极为挑剔的佳美娜只比梅洛晚三周成熟。庄志涛耐心等待，大胆而果断，他在这种脆弱的深蓝色果实完全成熟之后，才率领家人不眠不休地采摘，甚至包括几乎不出家门的女主人。所有人都知道，这会是个丰收的年份，但没有人想到，那一年，像是要与葡萄的丰收呼应，百子莲神奇的酿酒技术复活了：从新的酿造坊里流出紫红色的葡萄酒，深沉宛如美玉，完全褪去了之前难以去除的柿子椒般的青涩口感，代之以黑莓和蓝莓混合的清新果香，还有那人们遗忘已久的、但绝不会错认的东方味道。

也许，祖父在遗嘱中指定由他这个私生子继承酒庄，就是因为这一段往事吧。

庄恨水将那葡萄酒倒进醒酒器，轻轻地摇晃着。

忽然他又想起了祖母，想起她在一帧帧黑白的影像里，竭力寻找着故乡。

正如他此刻在这紫红色的液体中寻找一样。

为了掩盖住这阵突如其来的伤感，他伸手给王扶桑斟上了一杯。

王扶桑低下头，看着面前的液体。

然后她把那只酒杯凑近了鼻子。

出于习惯,她先深吸了一口这葡萄酒的气味。

然后她——吐了。

是真正的吐。

她捂住嘴,冲进了洗手间,再回来的时候,面对着不知所措的两个男人,她冷静地说:"这就是你们说的国宝?"她顿了顿,"我上高中时候,老师为了整我,特意把一个有狐臭的男生安排坐我同桌,那个味道,就跟这酒差不多吧。"

她的话虽然恶毒,但是无可反驳。

此时此刻,随着酒与空气接触得愈多,一股怪异的臭味,正从醒酒器那窄窄的长口弥散出来,快速地布满了整个餐厅。

梁承业急得伸手就堵住了那个玻璃仪器的瓶口,王扶桑一把把他的手打开:"你手搁哪儿呢?这要是在实验室里,这要里面是点危险气体,你死一千次了知不知道?"

他只好放了手,脸涨得通红。

王扶桑自己团起餐巾,把玻璃瓶口牢牢塞住。"所以你到底是来干吗的啊?制造恐怖袭击吗你?"

"恐怖袭击"这四个字,她可能说得声音大了点,邻桌响起一声尖叫,一位女士惊恐地看向这边,但王扶桑一瞪眼,她又吓得缩了回去,一头扎进了旁边男生的胳膊肘里。

"恐怖袭击谈不上吧。"庄恨水耸耸肩,"酒出了问题,我也不知道怎么回事。"

"你怎么能不知道呢庄老板,这可是你家的酒啊。"梁承业目瞪口呆。

"我想应该是海运的过程中出了问题吧。"庄恨水说,"这酒是通过海运来的，路途遥远又颠簸，可能是运送过程中出了问题。"

"这个理由你自己信吗？"王扶桑说，"酒诶！酒精能杀菌的诶！在海上淡水才容易腐坏呢，要不为什么以前的海员个个都是酒鬼。"

"不，如果度数不够高的话，或者，遇到什么奇怪的微生物，酒也有可能会坏的，以前，我的祖父祖母就遇到过这样的事。"庄恨水维持着自己的气定神闲说道。

酒发出臭气的那一刻，当然他也很慌张。原因可能多种多样，他第一个想到的，就是这一切是不是都是养母在捣鬼。

不管什么原因，总得先把眼前这一关过了才行。

偶然事件？

这不够有说服力。

当他的目光落到自己的腕表上时，忽然间，他知道该怎么说了。

这个故事是关于他的祖父，身无分文赤手空拳，凭着酿酒的技术，从香港上船到达吕宋，然后从马尼拉乘坐运送大宗货品的帆船，顺着北太平洋上的"黑潮"东行，一路抵达墨西哥的阿卡普尔科，再辗转到达智利的故事。

他原本在酒馆听来，只是回家去跟祖母复述的时候，被一顿好骂，从此再也不提。因为故事中，是这两个中国人用魔鬼的手段，才让船上的高度朗姆酒发了臭。只是船长好心，又是个心地高贵的绅士，不懂得中国人的阴谋伎俩，才把会酿酒的他们当作了不起的师傅，一路从吕宋带到了墨西哥。

好的，现在他要对王扶桑讲这个故事。

他相信每个女孩子都会爱听这样的故事。

他看着王扶桑的眼睛,确定自己表现得足够真诚,而绝不会像那个愚蠢的邻座女人一样,连跟她对视的勇气都没有。

"酒在海上运输过程中发臭,这种事情虽然少见,但是,因为葡萄酒的度数不高,对储存条件也有要求,所以绝对不是不可能。"这时他深吸了一口气,"王小姐你听说过吗,就连混合着黑火药能点燃的水手朗姆酒,也有可能在漫长的航行中发臭呢。"

他很满意自己此刻的声音,听上去就像祖母看的电影里的男主角。

王扶桑一声不吭。

庄恨水趁热打铁,将手腕伸到了她的面前。"看这块表。"他说,"这是圣·巴布洛号的船长,为了感谢我的祖父帮助他按期到达案口交货,送给我祖父的结婚礼物。那天,他发现自己为远洋航行准备的几大桶朗姆酒,居然全都发臭了,而又不可能派人下船去买酒,因为当天市中心发生了严重的骚乱。我的祖父祖母就是从那场骚乱中逃出来的。他们乞求船长,让他们用技术代替旅费,整个航行过程中,他们能用船上的土豆和玉米,用中国的方法酿出不输于朗姆酒的玉米酒。"

王扶桑定定地注视着那块表。

她一定是已经听入迷了吧。

或许像她这么实际的人,已经在心里计算着这块表的价格了。

一定是这样。

庄恨水万万没想到,就在他自以为得逞的一瞬,王扶桑抓过他的手腕，举起手机，咔的拍照一张。然后她低下头发了一条消息，然后，就一句话也不说，光盯着自己的手机屏幕。

"扶桑你在干什么，你这样看手机对客人多不礼貌。"梁承业嗫嚅着说，那感觉像是活够了，自暴自弃。

勇气可嘉。庄恨水想。

"你少管我。"王扶桑说。

梁承业唬得一缩头。庄恨水对着他投去感激的一瞥。他看出来，尽管形势跌宕起伏，但这个天真男孩好像一直站在他这边。

他不禁想起，自己也问过那个黑衣女人，为什么一定要找梁承业？

那个女人应该与这家人颇有渊源吧，尽管她在竭力否认着这一点。

此时庄恨水终于明白——为什么一定要找梁承业，是因为他的性格。

世界上有一种人，永远无法背叛自己的第一印象。这种人数量并不多，因为大部分都在物竞天择的过程中被淘汰了。现存的，大概是基因突变的产物，或是一种返祖现象。但不管怎么说，梁承业就是这种人。

比方说，对眼前这个毫不可爱的女人，正常的、年龄超过十八岁的男人都会认识到绝对不能跟她发生什么瓜葛，而梁承业如此的一往情深，庄恨水一眼就看出来，在其中作祟的，是童年印象。

同理得出，他自己因为一开始已经树立了爱国华人、海外艰难求生的形象，所以自己以后无论怎么颠三倒四，那也全都是误会，或者有别的原因，反正绝不可能是个骗子。

因此庄恨水也有些看戏心态，有心想看着王扶桑还会怎样折腾，看着梁承业如何鸡飞狗跳。

这场戏该如何收场呢？他盯着手上的腕表，心想着等指针再移动一格就再开口推动推动剧情，没想到王扶桑的手机一亮，她点开瞅了一眼，便对他说道："骗子，我觉得你要么老实点，把这顿饭的单买了然后永远消失，要么我可就要采取措施了。"

"请问您想采取什么措施？"庄恨水谦虚请教，"还有，我为什么还是骗子？"

"嗯，你不是骗子，你是历史小说作者。"王扶桑说，"连道具都做了，你还挺敬业。可惜啊，你这块表，看起来的确很古老，像那么回事。不过，你看这个。"王扶桑点开手机上的一张图，这时庄恨水才看出来，那是一张某电影明星的广告宣传画。"你这只表，该品牌几年前出了一个它的复刻版，声称完全按照1940年出的原版来做的，其实呢，呵呵。"说到这里，她咳嗽了一声，庄恨水似乎在她脸上看见了一丝转瞬即逝的愧色，然后她就接着说，"我看你是撞在枪口上了，我正好帮我客户打过这么个官司，起诉品牌方虚假宣传，法院建议和解，被告主动赔了三倍的价钱。"

信息是李胜男发来的。这一切她们配合起来轻车熟路。

这也是王扶桑赚钱的小途径之一——打向品牌索赔的官司。

打起来并不费劲，只是需要经常留意一些品牌的负面新闻，例如号称全部使用鳄鱼皮，但内袋却用的压纹牛皮，比如号称产自意大利，但其实是在中国生产了主体，只是去意大利装一个蝴蝶结。这样的事情，你以为那些高大上的一线品牌绝不屑于去做,但他们做得还真不少呢。

找准目标之后,再想办法拿到该品牌的会员资料(有时候品牌的销售会把这些资料在暗中渠道售卖),群发信息给购买者,帮他们向品牌索赔。一般这样的案子法院不会直接判,调解之下,品牌通常会认倒霉,干脆地赔钱了事。

然后她在赔偿金额里抽三分之一,有时候甚至达到一半。

是的,做亲子鉴定也好,打品牌官司也好,都不是一个正经律师该干的事。除了这些,还有三教九流,帮人平事,甚至一点无伤大雅的敲诈勒索,这些都是王扶桑的营生。

王扶桑提脚走人,梁承业惊慌失措,跟在她屁股后面就跑了出去。

庄恨水叹了口气。就这么完啦?

梁承业忽然又跑了回来。

"庄老板,不要见怪,她就是这样,脾气不太好,但是个好人。"梁承业急切地说,"服务员买单!"

服务员没听见。

"庄老板麻烦你照看一下,其他的以后再说。"

梁承业把钱包留在桌上,一跺脚,又加速地跑了出去。

庄恨水拿起钱包,里面满满当当塞着纸币,显见梁承业这人作风老派,而且是个习惯了买单的厚道人。

那这一切可还没结束啊!庄恨水念头一转,对姗姗来迟的服务员微笑起来。

4

王扶桑的"条件"

第二天中午,梁承业再次致电庄恨水,约他晚上出来吃饭。

庄恨水爽快赴约,他得还人钱包啊!刚一落座,梁承业还没来得及开口,他便主动交代:"酒的事,我已经问过家里人了。"

"他们怎么说?"

"我又被陷害了。"庄恨水压低了嗓音。

"怎么回事?"

庄恨水酝酿了一下情绪,他说:"有些事,本来是我们的家事,不好对外人说。但回国这些日子,你一直待我像兄弟一般,有些话,我把你当成家人,才会讲的。"

"你放心吧水哥,我一定替你保守秘密。"

称呼这么快就从"庄老板"切换成"水哥",梁承业天真无邪的程度,让庄恨水都有点措手不及。

"我的继母要把酒庄卖掉。"庄恨水接着说,"但是,爷爷的遗嘱里说明了,酒庄是我的。然后你就可以想到,她会怎么做了,对不对?"

"她故意陷害你?搞臭你的酒?"

"虽然目前还没有证据。"庄恨水道,"但八九不离十了。"

"那你爹也不管管?"

"我父亲在那边势单力薄。"庄恨水说,"我几个兄弟都去了美国大公司,继母想卖掉酒庄,经营房地产。"

"真是非我族类其心必异。"梁承业愤愤不平,"水哥你放心吧,只要我能做到的,我都会帮你。酒厂的事咱们还是继续进行,千万不可放弃了。"

庄恨水松一口气,但又故意面露难色:"可是,你女朋友不同意啊。"

说到这里,梁承业一下就沮丧了:"这还真是个问题……不过,她还不是我女朋友。"

见他这样,庄恨水故意问:"不是她,难道是那位杨小姐?"

梁承业吓得摆手:"你可千万别乱说,会死人的!"

"小梁,看不出你年纪轻轻,还挺有故事。不过我奉劝你一句,这两位小姐都不是省油的灯。"

"其实……就还好吧。"梁承业说,"那个,璐璐的性格吧,是有那么一点强势,但是扶桑,你不了解她,其实她脾气最好了,我长这么大还没见她真的发过火。"

没、见、她、发、过、火。

童年印象真的太过强烈了,庄恨水在心里为梁承业悲叹。

"小梁,说起来我还真有点不明白。"庄恨水真心实意发问,

"我回中国的时间虽然不长,但对中国女孩子的择偶标准还略知一二。你的房子在北京什么位置,面积多少?有没有贷款?贷款需要还多少年?如果结婚,你会把妻子的名字加进房本上吗?房子带不带学区?你是不是北京户口?你的单位,有没有那个,配偶户口随迁指标?"

这一番话,直听得梁承业目瞪口呆。

"水哥,你好好的一个人,怎么会这么世故?"

"不是我世故。"庄恨水辩解,"但我听说,中国人在婚姻上,是最讲条件的。"

梁承业一脸牙疼般的表情,庄恨水看得暗自发笑。

这样离间人家有情男女当然不太厚道,但是昨天,王扶桑那么凶狠地拆了他的台,他不回敬一把,心里也太过意不去了。

说到他自己,眨眼间,回到中国已经一个多月了。

在这段时间里,从一开始的新奇亲切,到现在,反而感到有些陌生隔膜起来。

对他来说,比较头痛的一点是,这个国家的人都非常热衷于询问外国人:你怎么看待我们的国家?还特别要求:说实话!每到这个时候,庄恨水只好回答:我也是中国人呀,百分之百中国人!这个回答虽然文不对题,但是足够叫他们满意了。

私下里,庄恨水一直在想,中国到底是个什么样的国家?这些从基因类型上与自己相同的人们,到底是什么样的人呢?

首先感到的,是他们对外国人很热情,尤其是对华人,既有主人的豪爽,又有一种类似于"自己人"的微妙共谋感。其次,执著于商业,对钱很感兴趣。对自己的文化充满了自豪,但是谈起这些文化是什么，又说不出太多具体的东西。接受西方的价值观在某些方面非常彻底，但时时刻刻又不会忘记"我是中国人"，在有些方面称得上非常灵活，甚至看不出底线在哪里，但有些方面又很保守，同时，自尊心非常的强。

但是，仅仅这些描述是不全面的。庄恨水租了一套酒店式公寓（租房的钱他强烈要求养母打到他的银行卡上），晚上没事就会打开电视看，在新闻联播和漫长的电视剧之外，他发现有两类节目是他了解当代中国的宝库。

一类是法制节目。当然这类节目不会报道什么真正的恶性案件，多是诈骗、抢劫、入室盗窃之类，没有什么大奸大恶，多的是人心算计，他看得津津有味。

另一类是情感调解节目。其实智利也有类似的深夜节目，一家几口人为了狗血的出轨事件撕作一团，但那种他会觉得粗俗夸张，千篇一律，反而中国的节目就好看了，走上台的个个看上去都很正常，坦诚地对着几个专家开始讲述自己的情感烦恼。庄恨水一开头看得云里雾里，这不是情感节目吗？怎么这些人几乎不讲感情，讲的全都是钱啊、房子啊、工作啊？慢慢他就明白了，当中国人谈感情的时候，其实谈的是条件。除了财产、家庭之外，男女的身高、工作、学历、收入、长相、脾性，以及"对我好"，世间万物全都可纳入条件的体系。在庄恨水看来，很多人表面上装作不在意，说"只要人好就行"，其实这个"人好"里面至少包含了五十条以上的细分条件。总之，中国人似乎对浪漫的爱情不屑一顾，他们讲究"过日子"，过日子需要的就是条件。

"是的，你也没说错，我们中国人最讲条件。"梁承业说，

"但是扶桑的条件胜过我太多,就算她看不上我,我也没什么话好说。"

"哦?那我倒好奇了。"庄恨水说,"她有什么优秀的条件,让你这么一个大好青年,这么高攀不上?"

"她什么都好,你别看她昨天那样,咋咋呼呼的,其实她只是吓吓人,她这个人,三个词可以概括,坚强,独立,善良。"梁承业说,"她从小就没了父亲,后来她妈也跑了,她外婆还离婚了,她也没有别的亲人,所以她要养家,还要养妹妹。你知道吗,她妹妹,真的是她从医院里抱出来,一点一点喂大的。"

"她还有个妹妹?"

"唉别提了。"梁承业说,"这个妹妹啊,真愁人。"

他看上去是真心的十分烦恼。

庄恨水瞬间明白了,这个妹妹,也是王扶桑的一个不利"条件"。"这个妹妹怎么样了?"他故意问,"姐姐坚强、独立、善良,妹妹也不会差到哪去吧。"

"像你说的那样就好了!"梁承业又急。

原来,王扶桑的妹妹没有上大学,现在也在北京,做一份模特的工作,生活得十分自在潇洒,住的房子不知道比姐姐的要宽敞几倍。但是众所周知,她的工作收入根本支撑不起她的生活,直白点说,她就是那种靠男人供养的女人。

"姐妹俩关系不怎么好。"梁承业说,"她就喜欢跟姐姐对着干,扶桑经常被她气得半死。"

"所以?"

所以姐妹俩不相往来,已经有一段时间了。但是最近,这个妹妹——她叫王乐乐——突然找到梁承业,说她知道姐姐现在在做什么营生。她交给梁承业一份材料,让他帮忙找姐姐,鉴定一下。

"什么营生?什么材料?好像很神秘啊。"

庄恨水只是随便问了一句,没想到梁承业刷的一下脸红了。

"那个。"他说。

"什么?"

"扶桑业余时间会帮人做亲子鉴定。"梁承业说。

庄恨水明白了。"这是合法生意吗?"他问,"我的意思是,在中国是不是合法的?如果不是政府来做,有没有法律效力?"

"没有吧,好像没有。"梁承业有点迷糊的模样,"有没有也不重要。重要的是私密性。"

这下庄恨水彻底明白了。

"小梁,不是我说呢,你真是有点死脑筋。"庄恨水说,"如果是要私密性,她自己拿去任何一家鉴定机构,还不需要你转这一手,不是更加私密?"

"可是她非要给我,说信不过别人,还说一定不准告诉她姐姐。可是这种事情,我思来想去,还是不能瞒她姐姐。所以我……"

"你告诉了?"

梁承业点头。"现在她追着我要结果,我怎么给她?"

"结果被她姐姐拿走了?"

梁承业又点头,一脸悔不当初的模样。庄恨水直看得好笑。这事在他看来再简单不过,显然这个妹妹是早就看透了小梁,吃定他一定会告诉姐姐,才拿他来做了筏。他心想着,看在梁承业对他开诚布公、热情招待的分上,也得帮他这么一个小忙,好让他从这段麻烦关系里脱身。这念头刚冒出来，好巧不巧他就听见手机响了，低头一看，国际号码。

他赶紧走到外面——他可不想让梁承业听见他和养母吵架。

然而，电话是父亲打来的。

"你的邮件收到了。"父亲说。

"收到就好。"庄恨水顿了顿。其实他想问父亲，很久不见，你还好吗？但是他们父子之间一向没有这样亲切的情感表达。那种感觉非常奇怪，他有时候会觉得，相比自己这个私生子，父亲在家里才更像一个多余的人。生活在祖父的影子下，更多地是在妻子的驱策下，勉力地进行着酒庄的事业。

但其实他这个人，怎么说呢，几乎滴酒不沾。

不仅如此，世界上一切轻松的、享乐的事情，好像都与他无缘。

"邮件收到了。"父亲重复了一遍，"抱歉这么久才回复，因为我需要一些时间，去核实你所说的问题。"

"那你核实得怎么样？"

"酒的确出问题了。很奇怪的气味。"父亲说，"跟你描述的相一致。"

"那原因查清楚了吗？"

"没有。"父亲说，"不过，你妈妈去查过了，不是寄给你的那一箱，而是那一年所有的，都出了问题。我们现在还没有检查其他的年份，不知道情况怎么样。"

"怎么可能？"庄恨水吓了一跳。

"消息已经传开了。"父亲说，"你也知道，多少人盼着我们倒霉。好几家报纸都在推波助澜，向我们定酒的餐厅、超市现在已经全部退货。还不知道什么原因，如果确定是我们的问题，可能还要按照合同几倍赔偿。

"现在形势非常紧张。你也知道，我们为了扩大生产，前两年用你妈妈的名义，购进了中央山谷的另外两个酒庄。这笔钱是向银行贷款的。酒刚出现问题我们就向银行提出，毕竟我们也是为国家作出过贡献的传统酒庄，能否债务展期，等我们新的酒庄盈利再开始偿还，但是银行昨天已经上门来，希望我们能提前偿还。按照目前的局面，酒庄可能保不住，你也要有心理上的准备。

"我现在在等消息。你妈妈这两天不在这里，回到娘家跟两个哥哥寻求一些资助。但她那边，你也知道，她已经在咱们这里花了一大笔嫁妆，而且她父亲去世以后，再从家里要钱出来就比较困难。她最近真的心力交瘁，所以，如果你没有特别要紧的事，就不要去给她增添麻烦了。"父亲说，"等她回来，我就跟她商量把酒庄盘出的事。我知道你对她很有成见，但你要明白，这一切都是我的主意。"

这话庄恨水没法回答。

"还有，要跟你商量一件事，因为家里最近资金困难，所以你在中国的费用，我们就暂时不能支付了。"父亲接着说，但那口气并不是在商量，"你中文不错，也有大学文凭，或许你就在那边找个工作，或许你愿意回来圣地亚哥，我们都没意见，但经费你可能要自己筹措。"

这话的意思就是，我们不会给你一分钱了，你愿意待在哪也跟我们没关系，你可以完全按照自己的意愿去自生自灭。

父亲那边说着就要挂电话，庄恨水突然醒悟过来："等等！"

"什么事？"

"酒庄是我的呀！"庄恨水说，"爷爷的遗嘱上写明了我来继承。你们怎么可以说卖就卖？"

"你爷爷的遗嘱上说，家族的任何一个人都不许踏足中国，更不许与中国人进行酒的贸易。"父亲说，"你发给我的邮件上说，你已经在跟中国人谈判，合作开酒厂。这份邮件我会交给律师去进行公证。"

"你们居然……"尽管心里已经明白，听到这里，庄恨水还是忍不住一阵恶寒，"其实一切都是你们的安排？害怕我跟你们打继承权官司，害怕我还有一点胜算，所以特意打发我来中国，打发我跟中国人合作，因为之前我不肯来，你们还雇了个女演员，演了一出戏给我？"

"你说的这一切都没有真凭实据。"

"好吧。"庄恨水苦笑。事已至此。"我只有最后一个问题。"

"请问吧。"父亲说，"如果我能够回答的话。"

"我想问你，爸爸，我的亲生妈妈，到底是个什么样的人？她是活着还是死了？你对她难道就没有一点的怜悯，到现在还要把她的儿子驱逐到世界上最遥远的地方来？"

那边沉默了一阵。

然后，电话就挂断了。

他走回餐厅，梁承业还在那巴巴盼望。

"我们刚说到哪儿了？"庄恨水有点迷糊。他记得自己似乎对梁承业扯了一个谎，说养母打算盘掉酒庄——此时此刻真有种现世报的感觉。

"我们说到，扶桑的妹妹她……"梁承业看上去还蛮想好好说话，但是忽然间，他崩溃似的喷发出一句话："扶桑打电话过来了！"

"啊？"庄恨水一时没反应过来，"那好啊，你不是正想联系她吗？"

"她要我约王乐乐见面。"梁承业说，"因为王乐乐拉黑了她的电话。而且还不准告诉王乐乐是她要我约的。我真的要死了。"

"那你怎么打算？"庄恨水说。

"我怎么可能有什么打算？"梁承业爆出了绝望的呐喊，"约的话，王乐乐会杀了我，不约的话，王扶桑会拉黑我。怎么办？怎么办？"他那表情，好像现在如果不是庄恨水在他面前，不是要和他吃完这顿饭并且买单的话，他立刻就要去跳河。庄恨水忍住笑："你就约好了。"

梁承业抬起湿漉漉的眼睛看他，就好像淋湿的小狗乞求人类收养。庄恨水拍拍他的肩："你就约吧，两害相权取其轻，我觉得被妹妹杀死，也没有被姐姐拉黑那么可怕。"

"她倒也不会真正杀我。"梁承业说。

"你好像跟我提过，这个妹妹在酒方面，比姐姐还要厉害？"

"当然是她厉害了，她有个外号，叫酒神。"梁承业道，"就连我舅舅，他是生物老师，就连他都说，虽然王扶桑成绩好，但王乐乐才是真正的实验天才，他一直想让她回老家跟他一起挽救酒厂。"

"挽救？"庄恨水吃惊，"你们酒厂的经营情况不好吗？"

"没没，没有，挺好的。"梁承业矢口否认。

庄恨水当下也不追问，跟梁承业再喝了两盏，假装漫不经心地提出："小梁，不然你去见那两姐妹的时候，我陪你一起吧。"

他问得心虚,心里给自己找了过得去的理由,就说那瓶发臭的酒,倒想跟"酒神"请教请教。没想到的是,他根本就不需要找任何理由,梁承业激动得把他当成了救命稻草:"啊水哥!你陪我去真是太好了!水哥你是我亲哥!"

三天以后,在五道口附近一家据说"非常玩得开"的夜店,庄恨水看到了一个年轻姑娘,坐在吧台左顾右盼,百无聊赖。

他端着酒杯,上去请她喝酒。

她冷冷地看了他和他的杯子一眼:"我从来不喝金酒。"

要不是先见过她姐姐发脾气的模样,庄恨水一定会觉得这就是天下第一号坏脾气的女孩了。"那是因为你没喝过真正好的金酒。"庄恨水说,"我推荐给你这款'飞行'金酒,里面有刺柏,芫荽籽,柑橘皮,还有薰衣草的种子。是不是听上去很疯狂?"

她没有踢开他,这很好。于是他接着说:"如果再加上一些墨西哥辣椒,几个小番茄,这款酒一定会让你永生难忘。"

那女孩眯起眼睛,盯住庄恨水:"你是谁?想干什么?"

"我只是想请你喝杯酒,因为你是这里最漂亮的女孩子。"庄恨水笑着,挨近了她。

5

另一个中国女孩 _(与王扶桑很不一样)

这个世界上,王扶桑最喜爱的人可能是罗小川学姐。

最服气的人是记者李胜男。

最讨厌的人是死去的外婆。

最搞得定的人是梁承业。

最搞不定的人,是她妹妹王乐乐。

岂止搞不定,王乐乐简直就是她的煞星。大四的时候她这边屁颠屁颠找工作,那边中学老师一天三个电话催着她回老家,解决王乐乐的退学问题。

"把这个不要脸的领回去吧,我们这里教不了了。"

县城中学里的老师说话是不客气的,但也没有人去投诉他们"荡妇羞辱",他们就算指着王乐乐的鼻子骂她是个骚货,底下的男生女生也只会嘻嘻窃笑。王乐乐自己也满不在乎。

至少她表现得满不在乎。

姐姐来把她领回去，她一句道歉的话都没说。姐妹俩回到愁云惨淡的家里，煤气没了，电也没了，打开水龙头倒是还有点水，王扶桑用酒精炉烧了一锅面，王乐乐说："你这是吃猪食吗？"王扶桑说："那你觉得你还配吃什么？"

面条被哗地扣在地上。两姐妹打了一架。王乐乐虽然脸上挨了几下，但瞅准了时机，把姐姐的手机从五楼扔了下去。

王扶桑永远不会知道没有手机的那段时间有没有接到过面试通知了，这是她之后一直耿耿于怀的事。

是的，王乐乐这个人，从来就懂得攻击别人最脆弱的地方。小学时候有男生说她有个婊子妈，她一脚踢中人家腰眼，男生一个月没来上学，两姐妹为了赔医药费，吃了两个月的水煮挂面。那段日子实在太过悲惨，所以王乐乐以后也改变了她的策略。高二那年，因为她去夜总会陪酒，班主任三不五时找她去办公室"单独"谈话，谈到后来，她不知怎么把班主任谈进了夜总会，喝得七荤八素左拥右抱的当口，又把人家老婆跟派出所民警一起喊了去；第二天老婆家里兄弟几个大闹学校，校长揪她头发要她给老师道歉，之后在全校通报批评，她转头就把校长经常喝的饮料做了手脚，害得他在台上讲话的时候当众蹿稀，从此一蹶不振，第二年年头上就退了休。

人们形容王乐乐是"祸害"，不止全校女生，就连刚招聘来的青年教师，都叫自己男朋友离她远一点。

整个学校唯一对她好的人就是生物老师庄国栋。

庄国栋老师认为，王乐乐是个超过她姐姐的生物天才，尤其特别适合做实验。

"算了吧庄老师。我姐学这个都找不到工作，我就更别想了。"王乐乐说,"再说我不想上大学,那纯粹是浪费时间。"

"你可以不要上大学啊。"庄国栋老师说,"你拿到高中毕业证,就跟我一起到酒厂工作,我让他们特聘你做技术员,我们来做出真正的杨镇古老的酒,他们现在的总还差点味道。"

庄国栋老师不是说说而已的,事实上,二十年来,他一直在姐夫开的酒厂兼职担任技术顾问,安插进去一个王乐乐毫无问题。他如此自信,一方面是因为在八十年代初,他帮姐夫解决了一个技术难题,杨县的这种传统工艺酿酒才得以复活,从此成为了姐夫发家致富的基础;另一方面他觉得王乐乐有这个实力。他问过王乐乐,给校长喝的东西是什么,怎么见效如此之快,王乐乐笑嘻嘻地说:"梨酒。"

"你哪里来的梨酒?"

"我自己做的。"

庄老师知道英国有一种布莱克梨,素有"闪电梨"之称,形容的是它穿过肠胃的迅捷速度。之所以如此,是因为梨中含有一种叫"山梨醇"的非发酵性糖,对于肠胃敏感的人来说,那就是一种真正的泻药。也许做出梨酒来并不困难,因为梨本身就是一种很容易发酵的水果,庄老师相信自己在家用一只高压锅也能完成这一系列工作,可是,要找到含山梨醇最多的梨,把它制作成令校长即使觉得不对、也毫不犹豫地喝下去的饮料,并且很可能是一次就成功——那就是王乐乐这个女孩独特的天赋,这种天赋,在她姐姐身上也未必存在。

"我才不要去那个破厂呢,他们才给开多少工资啊。"王乐乐撇着嘴角说,"再说了,他们姓梁的没有一个好人。"

没有一个好人,甚至包括梁承业在内。

在王乐乐看来，虽然这个人现在屁颠屁颠地追着她姐，但到了一定的时候，就一定会听家里的话，找个"门当户对"的人结婚的。

总体而言，她比姐姐王扶桑要更不相信男人，不认为他们身上具有任何堪称美好的品性。但是，与王扶桑要成为独立女性的志向不同，王乐乐觉得自己可要聪明多了。

用梁承业的话来说，她成为了一个依靠男人生活的女人。

依靠男人，这话说起来有点不好听，其实如果用王乐乐的话说，是那些男的想不开非要给她花钱，而她呢，就勉为其难地帮他们把钱花出去，难道为她装饰一间美丽的客厅，不比他们胡乱去开几瓶假冒拉菲，会让这个世界美好得多吗？

在没见面之前，庄恨水对这点，还有些不相信。因为梁承业那儿没有照片，所以，他完全按照王扶桑的小一号想象了王乐乐，他想不出这么一个女孩怎么去花到男人的钱，怎么开口跟男人要钱，他只能想象她拿把枪抵着别人脑袋说"把所有的钱都交出来"。

见到王乐乐以后他知道自己错了。

这么说吧，在庄恨水接近三十年的人生里，至少有一半的时间在跟形形色色的女性打交道，学校里追求他的女生啊，他追求的女生啊，祖母啊继母啊，在他挥金如土的时候围着他转的都会女郎啊，在他穷困潦倒的时候收留他的陪酒女啊，这些女性中，至少有一大部分，（至少在当时看来）长得是非常美丽的。

但她们的所有美丽加在一起，也比不上眼前这位王乐乐的光芒。

真是不看不知道啊,原来王乐乐整个的面貌,跟王扶桑就没有一点相像。也许有一点吧,可是她整个人的那种娇俏、灵动又柔软的姿态,好像彻底抹去了和那个古板姐姐的血缘联系,并且令庄恨水看她的第一眼,就觉得有种莫名的眼熟。他捧着脑袋,想了很久才想起,是在祖母的书里啊!一本写鬼怪的书中,写到的狐仙,画的那些图,不就是眼前王乐乐这个样子?

这么一想,就愈看愈像,庄恨水甚至想起祖母最喜欢的一篇叫《娇娜》,里面形容一个女孩子说她"娇波流慧",可不就是眼前的王乐乐吗。她的脸是那种极精致的巴掌脸,下巴尖,但又没尖到刻薄,反而有一点微微的后缩,这个脸型的缺陷却让她加倍的可爱。在这张小小的脸上,五官安置得特别精巧;眼睛大,但又不大得过分,细看的话,原来她生的是那种窄长的眼睛,只是眼波特别亮、特别盛,所以才给人眼睛大的感觉。她的鼻子细巧而挺,鼻尖又是翘的,嘴唇略有一点厚,算不上传统意义上的樱桃小口,可那厚的程度,就像刚刚跟人接过吻而微肿一样。她穿着一条低V围裹裙,显得腰身极纤细,总之,从任何角度看,这都是一个美丽的女人,同时也是一个危险的女人。

相比之下,王扶桑就是一个正直过头、也乏味过头的女人。

据梁承业说,两姐妹是同母异父。也许也只有这个理由,可以解释两人外在的差异。

"你可要小心点,她骗起男人来不眨眼。"

"骗我干什么,我没权又没钱。"

"唉你想的太简单了。杨嘉还不是没权没钱,不也一样被她骗得够呛。"

梁承业口中的杨嘉,是杨璐璐的亲弟弟。说起来又是一个故事——他就是那个被王乐乐一脚踢中腰眼的男生。

有人说,他在腰部受伤的同时,可能脑子也一并受伤了,从此就像犯花痴一样迷上了她。但是,与王扶桑拽着梁承业的向上轨迹相比,王乐乐可是拖着杨嘉一路向下:初中跟在学校外面堵王乐乐的社会青年打群架,高中就干脆去混了社会,王乐乐能及时地把民警叫进夜总会,其中也有他的一份功劳。王乐乐退学的时候,他也跟着退了,家里当然不让,杨璐璐还跑到王扶桑那里去交涉过,但杨嘉是个意志坚定的人。在他闹过跳窗、上吊、急病发作等一系列桥段之后,他的父母总算是松了口,把他托付给北京做生意的亲戚,还给他在当时还不怎么贵的华贸公寓买了一套顶层复式。这套房后来成了姐弟矛盾的焦点。

如果家里人想到王乐乐后来也会去北京,而且混得如鱼得水,就不会这样安排自己儿子的人生了。

他们原想的是,两姐妹的妈妈王艳早已经不知所踪,王扶桑听说在北京也混得不怎么样,连份正式工作都找不到,妹妹又高中都没毕业,那么她们的人生道路,就只能一直通向贫民窟了。

众所周知,贫穷就是毒药,能极速地损害女人的美貌,磨灭恋人的真挚。

家里人觉得,随着阶层距离的拉大,那份年少的激情,很快就会无疾而终。

只不过他们在两方面都失算了而已。

他们也是太傻太天真,毕竟是小地方人没见过世面。王乐乐怎么可能让自己受穷呢！而且，在北京这样的地方，一个美丽的女孩子，总能找到自己的一碗饭吃。没有学历又怎么样？她先是当平面模特，接着迅速有了很有钱的男朋友，给她租世贸天阶旁边的高档公寓。很快她又换了别的男朋友，随后便拥有了望京一套小高层的产权，当然还要继续还房贷。最近，王乐乐谋划着要结婚了，对方是个小有资产的投行男，北京户口。

一切看上去都很圆满，但杨嘉已经放过话：绝对不会让王乐乐结成这个婚。

王乐乐的回应是：小时候没踢死你，现在你试试。

然而实际上，王乐乐还真不一定结这个婚。

因为，她从来不会给自己仅仅一个选择。

她前些天托梁承业，给罗小川送去了自己的静脉血，还有一个男人带着毛囊的几根头发。如果检验的结果符合她的心意，那她的命运，将会从此改变，再也不需要从每个男人的手里取得一点点她想要的东西——她可以一次性拿到全部。

可即便如此，那也不会是她人生的终点。

如果说王扶桑有一种天赋，就是绝不向命运低头。

那么王乐乐更有一种罕见的天赋：她永远对命运敞开自己。

当庄恨水这个男人向她靠近，她敏感地闻到了一种，命运的气味。

虽然这个男人没什么钱，这是一眼就能看出来的。但是，他不一样。没钱却又并不穷酸，在她这样的大美人旁边也不畏缩，这就不简单了。而且他身上带着某一种气息——遥远的、能让她闻到什么的气息。

于是她一扭头,问吧台里的侍应生,"刚才他说的这几样东西,你们这都有吗?"

见侍应生面露难色,她便拍下几张红票子:"麻烦你,去旁边的进口食品超市给我买回来哦。"

侍应生拿了钱便要走,庄恨水拉住他:"等等,我给你写个单子。"

墨西哥辣椒。如果买不到,就用不太辣的灯笼椒代替。番茄要樱桃番茄。另外还需要一根黄瓜,几根新鲜罗勒。最重要的是汤力水。庄恨水刮肠搜肚,想出了几个汤力水的牌子,都是他过去常用的,这才放心地将单子交给侍应生,请他快去快回。

十分钟后侍应生回来了,显然他平时也经常做这些采购的事情,轻车熟路。东西摆在吧台上,庄恨水第一眼便去看那汤力水的配料表。"您说的那几个牌子都没有,我就拿了这种最贵的。"侍应生说。

"这种不是金鸡纳树树皮做的。"庄恨水说,"是玉米糖浆调制成的,都算不上真正的汤力水,只是冒牌货。"

"你说什么?"王乐乐道,"金鸡纳树,这种东西,我们这儿可没有。"

"只能凑合凑合了。"庄恨水道。于是他将黄瓜和辣椒切片,与金酒、罗勒一起放进容器里研磨,同时他交代侍应生在两只高球杯里装满冰,分层放进去辣椒、黄瓜切片和罗勒,随后将这边研磨好的金酒过滤,浇在冰上,在杯里灌满汤力水,最后加上樱桃番茄做装饰。"这款酒叫马马尼酒,是为了纪念曼努埃尔·马马尼,"庄恨水说,"是他把南美金鸡纳树的种子带给了英国人,他自己也为此失去了生命。"庄恨水举杯跟王乐乐碰了一下,"如果没有他,那么欧洲还会有很长时间被疟疾所苦,尤其是在军队里,那么,很多的历史都会改写。"

"嗯,改写。"王乐乐说,"你知不知道,如果这杯酒喝下去,有人的命运也会被改写?"

说这话时,她口气柔媚,带着魅惑。

庄恨水隐约感觉不太对,但还没回过神来,王乐乐已经一脚踢翻了他的椅子。

头部着地。

视线里只有王乐乐的高跟鞋,还有她纤细的脚踝。

"你回去告诉杨嘉。"她说,"想坏我的事,找个有脑子的人来。以为老娘不知道金鸡纳树就是奎宁,骗孕妇吃奎宁,这种丧尽天良的事你也做得出?"

庄恨水的脑子里"嗡"的一响。奎宁,他居然没有想到这层,真是马失前蹄……

他想翻起身来跟王乐乐解释,但此时,更糟糕的事情发生了。

他听到王乐乐叫了一声:"姐。"

然后她诧异地喊:"小川姐,你怎么也来了?"

这个时候庄恨水面临着两个选择:

1. 趴在地上不起来,这样可以躲过一个可怕女人的奚落。

2. 堂堂正正地站起来。

他选择了后者。站起来,勇敢地对王扶桑绽放了一个笑容:"好巧啊,王小姐。"

王扶桑倒是唬了一下:"你怎么在这?"

"来酒吧自然是喝酒咯。"庄恨水道,"你呢?"

这边王扶桑还未置可否,庄恨水突然感到一条柔软的手臂围上了他的脖子。

"怎么,你跟我姐还认识?"王乐乐贴着他的脸问,"真的好巧。"

"认识个屁。"王扶桑说,"王乐乐你怎么又跟……"她顿了一下,"你怎么又跟这种不三不四的人混在一起。"

"奇怪啊姐,你都不认识他,怎么知道他不三不四?"王乐乐说,"哦对的,反正只要是我认识的人就是不三不四,从小就这样儿,我懂的啦。"

在酒吧那样的光线里,庄恨水都看得明白,王扶桑的脸色铁青了。旁边那个女的,想必就是刚才王乐乐说的小川姐,还穿个警服,一边瞅着这边,一边特别别扭地擦着手上的盖章。这个酒吧的规矩是,男生交了钱进来以后,手背上就给盖个荧光标志,女生免费盖一个。庄恨水觉得这规矩还挺有意思,将来自己开个酒吧也能推广。保安追进来:"小姐姐能不能把你的制服暂时脱下来,我们客人都不敢进来了。"

"好的好的。"小川应道。她仔细脱下制服,肩线对对好,整齐地搭在胳膊上。然后她凑近一点,打量着庄恨水。过了一秒,她有些恍然大悟的意思:"啊——你就是那个智利骗子?"庄恨水倒笑了,应道:"没错,我就是那个智利骗子。"王乐乐搭在他肩上的胳膊,刚刚已经撤了,这时候又紧上来:"咦,原来你是智利来的?难怪你晓得那么奇怪的酒……"说到这里,她忽然又打住了,依旧揽着庄恨水的肩,脸又朝向了她姐姐:"怎么?咱们姐妹俩见个面,干吗搞得这么大费周章的,把警察都带来了,你是要来抓人吗?"

"不不不,不是,我就是来玩的。挺好奇的,来看看。"小川真诚地说。但是王扶桑捅了她一下。"哦对对,你要的东西我带过来了。"小川开始低头在制服口袋里乱摸,很快摸出来一只信封,递给王乐乐,"你的结果。"

"你怎么知道是我的结果?"

"别装了。"王扶桑说。

王乐乐横了姐姐一眼。然后,她挑衅般接过信封。"结果怎么样啊?"她抬高了声音问,庄恨水听出来她是故意的,"符合,还是不符合?"

"是男孩。而且是符合的。"小川说,"但是……"

"但是什么?"王乐乐说,"我只需要结果,这就够了。"

"你要检查一下身体……"小川说,"但愿是我乌鸦嘴。"

王乐乐眼光灼灼,打量起她姐姐:"就那么一点血,你还查了别的?"

"你想想妈妈。"王扶桑说,"她生你的时候……"

"你是不是还觉得,这是我的责任?是不是妈妈走了,你心里一直觉得是我害的?"王乐乐说,"你是不是就见不得我一点好?"

"别这样说你姐姐。"小川说,"她是担心你。她说她最近老是梦见外婆……"

"算了别说了。"王扶桑说,"随便她。"她拽着小川就要走。

"哎别走!"庄恨水喊道。

小川立刻倒回来:"什么事?"

庄恨水乐了,他觉得这个小川性格真可爱。"来都来了,喝点再走啊。"他说,"我调了点酒,咳咳。"

"什么酒?"王扶桑问。

"马马尼酒,为了纪念曼努埃尔·马马尼。"

"哦就是那个!"小川兴奋起来,"把金鸡纳树的种子运出去的人,对吧?我喜欢他!"

"种子是不是他运出去的还两说呢。"王扶桑说,"别提这个,提这个我一肚子火。"

"这你也火?"庄恨水实在忍不住,"这么造福人类的事情你有什么好发火?"

"是这样的。"小川说,"你也知道那个传说吧,关于金鸡纳霜的治疗作用,是当地的一个女人不小心透露给殖民者的,她的善良让她自己倒了大霉,被处死了。"

"哦。"庄恨水突然明白了,"你是一个……"他指着王扶桑,一时半会想不起那个词来。倒是王乐乐噗地笑出来,帮他说道:"是一个女权主义者。"

这个称号,王扶桑冷着脸,没有否认。虽然王乐乐的口气绝对不是在表彰她。王乐乐嬉皮笑脸:"其实我也是个女权主义者。"

"我相信你是。"庄恨水说。

"你是屁的是。"王扶桑说,"别往你自己脸上贴金了。"

"我怎么不是?"王乐乐说,"女权主义是不是说男人剥削女人?那我反过来帮女人剥削男人,多花他们一点钱,怎么就不女权了?"

"有道理。"庄恨水赞叹道。

"你给我闭嘴。"王扶桑说。

"你凭什么要人家闭嘴?"王乐乐反击。

"我想让谁闭嘴就让谁闭嘴,要你管?"

"我不闭嘴。"庄恨水好脾气道,"你们也不要为了我吵架。"

"谁为了你吵架了?"两个女人异口同声地说。

此情此景,就连一旁的小川也笑了出来。"真的不要吵啦!"庄恨水趁势端起酒杯,"为友谊干杯,好吗?乐乐不要喝。"

"你真不是杨嘉找来的?"王乐乐说,"那你来找我干什么?"忽然间,她恍然大悟的表情,"你是不是其实要来找我姐的?"

"不是。"庄恨水说,"我真是来找你的。"

"找我什么事?"

"酒。"庄恨水说,"我想让你看看我从智利带过来的酒。"庄恨水弯下腰。他先前放了一只公文包在吧台下面,现在拎了起来,里面就是那瓶酒,莫名发出臭味的葡萄酒。

"我听说,你懂得很多关于酒的事。"庄恨水说,"你甚至比你姐姐懂得更多。你们中学同学都叫你,酒神,对不对?"

他一边说这话,一边注意着王扶桑——她并没有跳起来打他,还好。

"哼,我为什么要看你的酒。"王乐乐说。她的目光里突然又透出一丝警觉。"什么酒神酒鬼,都是别人瞎叫的,怎么能当真。"

"别人这么叫可能不对,但是,就连你的生物老师也……"

"老家伙去死吧。"王乐乐说。她似乎真的愤怒了起来,庄恨水感到意外,不是说她跟生物老师感情很好,就像父女一样的关系?但现在收回这话已经晚了。

王乐乐愤怒得像一只点燃的兔子,跳下凳子就走了。庄恨水去追——当然,他追不追无关紧要,主要是,如果一个人留在这里面对王扶桑,有点太可怕,他还没想好怎么承受。

但他被拽住了。

不是夸张手法,而是真的被那个女人拽住了胳膊。

"你怎么知道那些事情的?"王扶桑说,"什么酒神,什么生物老师?"

庄恨水还没作答,她突然又上了一只手,用力地扭了一下他的手腕,他痛得叫出来。

"你滚出中国,滚远远的别再来了,记住了吗?"这个没礼貌的女人凶狠地说。

庄恨水原本没把"滚出中国"这句话当真。

他照常回了公寓,照常看法制节目。

中国十分安全,北京加倍安全。他早晨起床去路边买鸡蛋灌饼,中午跟路边的老大爷们下盘象棋。有心找梁承业继续说酒厂的事,他那边支支吾吾,庄恨水想想他被王扶桑训斥的可怜劲,心说好吧,放他一马。

日子这么悠悠闲闲地过了十几天,到了月末的时候,生活费果然没有打过来。

庄恨水叹口气,但想着公寓的房租毕竟还有两个月,这两个月里总会天无绝人之路,数了数兜里的钱,半夜还能跑到望京小腰吃烧烤。

两瓶啤酒二十个烤串上来了,滋滋作响香味扑鼻,这时候就有天大的烦恼也能忘记。他悠悠闲闲,在桌角上自己开了啤酒，正往外倒呢，头上突然吃了一下。

他嗵地一下站起来，看也没看，抄起身边的一只啤酒瓶，也砸了过去。

就这么进了派出所。民警上来按惯例要问你姓名性别籍贯，发现庄恨水是外宾，本来有心大事化小，各打五十大板完事，没想到那边非常坚决，好几个人互相作证，是那个小子故意挑衅，打伤了他们好几个朋友。

折腾了一个晚上，第二天，对方居然还请了个律师过来，说要给当事人去做伤情鉴定，起诉庄恨水故意伤害。

民警同志也不是傻子，已经问过摊主了，说什么都没看见。

这么多人打一个人，还说这被打的人故意伤害，摊主还睁着无辜大眼睛说什么都不知道，事情怎么看都有点蹊跷。民警小马满怀同情去问庄恨水："小伙子，你是不是在中国得罪什么人啦？"

"……没有啊。"

"对方要告你，律师也请了，你有没有人来帮你应诉啊？"民警看上去也有点无奈，"你拿的是访问签证？反正不管怎么样，你自己想点办法吧。普通的治安事件，我们顶多拘你几天，要真的上了法庭，就得遣送回国了。"

真是天降横祸。

这时候庄恨水才想到，滚出中国，这可不是一句空洞的威胁。

"我能不能给亲属打个电话。"他说。

电话打给了梁承业。庄恨水也没跟他讲前因后果，只告诉他，自己被一伙人打了，现在在拘留所，有点麻烦，如果上了法庭就要被强制离境。

"那怎么办啊，水哥，不然我帮你找扶桑？"梁承业在那头急得跳脚，"她挺厉害的，跟派出所也熟估计。"

庄恨水说："你不要跟王扶桑讲，你帮我找一下另外的人。"

"找谁？"

"你找你学姐罗小川。"

"找她有用吗……"

"你给她打个电话，告诉她我被抓了，在酒仙桥派出所。"庄恨水如此这般地交代了一番。

第二天上午，小马赶了个早，领着几个受害人去做伤情鉴定，平时见了他也笑眯眯态度很好的法医小姐姐却板着一张脸，"忙着呢，没空，下午来吧。"把他们轰走了。

说是下午四点钟再过去，可是三点半的时候，就接到律师电话说，不用做了，不告了。

对方的态度转变，可以说十分诡异，从一定要让庄恨水承担法律责任，到恨不得赔他点钱让他赶紧走出拘留所。

但警察叔叔们怪事见得也多，归根到底，警力资源是有限的，既然别人说你没打人，那你就是没打，办了手续就赶紧走吧，别赖在我们这儿了。

6

王扶桑的团伙

庄恨水出了派出所,在路边前前后后找了半天,才看见了王扶桑。

他其实也想过,会不会罗小川完全不告诉她,就自己默默地做了这件事。现在结论出来了:不会。

看见她的时候,她正靠在一棵盛开的白色玉兰花树下,抽烟。那棵树在两栋高楼之间长着,夕阳的余晖刚逝,天边一抹淡白色的月牙尖,在吵吵闹闹的大街边,居然找到了一丝清幽的感觉。王扶桑自己也是穿着白西装,人是斜倚着树但腰身看上去很硬挺,一只看上去就能砸晕罪犯的棕色公文包随意搁在脚边。她抽烟,不像一般女人那样袅袅婷婷轻描淡写,而是像个男人,像个罪犯一样恶狠狠的。从她那姿势里,庄恨水莫名感觉,她在为什么事情而深深烦恼。

"你在这儿啊。"庄恨水毫不畏惧地贴了上去,"什么烟啊,能不能给我一根？"

王扶桑瞅了他一眼："你还挺能的啊你。"

"没有你能。"庄恨水心悦诚服地说，"没想到你黑道白道都有人。"

王扶桑气得一跺脚。"不是我。"然后又为自己的辩解后悔似的，"算了，是我就是我吧，没错，我黑道白道都有人，你想活命就别惹我。"

庄恨水盯着她看了两秒。"我知道不是你。"他说。

王扶桑倒意外了："你怎么知道？"

"有人。"庄恨水说，不知为何他觉得有点丢脸，"有人一边踢我一边跟我说，要我不要碰他们兄弟的女人。"

"哼。"王扶桑说。

"是不是那个叫杨嘉的？"庄恨水问，"我听你妹妹提了他名字好几次。"

"你这么多管闲事，迟早要把命送掉。"

"没事啦，私生子就跟猫一样，有九条命。"

"你这是什么鬼话。"王扶桑说，"什么私生子不私生子，法律上都是平等的，私生子一样有继承权。"

庄恨水很敏感："你是不是又查过我？"

那边没有否认，他笑："那你这次查清了吧？我到底是不是智利来的骗子？"

王扶桑哼了一声："你别得意得太早。不是那个骗子，也是更大的骗子。"

"这又怎么说？"

"原来以为你是普通诈骗犯，讹一笔钱就跑的那种，没想到,你是借着合作办厂之名,想要骗取人家的商业机密。"王扶桑说,"罪加一等。"想想又觉得不解恨,"十等。"

"请问我到底要骗取什么商业机密?你们那边有什么方法让酒不发臭吗?"

"鬼知道你。"王扶桑说。庄恨水伸出手,巴巴地仍旧跟她讨烟。她想了想,把自己的一根烟从嘴里揪出来,扔到地上,还用脚尖拧了一拧。然后又拾起来,装进兜里说,"我戒了。"

那意思就是,我不抽了,你也别想了。庄恨水莫名觉得有些好笑,故意逗她:"对了,那天是我求小梁,死活要去见你妹妹,他才答应的啊。你是不是把他拉黑了?赶紧放出来吧,不然要出人命了。"

"出人命才好!"王扶桑说,"去死吧他。"

"别啊。"庄恨水说,"人家一片真心。"

"请问真心的年收益率是多少?"

"这就是你不对了。我祖母经常跟我讲,黄金万两容易得,真心一个也难求。"

"那都是什么老土观念。"王扶桑说,"你好自为之。再见!"

"别啊,你把我从看守所捞出来,我总得请你吃顿饭。"

"谁要吃你的饭啊。"

"那我请你喝一杯。"

"我怕你给我下毒。"

"我没给你妹妹下毒,我真忘了她怀孕的事!"

"你说忘了就忘了?这么大的事情也能忘?"

"放心,你的事情我保证不忘。"

"把你这套低级套磁手段都收起来吧。"王扶桑说,"跟我走,我有个朋友想见你。"

说完她拔脚就走,走得很快,庄恨水一步都不敢怠慢,紧紧跟住。跟着她走进了一个居民小区,但显然她不住在这里,也不是来投亲访友。临街的一栋楼,像是商住混用的样子,她抬脚就上了二楼,他也跟着。她曲里拐弯地走到一个拐角,掀起一块布帘子,走了进去,庄恨水这才明白,这是到了一间日式居酒屋。

"你总算来了!"里面已经有三个人在等她。

三个都是女的。

"小川学姐还没到?"王扶桑皱着眉头问。显然她在这堆人里算是领头的。那几个女的倒是立刻看见了庄恨水,起哄道:"这谁啊?是不是那个智利帅哥?"

"帅?"王扶桑说,"他这样的叫帅,你们别逗了。"

"哦!"其中一个女孩子说,"刚从派出所出来吧?所以他是过来请客的咯?"

王扶桑没说话,庄恨水赶紧乖觉地应道:"是的是的,是过来请客的。这位美女怎么称呼?"

"徐警官。"王扶桑说。那女孩子倒是不乐意:"啊,不要这么叫我啊,不男不女的听着。我叫徐敏,你也可以叫我敏敏穆特尔,这是一个小说里的人物,那个小说你看过没有?"

庄恨水于是一眼看出来:她喝酒了。他礼貌地回答:"没看过,不过我相信一定很好看。"

"你不是说他很懂中国文化吗?怎么连金庸都没看过?"敏敏什么尔失望地端起酒杯,又抿了一大口。

桌边还有另外两个女孩。一个还在读博士,取的倒恰是个男孩名字,叫做熊伟。她自我介绍学的是人类学,庄恨水正想恭维几句,旁边另一个女的,大脸盘子长得有点像迪士尼动画片里的花木兰,一只胳膊斜撑着脸,半个人倾过来,自我介绍道:"帅哥你好啊,我叫李胜男,是调查记者。"

"调查……哦你就是那个帮王小姐调查我的人?"庄恨水恍然大悟,"幸会幸会。"

"别虚伪了。"王扶桑说,随后又转向李胜男,"人我给你带到了,你想问什么,就问吧。"

"先吃点东西。"李胜男说,"我这人一饿就打不起精神。"

"不等罗小川了?"

"不等了。"

不等就好啊!庄恨水赶紧给自己要了一份猪排饭。这两天在拘留所未沾荤腥,实在也是饿得狠了。

一边吃饭,他一边默默观察着这一桌子人。

一桌子女人。

很显然,她们是王扶桑的朋友,而且是熟悉的朋友,因为她们在王扶桑到来之前,都已经放松地喝过一点酒了。桌上摆着几只清酒的瓶子,牌子就是最为常见的獭祭,并不是最高档的"二割三分",就是普通的档次,桌上的菜也多是一些毛豆、烤串和炸物。显然这几位,到这里来都不是为了享受什么美酒美食,而是几位工作女性,到这里来放松放松的。

这情形倒让庄恨水觉得挺新鲜。说到工作女性,他虽然也知道世界上存在这一物种,但在他的人生里,接触到的确实有限。祖母一生没有工作,这个自不必说,养母虽然管理酒坊,但多是以女主人的身份,根子上她还是一位不用工作的庄园主

Rose of Dionysus

小姐。至于最熟悉的酒坊技师们,他们简直有种女性偏见,"绝不能让喷了香水的女人靠近我们的蒸馏坊!"那是他们从小就要庄恨水牢记在心的。

于是庄恨水默不作声,暗中观察,乐得王扶桑等人当他不存在才好。她们几个女的呢,也确实大大咧咧,不顾他一个外人还在,就开始抱怨吐槽。但她们的抱怨在庄恨水听起来,简直比深夜节目还好玩。主讲的是那个徐警官,什么女护士给负心前男友打空气针判了死缓啦,什么如何给前男友割九刀但伤情鉴定保证还是轻伤啦,口气恶狠狠,听的人却无不捧腹。庄恨水听了半天,自己实在插不上话去。甚至有种奇怪的感觉,每当他想说什么,那个李记者就会把话头岔开,感觉故意要把他晾在一边。直到那位徐警官站起身来去上了洗手间,庄恨水这才偷到空子,直面李胜男,问道:"请问刚才说想问我什么问题?"

那一瞬间他发誓看到那个女人嘴角闪过一丝不怀好意的神色。

"看来你还有点紧张呢。"李胜男说,"放心我没有什么特别重要的问题要问你。"

"没事我知无不言,言无不尽。"

"那好。我问你。庄先生,你回国做生意也好,寻根也好,你回去杨家镇也没什么好说的,可是你为什么偏偏找上了梁承业这个冤大头?"

这问题可谓稳、准、狠,问得庄恨水一怔。所幸他还是有准备的,便回答:"这完全是一个巧合。我一开始去的是市招商局,但局长的女儿介绍了我和小梁认识。恰好小梁正想自己做引进国外红酒的生意,我们就看看有没有合作的可能。"

"他?做生意?"李胜男不屑地评价,"他做生意也不是一次两次了,哪次不是赔得底儿掉。"评价完梁承业,她话风又一转,"那你为什么又找上了王乐乐?"

"我家的酒不是臭了吗。"庄恨水说,"我是想请她想想办法。"

或许是他太敏感,他感觉这句话刚说出来,王扶桑就有一个要扑上来杀他灭口的动作,但这里毕竟是文明社会呀,他定定神往下说:"我之前跟小梁聊天的时候,他跟我提到过一件事。"

"什么事?"

"酒神。"庄恨水说,"他说,扶桑的妹妹有个外号叫酒神,就连他舅舅、一个生物老师,都对她在酒方面的天赋自愧不如。他还说他舅舅最近要到北京来,求王乐乐回去酒厂……"

"什么狗屁生物老师,猥琐男!"王扶桑骂道。这时候,倒是那位人类学博士的两只眼睛亮了一下,重复了那两个字。

"酒神?"她说,"你妹妹是酒神?扶桑,你怎么从来没跟我说过?"

"这种事情有什么好说?"王扶桑说,"都是中学里那一帮无聊的男生乱叫出来的。等我回去一个个剥他们的皮。"

"越是乱叫,可能越有一些道理……"博士说,"对了扶桑你什么族?"

"汉族。"王扶桑说,"怎么,要看户口本吗?"

"汉化了。"博士说。不知为什么她的表情有点失落。

"我为什么是汉化?你看着我哪一点不像汉族?"王扶桑气

Rose of Dionysus | 87

呼呼回道。

"要测你是什么族,不是很简单吗?"徐警官不知什么时候回了席,这时插了一句。"我听罗小川说,最近流行一种基因检测,一口唾沫,可以测出你祖宗八代的血统什么的。也不知道这种东西到底准不准。对了,罗小川呢?怎么还不来?"

"给她发微信。"

"没回。"

"给她打个电话。"

"关机。"熊博士担心道,"该不会出事了?"

"她能出什么事。"李胜男不屑,"穿着警服还能出什么事?加班吧,再等等。"

谁知一等就是两个小时。清酒喝完两瓶,又上了两瓶,再给罗小川打电话,还是不接。

"是不是出现场去了?"

"记得她说上次出现场,嫌疑人突然回来,手上还拿着凶器……喂,该不会真出事了吧?"

猜测和议论的话音还没落下,居酒屋的帘子又一次被人掀开。

门帘外站着的人可不就是罗小川?见到熟人的庄恨水一阵心喜,举起手跟她打招呼。

但是他很快发现她好像有点不对。

她警服换下来了,就搭在手腕上,站在门口,神态中带有一丝愤懑,类似于杜十娘要扔掉所有珠宝投江的那种愤懑。

最先反应过来的是李胜男。

"不好!"她喊了一声。然后她迅速站起来,去够桌对角的一瓶清酒。但是小川学姐速度更快!

只见她一个跨步,伸手就捞到了那开了的大半瓶清酒,然后,她一个仰脖,就把那瓶子里的酒,咕嘟咕嘟像喝白开水一样灌了下去。

李胜男瘫坐在椅子上。

"啊,完了。"

"完了。"熊伟也这样说。

徐敏警官不认命。"我带她去洗手间!我让她吐出来。"

"算了算了,太伤胃。"

"算了算了。"

大家都是一副听天由命的神情。庄恨水呢,目瞪口呆地观看,直到好心的熊博士跟他解释:"她老这样。"

"喝不了酒,但喜欢瞎喝。"徐敏接了一句,"有点屁事就喝。"

"那你们得送她回家吧?"庄恨水完全不明状况,"她家在哪里?要不要我帮忙把她抬上车?"

"我闪了,明天还要上班。"

"我要回去写论文。"

"我明天早班飞机去上海。"

说时迟那时快,庄恨水算是见识到了这几位女士分子般的逃逸速度,大概也就几秒钟,全都拥到了门口。

人类学博士出门,又折回来:"那个,帅哥,我下次再联系你。"

"去死吧你们。"王扶桑说。

这边,小川学姐已经瘫倒了。庄恨水小心地用指尖碰了她一下:"喂喂。"

"渣男!"罗小川说,"渣男去死!"

庄恨水吓得赶紧把手收回来。王扶桑说:"你快去结账!"庄恨水结完账回来,看她已经把小川学姐的一条胳膊搭在肩上。然后她看了一眼庄恨水,勉为其难地说:"你帮个忙,把她放我背上。"

"怎么能让你来呢,我来吧!"

原也只是客气客气,没想到王扶桑顿时非常配合。"那你来吧。"她一个灵巧的推挡,说时迟那时快,罗小川的整个身体便向庄恨水倾倒过去。庄恨水下意识地闪了一下,立刻意识到这闪得不太厚道,眼看小川的身体就要失去平衡,他赶紧伸手去捞。

捞过来的罗小川直接就撞到了他怀里。这一撞不打紧,问题是喝醉酒的人是非常脆弱的,一个颠簸就很容易出问题,罗小川现在就是这个状态。她哼了一声,抱紧了庄恨水的脖子。庄恨水觉得她的呼吸吹得脖子里很痒,突然又有点不愿意王扶桑看到这一幕,只能用力把她往外推。可他越是推,小川抱得就越紧,这时候要是有人看见这一幕,还以为庄恨水真是一个想要脚底抹油的渣男呢。"你倒是搭把手啊!"庄恨水向王扶桑抱怨,谁知道后者就跟躲避球一样,一下跳开了一丈远。

就在这时,罗小川打了一个嗝。

"不好!"庄恨水在心里惨叫了一声。这时候想躲已经来不及了。罗小川低下头,哇的一声,吐了他一脖子。

原来如此!

终于明白刚才那几个女的为什么跑得比兔子都快。庄恨水绝望地看向王扶桑,目光里都是谴责。王扶桑也有点不好意思:"啊我没想到她会这样。"庄恨水心说,记得你欠我的。表面上只能非常乖觉:"我带她去洗手间洗一下。你下去叫个出租车。"

事已至此,王扶桑也不废话,噔噔噔下了楼,待庄恨水背着丧失行为能力的小川也走到了路边,一辆出租车已经在那等着了。见同行还有一个喝醉的,司机自然是老大不乐意,庄恨水脱下自己外套,麻利地给小川做了个围脖:"绝对不会弄脏您车子!我有经验。"

司机还想推脱,王扶桑:"加三百!去天鹅湾。"

那个地方正在市中心,大晚上的堵车依旧堵得厉害,只要经过一个红绿灯,或者略微拐一个弯,罗小川就会有一些不良反应。已经付出代价的庄恨水现在是真正的平静如水,倒是王扶桑,一路上都在恶毒咒骂祖国首都的交通。好不容易到了地方下车,罗小川已经像个布袋子失去了知觉,任凭王扶桑怎么打她的脸,问她门锁的密码,她都拒绝清醒。

"去你家吧!"庄恨水说。

"不行!"王扶桑说。

那好。庄恨水听她这么说,也不争也不抢,就小心翼翼地托着罗小川的头,把她整个人平放在路边。"罗警官对不住了。"他心里默念了一句,面上可不动声色,抖了几下被罗小川吐脏的外套,转身就走。

果然走了没几步,王扶桑就在背后喊:"你回来!"

他乖乖地回去,不过就很诧异:"怎么啦王小姐?"

"去我家就去我家。"王扶桑说,"不过送到地方,你得马上走。"

"走就走。"

两人千辛万苦又叫了辆车,这次几乎是穿过大半个北京城。好不容易到了王扶桑的住处楼下,庄恨水一看那楼的外观,心中暗笑,嘴上故意说:"现在给你送到啦!我马上走。"

王扶桑又一把拽住了他:"你等等!"

"怎么了?"

"你帮我一起把她抬上去。"王扶桑说,"我家……没电梯。"

待到把人吭哧吭哧扛上六楼,这下王扶桑要赶人,庄恨水就没那么爽快了。"你总得让我把衣服洗一洗。"放水把衣服冲干净以后,他又不肯走了,这次的理由是:"我总得等衣服干了吧?"

"等干了我给你快递过去。"

"不行,我信不过你。"

第二天早晨,庄恨水在刺目的阳光中醒来,发现自己躺在地上。旁边是小川学姐。她已经起来了,裹着一床珊瑚绒的毯子,正盯着他,若有所思。

"早。"庄恨水说。

"早。"

"王扶桑呢?"

"你昨晚一直在说梦话。"罗小川抱怨,"还是西班牙语。"

"你昨晚上一直在骂渣男。"庄恨水礼貌地回道。

"不可能。"罗小川说。

"那我也没说梦话。"

整个对话持续不到三十秒,庄恨水欣赏了罗小川的脸色从红变白再变红的过程,感到心满意足。罗小川还在支支吾吾,他索性不管，自己去了阳台。

昨晚他就注意到了这阳台，只是当时人多事杂，光线也不行，没来得及细看。现在在晨光中，可以看得一清二楚，那个阳台，跟客厅隔着一层玻璃，被改造成了一个阳光花房。

严格说来，那也并不是花房，而是草房。庄恨水踱到近前，都不用打开那扇玻璃门，一眼就认出了他熟悉的一种植物——苦艾草。凡是喜爱喝酒的人，哪一个不知道这种植物呢？著名的苦艾酒，因为它鲜绿的颜色又被叫做"绿闪电"或者"绿精灵"，为了安全只能滴入水中浊化后才能饮用，传说它曾经在十九世纪，给法国的波西米亚人造成了集体幻觉，引发了他们的放荡行为。而这种坏名声的香草，现在就堂而皇之地在一个中国女孩的阳台上生长，细碎而精致的叶片在清晨的阳光下披散着，显得无知而生机勃勃。

这并不是王扶桑阳台上唯一的一种香草。庄恨水俯身细看，很快从中辨认出了罗勒、俄国芫荽、柠檬草、迷迭香、鼠尾草、留兰香，一株矮种的四季橘，甚至光照最好的地方，还摆着一盆橙香木，这可是绝难在室内存活的品种！他抬头一看，果然阳台上还装着补光灯，而阳台本身也经过改造，能最大程度地吸纳阳光。

他感觉，要不是地方和高度所限，王扶桑简直能把自己叫得上名的所有香草，都在这里种一个遍。

更重要的是，这里面还有好几种原产地迥异的香草，它们需求的光照、温度条件并不一致，真不知道王扶桑是怎样在其中闪转腾挪，才将这些娇贵的物种之间，形成了某种生态平衡。

罗小川也跟了过来。"你干吗呢？"她问。不知道为什么，话音里听着好像有些气恼,庄恨水也没在意:"欣赏。"

"一堆草有什么好欣赏?"

"罗警官你这说得就不对了。"庄恨水说,"我听小梁说,你也是他的学姐,学生物的,你不知道养这么一堆草很费功夫吗?"

"我是学生物的,又不是学园艺的。"罗小川说,"只有王扶桑不务正业,做实验的时候手抖,养起花花草草倒是……"

"绿手指。"庄恨水说,"我祖母也是。"

"什么?"罗小川倒是一惊,"怎么扯到你祖母?"

"不怕你见笑。"庄恨水说,"我昨晚一直梦见她……她也有一个花园。不,准确地说那是个香草园,她说里面的很多品种,都在一个诗人的诗里出现过。"

"哪个诗人?"

"那个,跟一种食物有关……"

"屈原。"罗小川说。

"对,就是他。"庄恨水道,"有一些品种,还是我祖父托人从中国走私过去……以为会水土不服,谁知道都奇迹一样成活了。"

"那她很幸福吧,有人特意为她做这些事。"

"呵呵还可以吧。"庄恨水说。

"你好像不同意?"

"我也不是不同意。"庄恨水想了想,"我是想说,昨天我看着你们几个朋友,喝酒聊天,说着自己的工作。"庄恨水说,"我就忍不住想如果祖母有机会过这样的人生会是怎么样。一个人守着一园子的香草,外面的整个世界都是跟自己不相干的世界，到了后来，除了我，没有人跟她说话，可她后来甚至也不跟我说话……"

"那你祖父呢？不和她说话？"

"听说从我出生以后他们就不太讲话了。"庄恨水说，"很奇怪吧？其实他们感情非常好。祖母去世的时候他哭得非常伤心。可是她在世的日子，他们两个反而……我问过祖母为什么，她说，两个人共同经历的事情太多，反而就没什么话好说了。"

"也许有可能你祖父做了什么对不起她的事。"

"那不可能。"

"怎么不可能？"罗小川恨道。

庄恨水这才想起，昨天她醉酒闹的那一出，起因就是遇到了"渣男"。他待好奇想打听打听，这时候听见有人敲门。谁一大早地上别人家来呢？

"罗小川你快去开门！"王扶桑的声音冒出来，好像是在厨房。

"我不去！"罗小川扯着嗓子答。

庄恨水讨好王扶桑："我马上去。"

没想到罗小川更响地喊了一句："不准去！"

嘴里说着不准，手脚上却没有什么行动，庄恨水心里明镜似的：这来的不是那位"渣男"，还能有谁？

谁知道门一拉开，外面的人居然有些脸熟——准确地说，他是先看到那身警服，然后才认出他的脸。

这不是拘过他的马警官又是谁？人一露脸，屋里罗小川叫得更凶："什么人？擅闯民宅你有工作证吗？打出去！"而庄恨水本着对公安人员一贯的尊敬，当然是双手把人往里面请。

实际上也不需要他请。

门还只开了一道缝呢,马警官已经不由分说地挤了进来,一边往屋里闯,嘴里一边愤愤不平地说:"罗小川我要跟你说清楚!"

7

罗小川的心事

"罗小川我要跟你说清楚！事情不是你想的那样！"马警官说。

"我想了什么样？我亲眼看见的是什么样就是什么样！"

王扶桑和庄恨水一时间目瞪口呆，瞅着这两个人站在客厅中央斗嘴。

庄恨水煽风点火："你就是那个渣男？"

马警官脸憋得通红："我不是！"

"你还不是？"罗小川跳起来。

"我怎么是？"

"能不能闭嘴？"王扶桑说，"再吵就滚出去！"

其实真理越吵越明，事情很清楚了。罗小川昨天嘴里的"渣男"就是这位马警官。让庄恨水觉得好玩的倒是两个人的关系，要说是拌嘴的小情人吧，也不像，但要说是普通同事，当然更不像。庄恨水劝慰小马，故意说得一字一句，好让罗小川听清："渣男这个词，我的理解啊，是不能乱说的。一般这个词只有在恋爱关系里成立，恋爱劈腿的才能叫渣男。"

罗小川果然急了："你中文不好能不能别瞎说？去夜总会找姑娘陪酒，怎么就不渣男？"

小马脸红："那又不是我自己要去的！"

"你不是自己要去，谁还拖着你去不成？"

"我们领导让我去的啊！"

"你们领导只会让你去抓嫖，怎么会让你去嫖？"

"你胡说什么啊我没嫖！"

事情真实经过：原来昨天罗小川聚会迟到，是抽空去夜店视察了。她视察就正好撞见了这位马警官，穿得人模狗样的，在跟几个夜场姑娘拼酒。罗小川叫他，他还不理，两人吵起来他才说是执行任务。

可是罗小川当场就打了电话给他们领导，领导矢口否认。

小马的辩解则是，领导好不容易下定决心把他派出去了，当然要让他顺利完成任务，没想到碰到罗小川这么一个死心眼的煞星。

"你们还能有什么秘密任务？说都不能说？"

"他当然不能跟你说！这事儿传出去得造成社会恐慌。"

要说是什么事呢？原来是这段时间，在小马辖区的夜店里，经常有人把夜场小姐灌醉了带出去，这种事情当然不稀奇，但是叫出去，什么都不干，小姐第二天一早醒来，只觉得全身酸痛，头晕目眩，这就有点诡异了。

终于有小姐报了警，但这里头既没有强奸，也没有谋财害命，去医院检查又没有什么身体伤害，派出所就算想受理都没有由头，要是往深了问，先得把报案的人拘起来，岂不尴尬？好在有一个小姐姐心思比较放飞，她心想我这么累怎么好像跟大学里献了血之后的感觉差不多？自己一检查，居然真的在身上发现了针孔。

小马说到这里，环顾四周，压低声音问道："你们说，这事可怕不可怕？"

"这有什么可怕？又还没死人。"

"这比死人还可怕！"小马说，"现在已经人心惶惶了，说什么的都有。有人说，抽血是为了匹配器官，还有人说是恐怖分子的，当然了还有人说是吸血鬼。可是这些东西捕风捉影，查无实据的，我们想管也没法管，抓人也没地儿抓……"

"这帮人经常一惊一乍的，说一出是一出。"王扶桑道，"她们的话你只能挑着信。"

"领导也是这么说。"小马说，"但人家说得信誓旦旦的，我们也不能不管啊。特殊工作者也有人权的。所以领导就让我去查查。"

"那你查出什么来了吗？"

"……没有。"

"所以这些都是你说的，也没有半点证据啰？"罗小川说。

小马一听又要急，庄恨水赶紧桌子底下踢他一脚："女孩子说话你闭嘴。"

所有人都不自觉地看向了王扶桑，就好像她现在是裁决这帮人命运的法官一般。王扶桑把脸转向罗小川："我对小马没什么怀疑的。倒是你有点可疑。"

"我可疑？"

"请问你好端端地去什么夜店呢？"王扶桑说，"上次也是你主动提出要去？"

"我去体验一下不行？对了王扶桑你过敏好了没有？"罗小川问，"我看你这屋里就是过敏原太多，你得好好检查。"

"你别转移话题。"小马说，"扶桑问你话呢。再说，为什么你能去我就不能去？"

"我去怎么了？我行得正坐得直。"

"怎么你去就是行得正坐得直，我去就是歪门邪道？我也行得正坐得直！"

"闭嘴吧都。"王扶桑说。

但是，让大家都闭嘴的却不是她的训斥。

如果不是厨房里飘出来的香味，庄恨水并不知道王扶桑还有这一手。罗小川一声不吭，奔进厨房，过了一会儿用只竹编筐子盛了一小筐包子出来：显然这是王扶桑一早起来的劳动成果。掰开一个包子，里面虽然只放得有一点白糖，但却芳香四溢，若一定要形容，那香味就像把蒸包子的小麦面粉复活、又赋予了更旺盛的生命一般，让整个人觉得生机勃勃，觉得人间还有无数美好收成可以期待。

罗小川表现平静，轻车熟路，显然对王扶桑的这项技能早有了解。小马就只顾着吃，差点被漏出来的糖汁烫到手背。王扶桑没吃，瞅着庄恨水。庄恨水也瞅着她。

最后是王扶桑绷不住："不吃正好，没做你的份。"

"王小姐不要误会。"庄恨水说，"你的手艺很好，我也想尝尝，我就是想起了一点往事。"

"什么往事？"罗小川好奇。

"我有一位亲人也擅长做这个，我想起了她，难免有些伤感。"

"你的亲人？"罗小川插嘴道，"难道你的亲人就是王扶桑的外婆？"

"这可怎么说？"庄恨水惊讶，"我不认识她外婆。"

"王扶桑的外婆就很会做包子。"罗小川说，"可惜，她脾气不太好，而且没赶上好时代。她偷偷在家里卖包子，被人骂了，罚了几次，就不卖了……"

"学姐，你的嘴是用来吃东西的，不说话没人当你是哑巴。"

"我就是感叹一下。"罗小川说，"幸亏你遗传了你外婆的手艺。"

"太好了，那王小姐不用像我现在这么遗憾。"庄恨水说，"我祖母的那些手艺，做包子啊，养花啊，我是一项都没学到。其实我几次三番要跟她学，她只说男孩子不该做这些，就把我打发了。"

"唉，可惜，没想到你祖母都已经远渡重洋了，思想还是老一套。"小马感叹，"我们这边生男生女都一样。小川还比我成绩好。重男轻女真是不行。"

"我倒不这样想。"庄恨水说到这，有点似笑非笑地盯着王扶桑，"我猜祖母这样做有她的缘由。也许是怕我资质太差，学不会，反而伤了我的自尊。如果我像王小姐一样天资聪颖，也许祖母就哄着求着让我学了。"

王扶桑哼了一声："闭嘴吧，谁要你来讨好。"

时至今日，庄恨水当然已经不计较王扶桑这种动辄的出言不逊,不仅如此,他还觉得逗逗她挺开心。他想起梁承业的评价,说王扶桑性格很好,当时只觉得可笑,但现在却觉得这个评价也不无道理。

昨天晚上,所有人都预料到小川的醉态,四散奔逃的时候,只有王扶桑,好像这件事是她的责任一般,一句抱怨没有,主动留下来;虽然嘴上说着让他送人送到就立刻离开,可最后还是让他过了一夜;更重要的是她做的这个包子。

他刚才说,祖母经常给他做这食物,其实并不如此。这种奇怪的、蓬松的中国食物,因着家里人多半不吃,祖母后来也不轻易做了,直到后来一次他酗酒胡闹,被赶出家门,半夜醉醺醺地翻进祖母的园子……第二天早晨头痛欲裂地醒来,祖母将这食物端到他跟前。

祖母是个不多话的女人。他们说,中国的女人很少用语言表达她们对亲人的爱意,但那一刻,他感觉到了。这面食的清香自与别处买来的不同,他喜欢那煊白的触感,像女人的肌肤。他深深呼吸那香气,被烈酒摧残的五脏六腑,在那一刻就好像得到了抚慰一般,慢慢舒展开来。

"谷生万物,也是人的根本。"祖母说,"在咱们的老家,大家都懂得用谷物酿酒。"

他听得似懂非懂。

他就是带着这样似懂非懂的印象回到中国的。虽然他能熟练地说着这里的语言,也长着和人们一样的脸,虽然他可以很快地适应这里的食物,学习他们的观念,但与日常生活总觉得有一些隔膜。

原先他不明白这种隔膜的感觉来自何处,现在他明白,原来他是带着一颗老灵魂回到这里的。带着祖母的灵魂。他来到的是真真实实的中国，但目力所及，看到的却尽是重重叠叠的幻影：那是祖母曾千百次给他描述过的自己回忆里的中国。很奇怪，当他生活在智利，尽管长相、身世都处处与人不同，但自己从来没觉得自己跟别的调皮捣蛋的男青年有什么不一样的地方，一样喝酒胡闹，一样谈情说爱，对女朋友一样毫不忠实；但到了中国，尽管他有一万个撒野的理由，却总感觉有什么沉重的、更迟缓的东西压在心头。

是时间。隔膜他和这片土地的，说到底并不是距离，而是时间。与其说跨越了半个地球，不如说他是时间的旅客。而那数十年时间的距离，又是用什么东西来填补呢？

"是气味。"庄恨水在心里说，"是各种气味。是蕴含在每一种植物中，随着空气的变化会散发出来的气味。"

说到气味……他又不免得记挂起了那几瓶发臭的酒。

然后他看见了王扶桑的橱柜里，醒目地排着一排他曾经喝过一次的酒：酒仙酒。

梁承业告诉他说，这种酒其实有个别称，叫"小茅台"。

并不仅仅因为它和茅台一样是高粱酿造的。杨家镇的人认为，光凭味道，酒仙酒不说胜过茅台，至少是可以打个平手，至于人家为什么就能做成中国第一品牌，不仅能上国宴，还能成上市公司，股价噌噌地上了天，而酒仙酒就始终只能是一个地方性的品牌，别说上市，还跟着整个白酒市场一起半死不活了呢？关键在，酒仙酒没有历史，也没有故事。

说不甘心，也真是很不甘心，自从酒仙酒创立以后，当地领导在地方上挖地三尺，想给这酒找个由来，但无论是县志，还是文物,甚至民间的口口相传里,都没有关于这种酒的记录。没错,这酒是好喝,没错,当地人家家户户几乎都会使用酒曲制酒,但历史记载中,那一片绝对空白的程度,简直让人怀疑这片土地是不是针对"酒"这一个汉字进行了一场小规模的焚书坑儒。庄恨水记得很清楚,当初自己被招商局的人安排着,见了几个当地的官员,他们热情地向他介绍这种白酒的时候,讲的故事是周总理招待美国国务卿基辛格,在饭桌上点燃了一杯茅台——讲完这个故事,便也点燃了一杯小小的酒仙酒,介绍道,你看,我们这个酒也像茅台一样能点燃,所以在国内外被誉为"小茅台"。庄恨水一边点头、微笑、赞许,一边感受到了气氛的小小尴尬。为了化解这种尴尬,他问:"那这种酒为什么叫酒仙酒?""因为这种酒曾经受到酒仙李白的赞誉!据考证,李白所写的《赠汪伦》里,汪伦踏歌送别李白,赠送他的两缸酒就是来自这里……"李白啊,庄恨水真是怒其不争,就连他一个外宾都知道,对于卖酒的人来讲,你用李白来讲故事,真的还不如不讲,本来好好的酒立刻透出一股骗子气息。

当时他其实很想安慰安慰他们。

你们虽然没有故事,但总比人家传闻你们跟魔鬼乞求秘方要好得多咯。

想到自己来中国的目的才硬生生憋了回去。

此时此刻,在王扶桑家里发现了这酒,他倒也不动声色,慢慢踱过去,见没人拦他,还慢慢揭开一瓶,闻了一闻。

一闻之下,他脸色变了,朝王扶桑招了招手:"你过来。"

"凭什么?"王扶桑不动窝。

"你闻闻你这个酒。"

"怎么了？"

庄恨水道："这个酒有问题。"他本来还想卖个关子，但到底是有些忌惮王扶桑的脾气，"这个酒跟我在杨家镇，他们招待我喝的那个，完全不一样。"

他这么一说，罗小川跟小马立刻凑了过来。庄恨水揭开瓶盖，罗小川先凑上去闻，一闻之下退了一步："好冲。"

"好冲，你自己给自己灌酒的时候怎么不嫌冲。"王扶桑骂。但是当她自己终于也忍不住凑近来闻了闻的时候，她不说话了。

"这个酒一直都是这个味道吗？还是突然变成这样？"

罗小川："可是它就是正常白酒的味道啊。"

庄恨水："罗小姐不是专业做酒的人没有那么敏感也是正常。这酒单独拿出来喝，一点问题没有。这就是普普通通的白酒味道。"他在"普普通通"四个字上加重了语气。"可是，我在杨家镇喝的酒，叫'小茅台'。之前我也觉得他们可能是吹牛，毕竟世界上欺世盗名的人和事多如牛毛，数都数不过来。但是在尝过那个酒之后，我服气了。那种酒不是普普通通的白酒。那种酒和我们家的葡萄酒一样，是有……灵性的。"

"酒还能有灵性，这怕都是你们卖酒的人说的话。"小马嘟囔道。罗小川踢他一脚："你闭嘴。"

王扶桑还是没说话。庄恨水心想事到如今不如放手一激，于是说道："之前我一直听梁承业说王乐乐是酒神，酒的味道有任何一点点不对，都逃不过她的鼻子。没想到一母同胞的姐妹，差距竟然这么大……"

"你懂什么。"王扶桑说。

"你懂什么。"她又重复了一遍，"会喝酒，会酿酒，这又有什么了不起的,值得满世界去夸耀?"

庄恨水拖长声音:"人如果自己有什么东西不去夸耀,那叫谦虚,人如果自己没有,却笑别人夸耀,那可就……"

"谁有谁没有,难道是你说了算的。"王扶桑打断他,"我问你。"

"你问。"

"你说你在杨家镇喝的酒跟这个味道不同,那你说说,当时他们给你开的酒,是什么包装?"

这一问,把庄恨水问住了。

要说那酒什么包装……他回想一番,当时酒桌上他还想拍张照片来着,却被人拦住了。拦的人是领导秘书,说了几句什么四六不靠的话,总之就是掰开了他摁下拍摄键的手。"包装……包装好像……"经王扶桑这么一点醒,他有点冒冷汗,"是了,那个包装跟你这个不一样……"

那个包装比较古朴,白色粗瓷瓶子,没有什么装饰,整个朴实无华的模样。

而眼前这个酒瓶,虽然"酒仙酒"的商标依然在,但整个包装,却显得修长一点、圆润一点,看上去更加的时尚。

见他说不出话的模样,王扶桑冷笑三声:"我说有的人啊,什么事情都先往玄的地方想,什么酒神酒疯子,酒糟鼻子,就不知道先睁开自己的眼睛看看。包装那么大的改变,你不去想想为什么?我再给你一个机会,你跟我说说,那个酒的瓶盖子是什么颜色?"

"是……"庄恨水在脑子里拼命转着当天的情形,"是……是红色!"

"你确定是红色？"

"是的，红色。但不是那种很正很正的大红，而是红中带有一点金……"

王扶桑哼了一声。她又开始低头看手机了，翻了半天，不知道从哪里翻出来一张图片："这是不是他们招待你的酒？"

"是！是！"庄恨水说，"你怎么知道？你真是料事如神。"

"我没有料事如神，只是有些人真的蠢笨如牛。"王扶桑说，"这是最早的酒仙酒。知道你是外国客商，有可能出资金跟他们合伙办厂，他们为了招待你，拿出了最早的酒仙酒！"

"这，他们为什么……啊，骗子！"庄恨水恍然大悟。

"你还好意思叫别人骗子，你先想想你自己吧。"

"你的意思是，最早的酒仙酒是最好的，后来它的味道就变了，变成……现在这个样子？"庄恨水思索了一番，"为什么？这是什么时候的事？"

"怎么你都要跟人家合伙做生意了，连这种基本的背景调查都不做吗？"王扶桑说，"我没有义务回答你这样的问题。"

停了一秒，她忽然又冒出一句："你可以去问王乐乐啊。"

"你怎么知道我马上要去问她？"庄恨水说，"就是你这个姐姐，能不能告诉一下我她的地址？"

"我不知道她的地址。"

"那看来别人告诉我的话是真的了。"

"谁？谁跟你瞎说什么？"

"说你和妹妹关系不好，是因为你嫉妒妹妹，但你并不是嫉妒她长得比你好看或者挣钱比你多，而是中学时候，生物老师最喜欢的学生居然是她，不是你。老师一直希望回到酒厂工作的，也是她，不是你。"

庄恨水知道这话不中听，可是，这个世界上，总不可能因为你脾气大，所以所有人都光拣着你爱听的话说？

被王扶桑打出门去的时候，他在心里对梁承业说声抱歉：对不起兄弟，这个黑锅，可能得你来背。

就在前几天，梁承业告诉他，那位教生物的庄国栋老师近期可能要来北京一趟，而来这一趟是为了找王乐乐。

梁承业还在那不解："真的不明白他为什么就一直要铆着王乐乐回酒厂工作，明明知道不可能的嘛，人家在北京纸醉金迷，而且孩子都有了……"

"对对。"庄恨水说，"所以，他到底为什么？"

梁承业："好像有一次喝醉了酒他提过一嘴。"

"什么？"

"说是王乐乐跟她妈妈长得更像，有时候一个神态、动作，简直会以为是她妈妈又重临……"

梁承业说到这里，忽然顿住，脸憋得通红。

庄恨水问："难道你舅舅暗恋她们的妈妈？"

梁承业赶紧否认："没有，没有的事！"

"那他说了什么，让你这么紧张？"

梁承业依然犹豫着。但是到底他是个不会说谎的男孩，他犹豫着，还是说出了舅舅当时的原话。

"有时候看着她，一个神态，一个动作，简直像是她妈妈重临人间。"

庄恨水站在路边，等一趟回住处的公交车。

有钱的话当然打车回去，但现在不是没钱吗？他翻翻口袋里，好在还有前些天吃烤串找下的两个漏网之鱼的钢镚儿，这都是派出所的同志严格遵守规定，退还给他的。远远地看着公交车开过来，他掂了掂钢镚儿，又把衣服拽得整齐了些，待会儿如果万一钱不够，至少给司机留个好印象……这时候，忽然背后有人对他喊了一声："等一下！"

转过身去，这不是小川学姐又是谁？

只见罗小川又穿上了她的警服，扣子扣得齐齐整整的，两手背在身后，一副欲言又止的模样。庄恨水问："你怎么也出来啦？"她说："我去上班，刚才通知我出了个案子。"

庄恨水又问："那你也坐这趟公交吗？我可以捎你一程。"小川学姐这才笑了，可刚笑了一秒，她才又意识到自己不该笑、不该对这个人太亲切。于是她又板起脸说："不用，我可以打车，有报销。"

说话间，公交车已经开至眼前，庄恨水对小川摆了摆手，正要上车的时候，又听她在背后喊了一句："等一下！"

庄恨水当没听见，就顺着人流往里走，结果司机不乐意了："你怎么没听见吗，底下警察同志叫你呢。"

罗小川锲而不舍，司机不肯发车，庄恨水只好从后门又跳了下来。

"警察同志，你有没有搞错，"庄恨水说，"虽然我是个无业人员，可我的时间也是宝贵的。"

"我也没说你的时间不宝贵……"

"你跟你男朋友别别扭扭不说真心话也就罢了，跟我可不行哦。"

庄恨水此言一出，罗小川立刻大惊失色："你说什么！他可不是我男朋友！"

"是也好不是也好，反正跟我没什么关系，我也就是看不下去了，提醒一下你。"庄恨水笑眯眯地说，"罗警官啊，我看你这人，什么都好，就是有点拖拖拉拉。你出来找我，不是想跟我说点事？你再不说，下一趟公交车又要来了。"

像是为了给他作证，公交站的电子显示牌跳了一格数字，下一辆公车还需要三分钟到达。庄恨水凝视着那一闪一闪的液晶数字，确认自己是在这里，在北京，在科技昌明、一览无余的 21 世纪。而祖母口中的中国，那个风雨如晦神思不明的国度，不过是在数十年前——尚不到百年——而已。

"罗警官，我们打开天窗说亮话。虽然你去趟夜店撞见了你男朋友，不，马警官，但其实你并不是去找他的，你是去找王乐乐的，是不是？

"还有上一次，也就是我也在场的那次，你跟着王扶桑一起去了夜店，也是想去见她。你有事找她，但是被我搅了，所以你后来才单独约她，是不是？"

罗小川低头看着自己脚尖，没说是，也没说不是。

"我不知道她昨天有没有去见你。"庄恨水最后说，"可是，你居然因为撞见男朋友，冲动误事，所以后来才觉得特别愤怒，是不是？但是呢，罗警官，我想劝你一句。"

"什么？"

"别把气撒在无辜的人身上啦，我看他是真心在意你。"

罗小川这一次没说话。

"还有就是。"庄恨水说，"不管你觉得哪里不对，不管你觉得这件事有多荒谬,你应该不要犹豫,要追查下去。"

"为什么?"

"因为你一开始的直觉,可能就是对的。"

罗小川盯着脚尖。庄恨水也不知道,自己有没有哪句话戳到她,正在琢磨要不要戳更狠一点,这时候罗小川说了一个字。

"酒。"

"酒怎么了?"庄恨水问,"什么酒?"

"你们上次开的酒,就是那些臭掉的酒,王扶桑带了一小份给我,要我分析。"

"等等,她怎么会有那个酒?"

庄恨水明明记得,醒酒器里的酒交给服务生倒掉了,剩下的酒他重新封好,带回了住处……啊,是了,他当时给王扶桑倒了一小杯。

只是,她当时明明走得那样怒气冲冲,说他是个骗子时又是那么斩钉截铁毫无余地,居然还会有心思把那一小杯酒带走,交给学姐化验——要说这里面没有蹊跷,要说王扶桑心里没有什么别的想法,倒是奇怪了。

"那个酒,王扶桑交给我化验,可是我什么也没验出来……"

"这个不打紧。"庄恨水宽慰她,"不瞒你说,过去几十年,我继母为了研究这个酒里的酵母植株,别说酒了,就连酒桶都送到美国的实验室里去化验过,但就是一无所获。"

"不是,我说的不是这个。"罗小川说,"现在的问题是,我什么也没验出来,那酒却是臭的。"

"所以呢?为什么这件事你特别在意?"

"道理是这样,我解释给你听:我们都知道,物质是实际存在的、是不灭的,如果酒发臭了,那就一定存在令它发臭的物质;反过来说,如果没有这种物质,它就不应该发臭,对不对?"

"对啊。所以呢?"

"我在这个酒里面查过来,查过去,但是,除了正常的那几种酸啊,酯啊,二氧化碳三氧化硫,就看不到什么特别的。但是同时,它就是臭了。这意味着什么?"

庄恨水想了想,"如果按照你的说法,这意味着酒里有一种连你都无法检测出来的物质,这让你觉得很不对劲,是吗?"

"虽然道理是这样的,但我又觉得,事情也许不是这么简单。"

"这个'不简单',跟你昨天去找王乐乐,有关系吗?"

"你不要告诉扶桑我去找她的事。"

"但是王扶桑应该已经猜到了。"庄恨水说,"你觉得她有可能猜不到吗?"

罗小川还没来得及回答,庄恨水又补上一枪:"我真的不明白了,为什么碰到酒的事,连你都会去找王乐乐,难道你们表面上跟王扶桑称姐道妹的,她说什么都是是是,对对对,一有关键的事还是会去找妹妹,难怪姐姐的心里嫉妒得都快烧起来了……"

"你别瞎说,王扶桑不是那样的人。"罗小川赶紧为朋友辩解,"刚才你说的话很欠揍你知道吗?不是小马拦着,她就揍你了。"

"她揍我我不会还手吗?"庄恨水哈哈大笑,"难道她是龙舌兰女神,谁不尊敬她,她就给谁头上降下雷电?她还能劈了我坐的公交车不成？这可是几十条人命呐。"庄恨水说完，再不管罗小川心里还有什么百转千回，一个跨步上了刚到站的公交车。

"你说什么女神？"罗小川在他身后大喊。

庄恨水只当作没听到。

车窗里看出去，罗小川身边驶过两辆空的出租车，但她一直没有伸出手拦车。

她若有所思，站在原地，那神情姿态都非常苦恼，就好像心里压着千斤沉的一个秘密。

就让她继续苦恼去吧。庄恨水心说。

犹豫的人啊，不吃一个大亏，就永远没办法改变自己的性格。

有时候甚至吃亏也不能。

说起来错过一趟公交也有好处，这一辆车比上一辆人少很多，庄恨水坐到一个座位，闭上眼养养精神。

昨晚根本没有睡好……因为接了养母的一个电话。

对，是接电话，不是说梦话。只是没想到罗小川烂醉如泥，居然还能听见他说话的声音，幸亏他说的是西班牙语。

因为时差的关系，养母的电话总是在深夜。

电话里，他向养母强烈质问酒发臭的问题，以及是不是一切都是她设的一个局。养母矢口否认。

本来是没打算相信她，但她却说了一句："庄，你没发现吗？我比你父亲更爱这个酒庄。"

那一瞬间，也许是夜阑人静，也许是他忽然多愁善感，居然觉得她说的，也不全然是假话，甚至连带着她这个人，也不是那么坏得彻底。

这么多年来，她处心积虑要获取什么秘方、什么酵母不假，想让酒庄改名换姓也不假，但是，为了这酒庄殚精竭虑、在祖父放手之后将全心扑在经营上的是她，甚至在父亲决定盘出酒庄之后，她还回到娘家要求自己的兄弟做担保，让银行给一笔先息后本的贷款给百子莲以渡过难关。做过这一切事情，当然她有资格说爱这个酒庄……但庄恨水还是觉得事情不对。

"为什么我们需要那么多贷款？"他问，"我们一直规模不大，经营也很健康，酒庄的盈余完全可以覆盖好几年的开支……"

话说到这他自己突然明白了，当时就忍不住给了她一句国骂。

是的，贪婪的女人，在祖父死之后擅自扩张了酒庄的规模，甚至将发酵的作坊移到了自己的娘家。

"所以我们出售到欧洲的酒才会统统出了问题！"庄恨水骂道，"你不是在找酵母吗？你移动发酵坊之后，那些酵母也好，不管什么东西也好，不都死了个干净？你就是这样爱我们的酒庄？"那边还没来得及反驳，庄恨水继续骂，"而且在做这一切愚蠢的举措之前，为了让我也违背遗嘱，你找了个演员，弄了块假表，把我骗到了地球的对面！"

"我承认，我一直认为不应该由你来继承酒庄，但那女人不是我找的演员。"养母说，"就算她是一个演员，也不是我找来的。而且，我现在也在找她。"

"你找她干什么？还需要她帮你干什么脏活吗？"

"你不要总是对我这样敌视,庄。"养母道,"那个女人或许骗了你,但她也骗了我,她之前欺骗我说,可以帮助我搬迁发酵坊,丝毫不会影响酿酒的品质……"

"你聪明了一辈子,到头来却犯了这样的蠢,教我怎么相信你说的每一个字。"

"如果你当时看见她,也会相信她。她穿过了半个地球来到我们这里,带来了一本日记。"

"你是在写小说吗?"庄恨水气得笑了,"还是那个女人是个了不起的小说家?"

"她不是小说家。"养母说,"她当着我的面……"

"什么?"黑沉沉的夜里,庄恨水突然紧张起来,"她做了什么?"

公交车忽然猛地摇晃了一下。有人惊叫:"下雨了。"

庄恨水从迷迷糊糊的梦里醒来,天上忽然划下一道闪电。

一瞬间,就像有一道火石在他脑子里突然"嚓"地亮了一下。

亮了一下,又立刻熄灭,但在那闪电彻底消失之前,庄恨水敏锐地捕捉到了一丝残存的火光。

扩大产量——迁移酒庄——造成酒变质——原来的酒无法恢复——只好换了包装,保留名字,用另外的酒来代替。

这一切的故事难道只发生在百子莲?不,在遥远的异国,在他的祖父祖母的来处,在酒仙酒的工厂,这样的事不也同样发生了一遍?

养母在电话里没有说那个女人做了什么。但她却把希望寄托在那个女人身上……

就好像这边的人,他们莫名其妙,只想找一个王乐乐。

他觉得自己也要再见一次王乐乐才行了,虽然上次惹到了她,但是女人嘛,总是会很轻易原谅的。

庄恨水在这场突如其来的大雨里跑回公寓,打开电视看法制节目的重播。

最近主持人都不讲国内的事,改说什么美国的"黑色大丽花"案件,案情扑朔迷离,但庄恨水一个字也听不进去,他脑子里一直在转着养母昨晚说的最后的话。

"你还记得那个关于中国人酿酒和航海的故事吗?那个让你祖母大发雷霆的故事。那个故事,是真的。"

那个女人带着一本日记……庄恨水知道,那应该是圣·巴布洛号船长的日记,或者至少跟那艘船有什么关系。

那的确是祖母听到就会大为光火的故事。

这个故事,庄恨水是本想对王扶桑说的。

8

一个航海的传说

圣·巴布洛号的冈萨雷斯船长惊讶地发现,自己为远洋航行准备的几大桶朗姆酒,居然全都发臭了。

时间是公历的 1947 年 6 月 17 日。这是一艘要从菲律宾的马尼拉开往墨西哥的蒸汽机船。尽管此时距离最后一艘马尼拉大帆船驶离菲律宾已经一百多年,但在这条航线上依然有零星的货轮往来。这艘圣·巴布洛号货轮来到马尼拉时,船上装载的不是曾经安第斯山脉的银矿,而是来自巴拿马的镍矿。随后,它将装载着天然橡胶返回美洲。

这艘船本应在 15 号出发,但船长有意无意地,在港口耽搁了两天。尽管已经没有必要,他仍像自己的先辈一样,等待西南季风从海上吹起,然后便可以启航北上,至北纬 45 度—42 度水域,顺北太平洋上的"黑潮"东行,航程一万海里,最后抵达墨西哥的阿尔普尔科。

这是一段漫长的航程。曾经人们断言,"没有任何一条航线上的船只,能够忍受如此漫长而孤独的航行,也没有哪条定期的航线具有如此巨大的艰巨性和危险性。"——它的光荣也与这种危险同在。两年往返一次的船队,将南美的银运来东方,再购买中国的生丝、绸缎、瓷器满载返航,这段海上的"丝绸之路",其规模远胜于汉唐时期穿越荒漠的驼队,不仅不可思议地在中国与美洲之间建立了贸易联系,也给这个菲律宾的港口带来了持久的繁荣。当时的水手们无拘无束地谈起菲律宾,就像谈论中国的一个省,而人们甚至直接将这些帆船叫做"中国船"。

然而,随着美西战争的打响,大帆船贸易废止,航线也渐渐荒芜。就连冈萨雷斯船长也不知道,他的有生之年里,是否仍有机会再走一次这条航线,哪怕是虚假地、再一次重温先祖的荣光。时至今日,尽管航程已经大大缩短,船上仍供奉着一尊安蒂波罗女神像,从遥远的大航海时代开始,她就是这条航线的守护神。

冈萨雷斯船长记得,那两个中国人就是在那天登船的。

那天,船长的脾气很暴躁。船上的淡水,如果没有添加能杀灭病菌的酒精,便很容易变质,而若是航程漫长,就连啤酒也会腐坏,朗姆酒便成为了航行的首选。圣·巴布洛号上的朗姆酒,度数是标准的57度,足够在一个多月的航程中,兑入水、青柠汁和糖,一天两次分发给水手,既是安全、可口的饮料,还能顺便避免坏血病。

为什么居然连朗姆酒也会发臭呢?这种现象着实超出了常识,船长百思不得其解。

已经耽误了两天,难道还要让他再停一天,下船重新再去买酒不成?

船长非常犹豫。尽管当时的菲律宾酿酒师,已经能用当地甘蔗压榨的糖蜜,酿造出不逊于加勒比地区的优质朗姆酒,但这一天却并不是进城采购的好时机。

因为就在头天晚上,城里爆发了一场骚乱。一小群暴徒在贫民窟集结,冲进了华人聚居的社区,抢劫、烧房、杀人、强奸妇女。人们早已经忘记了"中国船",那曾经因中国商品带来的繁荣成为了历史。相反,一旦社会上有所动荡,富裕的华人便成为众矢之的,小型的屠杀一再上演。

司务长说:"这两个人想搭咱们的船离开吕宋。我看他们也是怪可怜的……"

船长知道,司务长肯定私下收了人好处,不然不会这么积极来说话。但是——"我们值得为两个陌生的中国人冒风险吗?我们不知道他们是什么人,而且万一途中出事怎么办?"

"他说他的家人都在中国内陆,而且都已经死于战乱。"司务长说,"不管这一程发生什么事,生死与我们无关。"

"那么他能付出多少旅费?"

"他说他一个钱也没有。"司务长说,"但他会酿酒。"

酿酒?船长哈哈大笑。就算他会酿酒,在这时候还有什么意义?但是司务长说,何不让他试试呢,只要你把你自己房间里藏的阿普尔顿金朗姆酒,还有粮仓里的一点玉米、大麦,不管什么淀粉类的东西拿出来,开船之前你就能见证到奇迹。毕竟,你会有什么损失?如果对我们有用,他所请求的不过是让我们捎他一程(说得轻松!),如果没有,你就把他赶下船,让他自生自灭好了。

这件事听上去很有趣。

大家甚至还拿出钱来打赌了。而那个中国人站在旁边，苍白着脸，紧抿着嘴唇，也许是天生，也许是因为往日的遭遇，他堪称英俊的面容里透着沉重和悲苦。而他那位身材矮小的同伴，始终戴着一顶当地编织的斗笠，躲在阴凉的地方，不说话，几乎动也不动。

中国人请求，让他单独在一个房间待一会儿。

大家也就应允了。

船长不是没想过要差人下船去买酒。然而，市里的骚乱还没平息。这有点不同寻常。通常这些小的骚乱，在满足了暴徒的破坏欲之后自会偃旗息鼓，当地的警察也会出面收拾残局，维持着一种摇摇欲坠的平衡。

但据说这次不一样。

据说这一次，他们在找一个人。

这一天的故事，冈萨雷斯船长想，他以后还是会用一种郑重的口吻向子孙讲述：你们要知道，在大海上充满了秘密，人们总是遇到前所未有之事，有些事情超出了认知的范围，比方说，曾经有一次，就在出发之前，我船上的优质朗姆酒都发臭了，那不是魔鬼亲手干的，还有什么别的可能？是的，海员都是迷信的，也学会了对一些神秘的事情保持沉默。

中国人出来了。

他用一只大碗盛着酒。碗上盖着一块白布，他说，那是从他的家乡带过来的。

当着所有人的面，司务长用另一只铜质的小碗舀出一杯酒，将船上的黑火药混入其中。

然后他擦燃了一根火柴。

长期漂流在海上的水手们,早就知道如何鉴别船长是否在例应发给他们的酒里掺水了。

只有度数不低于57度的酒,才可以在混入黑火药时点燃。

尽管这一切是那样的荒谬,所有人的眼光,还是追寻着司务长的手……似乎那两个中国人的命运也就在那脆弱的火苗上跃动,有人不由自主,屏住了呼吸。

酒点燃了。

押错了钱的水手们开始胡乱咒骂。

船长让司务长给那个中国人和他的朋友准备一个房间。

在那段最后穿越太平洋的航程里,冈萨雷斯船长不止一次地想,这就是他要向子孙后代们讲述的故事。讲大海的神秘,以及异域的风情。在东方,有你们未曾了解之事。曾经有一个中国人,当着我的面用玉米和淡水酿出了酒。

那个会酿酒的中国人和他的同伴,在圣·巴布洛号的底层仓房里,开始了他们在太平洋上的航行。会参拜安蒂波罗女神的水手们,虽然一开始也未免觉得有些不妥,但很快便不再关心。会酿酒的中国人——这虽然奇怪,但不也很正常么?在这条航线上,曾经流传过无数关于他们的故事。甚至有人说,安蒂波罗女神本来也是中国人,是福建沿海一个精通医术的渔女。传奇中总有各种穿凿附会,甚至有那么些骗人的成分,但水手们从不在意。对他们来说,那漫长又枯燥的航行中,只有酒是唯一的安慰。

只要有足量的酒精供应,在茫茫的大海上,他们便能忘记了忧愁。

Rose of Dionysus

是的，一开始，并没有人发现异样。另一个中国人似乎不惯海路，晕船厉害，只要人看见他的时候，总是在呕吐。没人多问他一声。谁还没晕过船呢？水手们只是建议他找根绳子把自己捆在床上，后来，他也真的这样做了。

冈萨雷斯船长从睡梦中被一阵喧哗吵醒，是这段旅程快要结束时的事。

船已经驶近哈瓦那，海岸线近在咫尺。

短暂的一瞬间，他还以为水手哗变，整个人都被恐惧抓紧。但当他披好衣服走上甲板，才庆幸地松了一口气：事情并非如此。

被五花大绑扔在甲板上的人是司务长。在他的身边，跪着一个衣衫不整的女子。

大家觉得眼熟，但也大惊失色：这不就是那个酿酒师的朋友吗？原来竟是一个女人？

而那酿酒师也跪在地上，用简陋的英语（大家惊讶地发现，他居然会说英语）陈词，说他因为害怕妻子是女人而不被允许登船，隐瞒了她的身份，结果竟被司务长发现，司务长想趁夜深侵犯妻子，妻子叫醒丈夫，拼死抵抗，一番搏斗之后，终于用白天捆绑自己的绳索缚住了他，扔到这里等船长发落。

冈萨雷斯船长大为震怒。海上航行的水手们对女人有多迫切，他心知肚明，因此那中国人的隐瞒也算情有可原。可恨的是司务长。他既然说过这对年轻人（也许他早就知道另外一个是女人）是他的朋友，却又对朋友做出这样可耻的事，简直荣誉扫地，不能容忍。

"你还有什么要说的吗？"船长问。司务长摇了摇头。

于是决定了,将司务长关在最小的舱房里思过直到上岸,再向其他轮船通报他的劣迹;而这对夫妻,在下船时,船长送给了他们自己珍爱的六分仪航海手表,感谢他们为这艘即将退出运行的轮船保证了一路平安愉快的旅程,并祝贺他们到达了新大陆:"祝你们两人永远幸福。"

当然,已经结婚并且有三个孩子的船长早已经发现:他们不再是两个人了。

女人在上船前应该就已经怀孕了。而她那渐粗的腰身、蹒跚的步履,漫长航程中的颠簸和呕吐,令船长担忧:这是否会是一个健康的孩子。

回到家乡后,冈萨雷斯船长患上了一种奇怪的病症:他经常在走路时突然毫无预兆地摔倒,就好像平整的陆地还不如颠簸的海浪。除此之外他很健康,家庭和睦儿孙绕膝,只是在他之后的漫长余生中,再也没有踏上过任何一条船。

因此,他也很乐意一次一次地回忆最后这一段带有神秘色彩的航程,而那些听到他故事的人,也仅仅将这故事看成一个退出历史的老人,对自己过往的一种美化。有时候,就连他自己也不免笑着怀疑,他是否真的在他的船上接纳过会酿酒的中国人,并将他怀孕的妻子置于自己的仁慈和公正之下,是否曾经真的看到他们在新世界的土地上掬起一捧泥土,为那巨大而未卜的命运,满怀不安?也许这一切只是他为自己编织的回忆,众所周知,回忆未必代表真实,而是我们希望它成为的那个样子。

他不知道在自己的水手中流传有一个传言:司务长是被冤枉的。

他从未想要侵犯那个妻子,只是在索要自己的报酬。那帮助将朗姆酒毁坏、令他们得以上船,并终于到达离故土最远的国家的报酬。

马尼拉市的暴徒们没有找到他们想找的那个人,那个被控诉用酒和巫术毁坏他们心智的女巫。他们坚持寻找了一段时间,但后来一次又一次的排华浪潮,不仅杀死了流言的起源,也反而让他们遗忘了最初的目的——也许那仅仅是一个借口,任何借口,只要能杀死中国人,就够了。

历史沉默地被改写,如同缓慢风化的礁石。

到达智利并终于站稳脚跟的庄志涛夫妇,在第一个孩子悲痛地夭折之后,好几年之后,终于迎来了他们的第二个孩子。

(上部结束)

9

王扶桑的武器

"你一开始的直觉,很可能就是对的。"

罗小川不知道,自己为什么对庄恨水的这句话那么在意。

骗子,王扶桑早就说他是骗子。

骗子就喜欢胡乱揣测别人的想法,看看有没有什么自己可以利用的地方。

可是,如果他真是骗子……那她为什么还是会为他的话而烦恼?

"不管你觉得哪里不对,不管你觉得这件事有多荒谬,你应该不要犹豫,要追查下去。"

追查,说得容易。

如果这个追查,会伤害到你最好的朋友,甚至是唯一的朋友,你会怎么做?

罗小川从没有对别人说过。

她从不会说那种表达感情的肉麻话，可是如果要她说，王扶桑真的是她最好的朋友。

很长时间里，甚至是她唯一的朋友。

在这个世界上，很多人都善于交朋友，因此朋友对他们来说也不算什么。但罗小川不是。回忆自己的人生，罗小川不得不承认，自己是孤零零长大的。别的女孩子手拉着手去幼儿园，去上学，去逛街，去上厕所……但这样的行列里从来没有她。是的，这一切都不重要，当时的她也并不在意。但是很多年以后，罗小川开始学会回忆的时候，才明白自己是被孤立了。

为什么被孤立呢？

"因为她根本不像个女孩子。但又不是那种可爱的假小子。"

罗小川的父母是在她四岁那年离婚的，从那以后，她一直跟着妈妈生活。妈妈是个歌手，曾经小有名气还出过一张专辑，是那种虽然长相称不上美丽但女性魅力十足的女人。而罗小川则在各个层面上，都是跟她相反的类型。

妈妈：数学白痴。

罗小川：奥数得到全省一等奖免试进了重点中学。

妈妈：能言会道。

罗小川：十四岁那年险些被诊断为沟通障碍。

妈妈：四十岁开始自学英语，三个月后跟一个外国男人结婚去了奥地利。

罗小川：毫无语言天赋，除了数理化，其他的功课一塌糊涂。

妈妈出国那年正是罗小川高考那年，她稳定发挥，不负众望,获得数学和理综全市最高分的同时,因为其他科目的蹩脚分数,与清华物理系失之交臂,最终成为了王扶桑的校友(当然那时她并不知情)。

罗小川拖着妈妈留给她的大皮箱进了学校,那里面装着她全部的家当。十八岁,她成为彻彻底底的孤身一人,从任何意义上都是。跟妈妈同住的房子已经卖了,出于对女儿最后的疼爱,妈妈分文未取,将所得的钱全部存进了银行,虽然数额不算巨大,但只要通货膨胀不太厉害,罗小川很长时间里都可以自称是一个富二代。再说,罗小川也并不花什么钱。她穿着中学时一模一样的衣服进了大学校园,戴一副方框眼镜而不是隐形,留着那种小区理发师为她量身打造的短发,整体很短但刘海很长,足以覆住整个额头和一半的眼睛。天冷的时候,她计划加一顶帽子。因为不再长高,她找人把中学时候的皮靴重新钉了鞋掌,毫无问题可以再穿上四个冬天。

这样的罗小川第一次进女生宿舍,差点就被宿管阿姨赶了出来。

将自己简单的行李全部搬进宿舍以后,罗小川突然意识到,自己终于作为女性进入了社会。

尽管从来没有人与她讨论过这个话题,但罗小川从自己的经验里无师自通,在中国,在城市里,一个女孩子如果成绩足够好,长相足够普通,那么在十八岁以前,是可以没有性别的。因为那时候的你完全可以充当一架学习机器,而不需要考虑社会性。就算有些老师喜欢说些老生常谈,什么"女生上了高中就不行""女生爆发力不如男生""女生理科不如男生""女生很难学好物理",但罗小川完全可以用自身的表现打败他们的偏见。但进到大学就一切都不一样了，就算你自己刻意忽略，在他人的眼里你依然是个女的——尤其是在女生稀少的院校和专业里。

有些东西躲也躲不掉。

大三那年，为了考研做准备，罗小川投入本校一个导师门下。

当然也不算正式的导师，只是本校的一个学术带头人，本科生也跟着他做些课题。大家都风传，只要正式成为他的研究生，学术上就会有很好的发展。但同时也有一个传闻，就是那个导师很少招收女研究生，据说他总是抱怨，女生不好培养，到了一定年纪就无心治学只想着结婚生子。

不知是否为了某种较劲，或者说证明，罗小川当时非常拼命。她帮这位老师做细菌生长曲线，因为计算菌浓度每四小时要测一次吸光度，所以四十八个小时在实验室没合眼。本来说是有报酬，但后来导师说，经费还没下来，请你们吃个饭吧。

去了发现，原来"你们"不止是罗小川这一届的人，还有几个学妹，但全都是女生，一个男生都没有。

这几个学妹里就有王扶桑。

后来才知道，王扶桑帮该导师在 P2 室做动物实验，全副武装地给一百多只小白鼠灌胃、配药、记录数据，这样的苦力，也就是一顿饭打发而已。

如果光是吃饭也还行。

问题是还要喝酒。

如果导师学生自己喝喝也还行了，问题是，席上还有某某制药公司的几个高层。

吃饭的地方是一间农家乐，女同学进去都直接换了浴衣，一个女生当场就吓哭了。"哭什么。"罗小川听见王扶桑低声说。后来导师要大家敬酒，几个女生都说自己不会。待到那些老男人七劝八劝，几乎就要动怒的时候，王扶桑忽然站了起来。

她站起来，然后说："话都说到这分上了，今天我们再不喝就是不给各位老师面子了，但是我们宿舍十一点就要关门，在那之前要回去，这样吧各位老师，我来带个头敬酒，我们先喝一轮快的好不好？"

有多快呢？

罗小川的记忆没有半点夸张，那天，完全没轮到别的女生上场，也就半个小时之后，那帮自以为达到目的、完全卸下了防备的男的就被王扶桑喝趴下了。女同学们面面相觑，只有王扶桑面不改色，把导师钱包里所有的钱翻出来，揣进兜里（后来她告诉罗小川，那是自己应得的劳动报酬），又从一个药厂的人钱包里抽出两百块钱，用那钱带着一帮女生打车回了学校。在宿舍楼下她说："这件事大家不要说出去，有人问起就说都喝醉了，后面的事不知道。"一帮女生自然唯唯点头称是。得到保证后，王扶桑就自己上楼了。

罗小川跟在她的身后。她不知道自己为什么要这么做——不，其实她知道，她知道自己为什么要跟着她，她知道那个原因，却不理解自己的行动。她原本可以什么也不管，什么也不问，像其他女生一样散去，如果有人问起，就说喝醉了，什么都不知道。

但她知道自己没有喝醉。她还知道，王扶桑也没有喝醉。罗小川看着王扶桑一步一步走上楼梯，宛如行军，腰挺得笔直，脚步没有一丝的偏移。罗小川自己则走得犹犹豫豫，走一步，想想又恨不得退下来一步，但终究还是以落后一米的距离跟着她，毕竟在罗小川的词典里，还从来没有一个词叫放弃。

王扶桑没发现罗小川在跟着她。毕竟大家都住一栋宿舍楼。又或许她一直都知道，但觉得这件事情也无关紧要，因此连头都没回。罗小川后来想，也许那一段楼梯上的跟踪，就是她和王扶桑友谊的缩影：一种莫名其妙的心照不宣，好像在赌气似的，我知道你知道，你也知道我知道，但是，你为什么不戳穿我呢？

那我们就看看，你能忍受到什么时候吧。

至少第一次，是王扶桑没有忍住。她已经走到宿舍门口，那扇门正对着楼梯口，罗小川看着她。

王扶桑转过身，深吸了一口气。

罗小川不知为什么，紧张得屏住了呼吸。

但她做梦也没想到，王扶桑对她说的是下面这番话。

这番话，因为太过奇怪，太过突兀，从此深深地刻在了她的心里。

"有些人。"王扶桑说，"有些人，仗着自己是男人，多了几个不怎么了不起的腺体，仗着自己身粗力壮，或者有那么一丁点的权力，就要欺负别人，伤害别人，很多时候他们也得逞了。但是你知道吗？这一次他们真的选错了武器。"

罗小川记得，当天原本特别憋闷，是北京夏季最恼人的桑拿天，酷热潮湿，衣服几乎可以拧出水来，但王扶桑说这话的时候，突然间，大雨如注。

王扶桑伸出手："学姐，交个朋友呗。"

罗小川发誓,当时楼梯口劈过一道闪电,正好映到了王扶桑的脸上,那一瞬间,让她拥有了一种奇特的、甚至有些骇人的庄严,像是罗马神话里的女战神。

罗小川伸出了手。

她没法不伸出手。

她应该也像王扶桑那样,在握手的那一瞬间讲出几句庄严的誓词,但她反应了好几秒钟,最后只问出一句:"你发烧了?"

王扶桑一脸错愕,罗小川又再次感受了一下,傻乎乎又问:"那是不是我发烧了?"

"你干吗问这个?"

"你的手。"罗小川说,"我对温度很敏感的,你的手的温度,比正常高了一到两度,要不就是……"

"我喝酒了。"王扶桑说。

然后她收回了手。"学姐,你跟了我一路了。"她问,"是不是有什么话想对我说?"

罗小川摇了摇头。

但是她撒谎了。其实她有很多话想说。只是,在王扶桑伸出手的那一刹那,在她说出那番关于"武器"的话的那一刹那,她觉得那些话都变得多余了。

别人不知道,只有罗小川自己知道,她的人生以跟王扶桑的那次握手画出了界限,从此泾渭分明。

之前的她是一个尽力不问世事的学术少女,人人都觉得她会保研、读博,一路深造,没人知道她不声不响去报考了公务员,成绩揭晓,面试过关,她进入了刑警支队的法医物证科。

她始终没忘记王扶桑说的那句话。

"他们很多时候都能得逞，但这一次他们选错了武器。"

要拿到自己的武器啊。罗小川想。尽管技术警不配枪。尽管这份工作也有很多不尽人意之处，尽管日子也是日复一日的琐碎，但是在她正式评为高级法医师那天，已经靠着DNA检测把几百个强奸犯送进了监狱。实验室之神果然名不虚传，比别人的检出率高出了百分之十。是的，这个工作无法让她拿到诺贝尔奖。但是，每次当她握住试管，滴入凝胶，当她看着试剂一点点地显形，当她签下鉴定报告，她知道，那是属于她的武器，她的人生取得了意义，没有虚度。

她有了足够的底气，可以跟那个神一样的女孩站在一起。

升了职称那天，罗小川想着要不要给王扶桑打个电话。

因为，她很少给她打电话。虽然她在心底认定她是最好的朋友，但偏偏很少跟她联系。也不讲话。只是当她在做某些困难的事情的时候，她会问自己："王扶桑会怎么做？"

王扶桑会在评上职称的时候，给一个联系不多的学妹打电话吗？

罗小川犹犹豫豫，始终不能做一个决定。附近派出所的民警小马对她频频示好，约她下班的时候一起庆祝，她却大发脾气，把人推出门去。有人看她情绪不对，问她"是不是来大姨妈了"，更是令她愤怒不堪，想打一架。同事都下班之后，她偷偷打开抽屉，从最深处摸出了一瓶酒。

她倒不是爱喝酒。其实她的酒量很差，不管什么酒，一口入喉之后就能让她整个人飘飘然。只是，酒对她来说有着跟别人不同的意义。她拧开瓶盖，闻到熟悉的气味，那气味引渡她去了别处，去了与王扶桑初识的那一晚。张皇失措的一群女生，深夜的出租车,一场突如其来的暴雨,王扶桑伸出的手,她手心高于常人的温度……这一切确实曾经发生过,但又带有一种深深的、不真实的气息。

仿佛它发生在另一个魔幻的国度。

罗小川没想到最后主动打来电话的人是王扶桑。

后者首先向她祝贺,说翻朋友圈的时候,看到她评上职称的好消息。

"学姐,我想,我们能不能一起干点什么。"

这是王扶桑的原话。多少有点出乎罗小川的预料,但其实也算顺理成章。

王扶桑是一个特殊的人。

特殊的人,意味着她并不同于我们司空见惯的芸芸众生。

回想起那个晚上,真是大快人心!导师和他请的那几个药厂老板在包间里昏睡,女生们挤上出租车,有些害怕但又压抑不住兴奋,叽叽喳喳地说话,没有主题,但就一直一直不停,仿佛陷入了某种迷狂。从来不会说脏话的理科女生开口咒骂教授,五音不全的女生开始唱起了歌,而从来在女生团体中格格不入的罗小川也感觉自己被一种陌生的东西包围——那个东西,叫做友谊。

后来罗小川在学校里还遇见过那几个女生。她们就好像不认识她一样,从她身边目不斜视地走过。是完全对那一晚上失了忆,还是虽然记得但是不愿意提及?其中的一个女生到底还是去做了那个教授的研究生。

因此那个晚上特殊的魅力完全是王扶桑带来的。属于她一个人,与别人无关。尽管她平时也跟其他人一样,对那件事绝口不提。

那件事唯一的余波就是王扶桑修那个教授的课没有及格。但这件事很快就搞定了。

据说搞定这件事的倒不是王扶桑,而是她妹妹——社会上的人。

据说她妹妹找人把教授"修理"了一顿。

罗小川惊鸿一瞥地见过王乐乐,她开一辆车牌是1234的宝马车,在校园里招摇而过,最后停在女生宿舍楼下。王扶桑跟她在车旁吵架,王扶桑说:"我的事不用你管。"

妹妹:"你以为我想管?"

"揍你之前赶紧走。"

"我本来就要走。"王乐乐环顾四周,轻声一笑,"原来这就是大学,原来还以为多了不起,原来也就这样。好啦,见识过啦,再见!"

她那轻俏的告别姿态莫名令罗小川一阵心痛:她想起了自己的妈妈。

后来也有男生莫名就对王扶桑亲切了起来,因为想跟她要她妹妹的电话号码。

后来跟王扶桑合作了,亲近了,罗小川也问过几次王乐乐。

王扶桑总是一副不愿意提的样子。

但是罗小川知道,她关心这个妹妹。她不止一次地听见她们在电话里吵架。吵架用的湖南方言,她很难听得懂全部,不过大概也能了解:姐妹俩对于彼此的生活方式,都有一些意见,妹妹看不起姐姐,姐姐也看不起妹妹。

但她们却是互相关切着的,这种关切罗小川恰好能够理解:

这就像她很烦躁接妈妈的 Facetime，也讨厌看到她的新老公，但是如果她没有按时打来，她就会心神不宁，连化验都做不好。

姐妹间最近爆发的一次巨大争吵，当然就是亲子测试那次。

庄恨水猜对了一点，她昨天去夜店，是去找王乐乐的。

但邀约并不是她发起的……而是王乐乐。

事情是从那份梁承业交给她的检材开始的。王扶桑找上门的时候她就猜到是王乐乐的了，她又不是傻子。

那一天，她鬼使神差，跟梁承业要了王乐乐的联系方式，电话打过去，那边接起来一开始态度蛮横："不要再来烦我了！再烦老娘出国了，你跑到天边都找不到了，懂不懂？"

知道认错人之后，她发出了一连串轻巧的笑声。

"学姐，你是我姐的学姐，我也这么叫你，可以吗？"王乐乐说，"不过你是要跟我说什么洁身自好之类的话，我可就把电话挂了哦。"

"我没这个意思。"罗小川说，"我就想问问你，近期有没有什么过敏反应，或者是特别容易感到疲惫，或者是……"

"怎么了？"王乐乐有些警觉，"我身体出问题了吗？"

"也不是……"罗小川说。

她不知道应该怎么跟王乐乐解释，就是说她觉得她"有问题"，但是她又没有什么证据。就像王扶桑突然出现的过敏症状，要说是生物学生普遍的症状也可以，但是在这个春天又重新到访，死灰复燃，却让她心里有了一丝不祥的预感。

还有包子。

王扶桑做的包子。

她第一次喝醉、第一次在王扶桑家过夜，第二天早上王扶桑蒸了包子。

她从小不爱吃包子,因为早饭多被妈妈用千篇一律的食肆小笼包打发,但是王扶桑做的包子她却连吃三个,下肚以后通身舒泰,宿醉全无——这倒是其次。最主要的问题是,那天王扶桑一早要去参加 CPA 的培训(她也不明白为什么王扶桑对考证如此热衷),留了罗小川一人在家,罗小川把她的厨房当实验室一样瞎转,但是却没有找到一样关键的东西。

她没有找到酵母。

也许是用完了,扔掉了。罗小川想。她以后再也没问过这件事,并且假装它并不重要。

是的,一个微小的怀疑,说明不了任何问题。然而,当怀疑的迹象一个个出现,她无论再怎么说服自己,也无法继续熟视无睹。

"你的直觉很可能是对的。"庄恨水这么说。

她真讨厌他这么说。

前两天王乐乐突然联系她,说要检查身体。

"我想做血检。"她说。

"你有什么不舒服吗?"

那边沉默了几秒,然后,她又听见了王乐乐招牌式的笑声。

"放心吧学姐。"她说,"我很健康,我一直很注意保持健康,因为我的身体就是我唯一的武器了,我拎得清。"

又听到"武器"这个词的罗小川莫名起了一身鸡皮疙瘩。

王乐乐说她只是想做一些遗传学的检查而已。

她们约好了那天晚上见面,罗小川本来不想去夜店,但是王乐乐说时间早,店里还没来人,而且她还约了人在后面,谈一点事情。

如果不是撞见了小马,如果不是突然像鬼撞头一样失去了理智,那么她会见到王乐乐吧?

她会接过她递来的一小管血样……科技昌明,如今这隐藏于皮肤下的深红色液体,从中不仅可以看出你的健康,你的缺陷,可以构建你与家庭和社会的联系,甚至可以从中看见你的过去和未来。

罗小川到底也没打车,因为下起雨来了忽然打不到车,再说也并不可以报销打车费。她最后还是坐的跟庄恨水同一班公交车到的单位。

"其实也不是什么案子啦。"主任讨好地说,"就是下个月分局来检查,我们这里还有四百个前科人员的血样没有录入,别人都是有家有口的要陪小孩,所以只好请你来加个班,辛苦了啊小罗。"

罗小川没有抱怨。甚至她暗暗高兴,可以有这么长的时间心无旁骛,只做这样简单的工作。

主任说可以分两天弄完,罗小川自己弄到了凌晨。疲惫至极,和衣躺下,不知道睡了多久,最后被手机声吵醒。不知为什么她接起电话就叫出了王乐乐的名字,但是电话那头还是主任。

"小罗啊,数据录入完了吗?"

"还差七十多个,今天可以录完应该。"

"效率啊,真是杠杠的!"主任夸赞道。罗小川有了一丝不祥的预感,但还没来得及挂电话。

"小罗啊,七十多个今天也不急着录了,明天上班以后我让别的同事录也来得及。"

"不,主任,我还是负责到底吧。"

"是这样的小罗,有个现场需要你去出一下。我知道你很辛苦,但是单身的同志,年富力强,是可以多作点贡献嘛。"

是一起室内死亡案件。

发生在高档小区,据说很多二线明星也住在那里。

因为会有狗仔队常年蹲守,怕扩大影响,要尽快破案。

报案的是保洁阿姨。

据说死的是个外围女。

"现场有什么特别吗?"罗小川问痕迹科的同事。那个四十岁老阿姨说没有什么特别的,就是你看了可能会喜欢。

"我?喜欢?"罗小川想说阿姨你想什么呢,我为什么会喜欢,你对我有什么误解?

但是在进门的一瞬间,她就明白同事为什么这样说了。

她首先看到了一个 eppendorf 的移液枪,这个实验工具她以前很喜欢用,手感舒适,比国产货强。

这个外围女看来热爱科学,客厅里居然有一个净化工作台。

罗小川突然间觉得自己的喉咙像是被谁掐住。

她大脑一片空白,连呼吸都呼吸不过来了。

10

调查记者的工作

是李胜男最早发现事情有点不对劲的。

出于朋友之谊,她提醒过王扶桑:"你妹妹好像有问题。"

王扶桑没有回复消息。

她又发一条:"你的学姐罗小川最近好像也有点问题。"

还是没回。

莫名其妙。但也并非不可原谅,毕竟谁都有遭点事情的时候。

李胜男敏感地觉得,这段时间王扶桑好像在为一些什么事情烦心。老给她发一些莫名其妙的东西,什么智利的酒庄啦,什么航海手表啦,看上去都是些不能赚钱的玩意。"你一年只能免费跟我咨询三次,超过次数我就要收钱的。"李胜男提醒王扶桑。后者先是没吭声,后来忽然又发来一条消息,问她能不能去查一下,一个叫做什么冈萨雷斯船长的航海日记。附言:第三次。

"西语区姓冈萨雷斯的人好几千万,你让我怎么查。"

"你不试试怎么知道。"

"没空,抱歉。"

李胜男知道,自己算不上什么好记者。

大学没读好,进不了那些煊赫一时的大报社,只能去地方的都市快报、都市晚报,一个月工资三四千,连房租和交通费都成问题。"媒体要完了!"一进报社就听见有人这样哀嚎,因为有了这个光明正大的理由,他们就稿子也不写了,成天琢磨着跑场子拿红包,红包一般还附带着一个U盘,里面就是通稿,图片照片安排得消消停停,照排就可以。

那时候大家都挺穷的,房价飞涨的日子里买不起房,年轻人们都觉得很焦虑。但在一片萧条和沮丧中,居然还是有人发财了。

是其貌不扬的一个跑经济口的记者,毕业于沧州师范学院,个子矮矮不到一米六五,工作两年就在南京买了房。

第三年他因为一篇未刊出的报道蹲了大牢。

大家对他毫不同情,报社拒不为他发任何声援微博,人人心知肚明,他的报道成色是什么,他这么些年来又是如何通过"报道"挣到了买房的钱。

新闻理想,李胜男也是曾经有过的,至少刚毕业的时候有。后来她被分到了生活口,每天报道哪个小区的楼道灯不亮了但物业不肯维修,哪个小区楼道里人走路太响好像弹皮球,哪个公园举行美丽的郁金香展市民可以凭身份证免费观看。因为太忙她也没工夫思考人生,直到那个河北籍同事关进了牢房,罪名是敲诈勒索，她才知道，做新闻记者可以干些什么勾当。

"其实严格论起来也不算敲诈勒索。"后来，王扶桑跟她解释过，"很多私人企业起步的时候存在一些……不规范的事情吧。你发现了，去调查采访写篇稿子，对方说你别发了，我给你稿费，一个愿打一个愿挨。你们同事吃亏在不懂法，程序没掌握好，给人抓了把柄。还有，对象没选好。搞房地产的公司是他能碰的吗？得找软柿子下手。"

"什么样的柿子算软柿子？你有没有搞懂这个社会，能开公司的人怎么会是软柿子，好吧就算他们是软柿子，那我们记者就是草莓了，他妈的连层皮都没有。"当时，李胜男给她顶了回去。

但是她毕竟受到了启发。她找到了自己的"软柿子"——科技创业公司。

创业公司，为了融到下一笔钱，难免去别人网站爬个数据，请点水军，打几个五星，把数据做得好看点。而且这些公司有一个共同的软肋，就是都特别怕负面新闻，遇到负面新闻这些公司的估值就会刷刷往下掉，天生比其他类型的公司更容易受到舆论的监督。

李胜男并没有想到，自己的第一笔买卖居然还不是发现人家数据作假，而是拍到一家即将上市的公司创始人有了外遇。照片给了王扶桑，王扶桑给她按照婚姻法公司法一分析，那可不得了，如果一揭出来就是公司的不稳定因素，老婆离婚分财产事小，公司股价破发事大。按照法律程序，李胜男登门采访，对方也很爽快，底片给我，现金给你。

从那以后李胜男就和王扶桑结成了稳定同盟，她像只猎犬一样盯着这些不牢靠的公司,寻找着包括花边新闻在内的一切猎物,而王扶桑就是她的法律顾问,一边衡量着所有信息如何使用,一边保护着她不至于身陷囹圄。有人说,她就是科技圈的卓伟,但李胜男觉得,卓伟多多少少还对于自己的娱乐圈探秘活动感到有兴致,觉得自己在做一件于社会道德有好处的事,而她呢——只感到完全的恶心。就好像扒开猫砂闻里面的屎。有好几次,她计算着自己所有的资产,银行理财、股票、房子,甚至把柜子里的包都折价算上,算下来的价值只要她不大肆挥霍,这辈子也可衣食无虞。她觉得,自己也是时候换掉这份讨人嫌的工作,改换一条更惬意的人生跑道了。

前段时间,李胜男去牢里看过一次自己的那位前辈,好歹,她的人生变成目前这个不算坏的模样,和这位前辈有莫大关系。她过去,专程是为了告诉他一个好消息:害他坐牢的那家房地产公司,当年不可一世的样子,却在好几个商业地产项目上栽了跟头,目前资不抵债,有可能成为公开市场上第一家退市的房地产公司。

"活该。"前辈面无表情地说,"当年骗那么多老头老太太的钱。"

"哈?"

这个突然的转折让李胜男有点猝不及防。

"既然你说他们快倒台了,那我觉得告诉你也无所谓,他们当年是卖保健品起家的,就是那种掺点糖水告诉你延年益寿的口服液,好多老头老太被骗到倾家荡产,死了以后一屋子堆的都是他们的保健品。我也是朋友的朋友的朋友不知道托几层关系找到我,才去查这件事的,对方本来也是想让我帮忙,看能不能让对方多赔偿点钱，我想着敲他们一笔也算是替天行道，没想到他们太狠了，直接给我弄这鬼地方来了。"

探视时间到了，李胜男出来，对前辈说的话依旧将信将疑。曾经背弃的理想像一记重锤直击她的面门。世界上的事情不是非黑即白的，即使是低劣的行为，也可能出于高尚的目的，甚至也可以达成某种高尚的结果。而即使是低劣、毫无尊严之人，也有可能在某个必将失败的事业里，做出堪称高贵的行为。

而她呢，她原本应该也是能做些什么的。

她开始秘密地调查那家房地产公司，调查它在发迹、转入房地产之前，进行的那些绝不光明正大的勾当，调查它如何编织谎言，将那么多老人毕生节俭辛劳积攒的钱扫进自己的口袋。

然而调查中的一些发现却很不对劲。

简直太……诡异了。

首先，她原以为会上这种大当的应该都是些农村老头老太，没受过什么教育的那种，但出乎意料的是，这个骗局第一批的参与者，居然是一些——就算不说是社会精英——也是超出中国全体老人平均受教育水平和经济水平的一群。

这些人里有退休教师、退休公务员、工厂厂长、村干部……他们以一种打鸡血、练气功一样的狂热投入了这个保健品的骗局，投入了自己所有的积蓄，跟亲朋好友借钱，为此不惜纷纷跟自己的晚辈决裂。李胜男还发现，并不是自己的那位前辈第一个注意到这件事的，受骗者的子女中，不乏有一定社会地位之人，甚至还有公检法系统的成员，不止一次端过这家骗子公司的老巢。但是没用，所有的劝阻都没有奏效。那些人就像信了邪教似的。

李胜男自己是个唯物主义者，对一切宗教都没有研究，也没有想要去信仰什么的心思。但她的一位远房长辈，大字不识的，却是个虔诚的信徒。他在内河航道以撑船为生，有一次，风浪中掉进了河里，绝望时想到人家说向神祷告，他在水中闭上眼睛祷告几秒，睁开眼发现前面有一根船桨，他抓住，得了救，后来一直活到九十多岁才寿终正寝。

信仰有时候就是靠神迹的，哪怕这种神迹，有时候出于编造，有时候只是巧合。李胜男只是灵机一动，心想那家公司该不会也是搞了这种吧，类似那种水变油的那种魔术。出于一种职业性的好奇（那时候她还真的没有别的想法），她开始着力留意这方面的迹象。当年并没有网络，也没有如今繁荣的QQ群、朋友圈，老人们不懂利用网络，她要寻找那种亲历者的讲述，原本非常困难。要去实地采访也可以，但她又不愿意花这个功夫。就在她觉得这东西没什么好查的、查到了也对她未必有好处、即将放弃的时候，一个偶然的发现令她悚然一惊。

她对谁也没有说。

过了几天，她口气镇定，给王扶桑打电话，说想大家聚聚。

"叫上熊伟吧，好不好，好久没见她了。"她故作轻松地说，"哦对了，还有你那个智利来的人，叫什么水什么的，能不能也来见一下啊？"

"你见他干什么？"

"有品牌邀我写一个南美旅游的专题。"

"真是莫名其妙，旅游专题干吗找你写。"王扶桑说，"好我叫一下吧，人家来不来我就不好说了。"

那时候，李胜男可不知道庄恨水正关在看守所里，担心着自己要被遣送回国,还盘算着怎么才能把机票钱记到继母的头上。那天,她故意提前一点到了相约见面的地方,比她还早到的是人类学博士熊伟,这是她的一个习惯——她总是早到。李胜男跟她聊闲天,不知不觉把话题引向自己想要的方向。

"还记得咱们怎么认识的吗?"

"网友下载。"

"现在想起来满神奇的,对吧。"李胜男说,"如果我们不上那个论坛,就根本不会认识。"

"你到底想说什么?"熊伟合上手里的书,李胜男眼尖瞥见,那本书的题目叫做《圣杯与剑》。她当下心头一喜,但声音里还是不透露出任何的波动,"你怎么又在读这本了?"她问,"当时我们上论坛,不就是在讨论这本书嘛。"

熊伟有点困惑地看着李胜男。"你到底想说什么?"李胜男知道,在她们这个女子小团体里,只有熊伟一个人,是游离于王扶桑的业务之外,不会跟她发生任何的经济联系,跟她的友谊仅仅保持在君子之交的范畴。有时候李胜男难免会想,是否自己、王扶桑,还有其他的几个朋友,在熊伟眼中,并不是活生生的人,而是一个个具有各自特性和表征的样本,是一个个研究的对象。不过,正因为如此,她对熊伟反而特别放心,也特别信赖,因为她知道这个女孩没有任何要捉弄别人、妨碍别人的心眼。所以,她只想了一想,便决定对熊伟的问题如实作答。

"我最近在查一个保健品公司的事,发现居然跟王扶桑的老家有点关系。"李胜男说,"好吧,我其实发现了那就是从她的老家那边发源的,我跟你说实话。"

"然后呢？"

"然后，那家公司后来转搞房地产，搞得不错还上市了，但后来又出了问题，现在要退市。"李胜男尽量用熊伟听得懂的语言，"然后，我发现那家公司，好像想重操旧业。"

"重新搞保健品？"

"谁知道呢。反正，他们注册了一家新的生命科学公司，主打的好像是干细胞抗衰老什么的。"李胜男说，"搞得神神秘秘，似乎不是保健品了，而是去南美那边注射什么干细胞针剂，去的都是有钱人，打一套针起码一百万。"

"这不是骗钱吗？"

"事情不是那么简单。"

"怎么不简单？"

李胜男想了想说："很多人认为，他们并不是骗子。"

熊伟看上去还想问什么，但这时徐敏来了。她一来，便提起了那个智利人。"听说你要采访他一个南美旅行的专题？"她问，"刚刚派出所的还送他跟一堆打架斗殴的到我那去验伤，我挡回去了。这案子再往上递估计你就得去智利采访他了。"

李胜男心想这是谁把人往派出所里弄，真会惹麻烦，但嘴上她只是淡淡地应："嗯，其实准确地说，是关于南美葡萄酒的。我还想再采访一个阿根廷人，怎么样，你们牢里还关得有没有？"

大概是长期以来习惯了对他人的窥视，李胜男也已经习惯在跟任何人聊天的时候都要收住一半，尽量不说假话，但也尽量不提及任何事情真正要紧的地方。

"有啊，就算现在没有，我也可以想办法给你找一个。"徐敏说,"他们外国人喜欢开那种聚众扰民 Party,只要有人举报,我们过去一逮一个准,真想关的话一次可以关他十几个。所以你想找哪个国家的人吧,列一个表格,我给你尽量安排。"她说得一本正经的,要不是李胜男真的跟她很熟,一定听不出她是在开玩笑。

她的确是在开玩笑。但是她这个人即使开玩笑听上去也很严肃,所以总是得罪不少人。李胜男记得自己听说过她有个八卦,好像因为不服劝酒直接跟队长在酒桌上干了起来的,但是也记不真切。在王扶桑周围总是围绕着奇奇怪怪的人,女人,包括她自己在内。李胜男有时候觉得这种情形有种莫名的熟悉。

可能在哪本书里看过吧,但哪本书,她却又不是很想得起来。

接下来的事情就是,王扶桑出现了。

带着那个智利人一起出现的。

李胜男当然不会问他什么南美旅行,那个稿子本身就不存在。她当天故意押着庄恨水,就是想出其不意问他几个酒庄的问题,为什么他突然来中国,为什么他盯准了梁承业,这背后究竟是谁指使,这人到底在耍什么把戏。

她原本应该可以问出来,但是,喝醉酒的罗小川闯了进来,打乱了一切。

一看到醉成那样的人,李胜男什么心情也没有了。第二天她确实要去上海,但是回到家里她怎么也睡不着。辗转反侧,她发了消息给王扶桑问:睡了吗?

王扶桑:还没呢。

李胜男:你是不是睡不着?

王扶桑：嗯。

李胜男：为什么。

王扶桑：我想去上洗手间，可是有个狗娘养的睡在了里面。

李胜男骇然而笑，不知道为什么有人会睡在洗手间里。"不然让他睡哪？"王扶桑说，"应该让他睡你家去，是你要见他的啊。"

"还是睡你家吧，我觉得你其实比我想见他。"

"我想见一个骗子我有病啊？"

"王扶桑，你在逃避什么？"李胜男问，"其实，自从这个人出现，你就有点心神不宁了，你希望他是个骗子，但心里又清楚他不是。"

"别把你的初级心理分析运用到我身上，我不吃这一套。"

"你看，你这就叫色厉内荏。"

"你到底想说什么吧？"隔了半晌，王扶桑问。

李胜男也不知道自己哪来的灵光一闪。

她之前说过，王乐乐好像有问题。

罗小川好像也有问题。

那一瞬间，她忽然觉得，这两个人的问题可能是同一个问题。

所以她就没回王扶桑的信息，不管她怎么追问都没回。

不回信息是天赋人权，她觉得这没有什么了不起。

11

王乐乐的问题

王乐乐确实遇到了一个问题。

她怎么也找不到她的身份证了。

而她正好非常需要这样东西。她得拿着身份证去办护照。

一般人或许认为这并不是什么问题,但是王乐乐,她一想到这件事就要疯了。身份证丢了,要回老家去补办,这件事情她是知道的。但她不知道没有身份证的她该怎么去坐上回老家的飞机。似乎是可以在机场里办个临时身份证,但那个地方在哪里,以及就算回到了老家,怎么去派出所,怎么证明我是我自己,怎么去填那些表格,怎么去面对一张张高中班主任式的中年男人脸,这都是她连想都不愿意去想的。

她拿出手机,从一长串名字里随便拨出一个,让对方帮她搞定。

"宝贝儿,这事儿虽然都不算事,但我也没法在北京帮你搞定。"对方说,"你自己回去一趟,就当旅个游吧?我让司机送你去机场,带你去办临时身份证,这总可以吧?要不就让他陪你回去,帮你跑跑腿,但是你自己必须得出现在派出所那个摄像头前面,你懂?然后那边的酒店我也给你定好。对了,你老家是哪儿的来着?"

"算了。"王乐乐说。

她发狠地摁掉电话,气呼呼地瞪着天花板。

为什么会生这么大气呢?她一时并不明了原因。明明对方那样安排……就也算可以了。完全不用她自己费半点脑子。

就当回老家旅个游嘛,又怎么样呢?那个地方好像现在正在申请什么非物质文化遗产,说不定真能成为什么旅游胜地。

然后她很快就明白了自己烦躁的根源:她根本不想回老家。

用全身心起誓,她讨厌杨家镇。讨厌连绵不绝的阴雨天,讨厌低矮的老屋、长着青苔的街道,讨厌那些黏黏糊糊的人,讨厌梁家的酒厂倾倒进小河里的酒糟,散发出带着甜香的恶臭。她讨厌一下火车,就要面对那一片高粱地,总是有人不怀好意地对她说,你外婆就死在那里。

出来了就没想着还要活着回去。

出来了是 Vivian、Lily、Rosemary,再不济也是茜茜、洛洛、亚亚,回去了就是小红、小兰、小花。

在陌生的城市她是个没有过去的漂亮女人,人人都说她美,到处有她的传说。然而,只要踏上杨家镇的土地一天,她就是那个灰头土脸的小贱货,要被拎到主席台上向全校朗读她的检讨书,要被中年女人揪住头发,还往她的脸上吐口水。

说真的,世界上怎么会有那么野蛮、那么讨厌的地方?所有人都讨厌，包括她自己的外婆。这些人共同的特征就是身份证有着相同的前 6 位。

王乐乐真的很讨厌这种昭然若揭。她知道就算自己嫁给一个北京人，或者为国家的发展作出突出贡献，拿到那千万人打破头争抢的北京户口，身份证上打头的数字，依旧会不断地提醒她自己来自哪里。

这是魔幻的世界里最现实的一环。

她不想要这样的现实。

离开这里就好了，远远地离开，远离那片散发着酒糟味的乡土，抛弃自己的姓名。但是要做到这些，第一步她必须得用身份证办个护照。如果不想回去补办，那就得找到丢失的身份证。这是最简单的道理。

孩子的父亲已经拿到鉴定报告。

她怀孕了，而且是个男孩子。而他会履行承诺，送她出国，送给她一份安身立命的产业，给她的孩子一个姓氏。

是那种可以流传下去的姓氏，人们一想到他，只会想到甜美的、富足的一切。

最近见不到他。但这应该不要紧，他现在在国外。他在国外有自己的公司，自己的实验室。虽然只是不经意地提及，但他应该是在欧洲和南美洲都买下了葡萄酒庄。我可以管理一个酒庄。我可以酿出很好的酒，我有这个天分。甚至做完这一切以后，他抛弃我都没有关系。是的，我甚至更期待他抛弃我。这样我就可以在一个自由的地方，自由地生活。

王乐乐在心中默念：去一个谁也不知道我的地方。既不知道我，也不知道我的家乡，能把所有的过去都埋葬的地方。

这个愿望是什么时候有的呢？是从别人都追着她骂"小狐狸精"的时候吗？不是的，王乐乐觉得，这个愿望是在更早之前，是在她的生命还在另一个女人的子宫里孕育之时就有的，她生下来就是为了逃离，只是，她需要等待。

一个小女孩能做的事情太少太少。她静静地等待自己长大。秀发齐肩的那天，胸部隆起的那天，月经初潮的那天。

是否王扶桑也有着这样的念头呢？如果有，她选择的方法是拼命念书，这也太笨了。

根本不必那么辛苦啊，姐姐。

王乐乐赤手空拳来到了北京，迅速地拥有了房租高昂的公寓、跑车、爱马仕包包、卡地亚珠宝。

你看，姐姐，不需要很辛苦就能得到这一切。

然而，渐渐地，王乐乐知道自己错了。

她绝对不会承认但她知道错了。

生命好像被缩短了……她到北京的时候十八岁，现在也不过二十六岁，但是周围的人说起她来，她可以挣钱的时代已经结束——要为自己的人生找个收场了。

说起钱。

钱的确赚到过不少。但为了维持能赚钱的样貌，赚到多少钱就都原样不动花了出去。

你只有大手大脚花钱，才能看上去显得很有钱。而钱是这个世界上最势利的东西，只会向着有钱的地方跑。

王乐乐记得那时自己刚到北京，住在一个比她还小三个月的女孩家里，那女孩似乎觉得作为先来的人有种指路的责任，便向她灌输了这番真理。女孩当时在一家俱乐部工作，穿高跟鞋持皮鞭拍一些录影带,就那种近似于闹着玩的东西,居然销路不错。她赚得不少,开心的时候就带着王乐乐一起去盘古大厦吃怀石料理,但心情坏起来的时候就直接把王乐乐所有的东西扔在了楼道里。

那个女孩后来就再没联系过。前些日子,听说她死了,死法众说纷纭,但传得最像模像样的,是说她一个人在家喝多了酒,被自己的呕吐物噎死了。

真是很适合她的一种死法。又豪华,又肮脏。她好像还拍过这样的片子呢!往别人身上不断呕吐。就这种东西也能挣钱?她自己都感到不可思议。越是不可思议,她越是往自己的胃袋里倒进巨量的酒,各种酒,红酒白酒威士忌,仿佛只要喝得烂醉,所有的一切就能得到合理解释。喂王乐乐,你说花钱看这些东西的不是白痴吗?白痴也能挣这么多钱?哇,钱真的,王乐乐我告诉你,钱真的是只往有钱人那里跑。喂王乐乐,你怎么不喝酒?

我喝了呀。王乐乐说。但是这辩解听上去很苍白,所以后来那女孩逢人就说王乐乐是个奸诈小人。

不过这并不妨碍王乐乐从她身上学到东西。

穷日子真的过够了。

妈妈跑了,爸爸不知道在世界的哪一个角落,姐姐死死管着每个月的生活费——那是外婆去卧轨换来的赔偿金。两姐妹穷得连校服费都没有,必须两人合穿一套:你穿衣服,我穿裤子,王扶桑成绩好,老师也睁只眼闭只眼。

王扶桑毕业以后,校服可以穿一整套,但那时候王乐乐已经不再穿校服——她只要进了校门,就会千方百计地换上裙子,而那些男生则会心甘情愿地给她买裙子。

这种事情不是光有一张好看的脸就能做到的。

要说长相,王扶桑也不差,可她就是守着金山也收不到钱。王乐乐不理解,为什么她宁愿酒精灯煮面,连油都舍不得放,也不愿意让人摸一下大腿。你表现出这副穷酸样,钱躲着你走都来不及。

摸了就摸了呀,你会有什么损失?关键是你得懂得,在什么时机让别人摸,什么时机让他想摸摸不到,想要再摸一下就得付出更大的代价。这些时机,都是艺术,需要天赋不假,但也很需要后天的学习。

在学习的过程中,王乐乐不免遭遇过挫折,曾经被人从车里拖下来打过,也许是某个男人的妻子,也许是某个不甘心的男人,得罪的人太多,被教训也是迟早的事情,王乐乐至今也懒得去打听那帮人是谁。

吃亏了,就忍着!不要让任何人知道你吃亏过。只有一个亮光闪闪、完美就像黄金本身的女孩,才能让人像追求金子一样不断地追逐着她。王乐乐就这样撑过了二十五岁。二十五岁,要为自己找条后路。于是她用最低的首付买了一套丽都小高层,首付还用了一部分贷款,尽管代价沉重,但绝对有必要,因为她知道现在的男人有多实际,不会委身于一个没有资产的女人。求婚的男人出现了,是个从事金融业的大好青年,虽然他早已有未婚妻,跟他是大学同学,父亲还是某个县级市教育局的主任;但王乐乐表现得自己好像在证监会或者更厉害更神秘的机构有某种非同寻常的关系,男人很快就抛弃了前女友,去给她买了蒂芙尼的一克拉钻石戒指,这是中产阶级的标配,是某种牢固的幸福的象征。

接过戒指的那一瞬，王乐乐的双眼有些潮湿——但是，这一切就是我想要的吗？

不是。

一枚戒指往往具有欺骗性，仿佛允诺着将来无限的幸福，但那其实只是一份金属与碳的组合物，既不代表永远的爱情，也不代表财产的保证，甚至在某些国家的法律下，这种订婚戒指相当于有条件的赠与，如果婚约解除了，还得退回给男方呢！

这样贫瘠的承诺，绝对不是她人生的收场。

人生最重要的是选择。当年她选择不上大学，甚至连高中毕业证都没要，一个人跑到北京求生。她的姐姐选择考了大学，但是却选错了一个专业，只得在四年后从零开始，再次站在起跑线上规划人生。王乐乐现在知道了，自己并不比姐姐更聪明，或者更幸运，从现在开始，她更需要加倍的小心。

所以身份证到底怎么丢的呢？她怎么会这么不小心？

杨嘉前些天来找她了，带着身份证和房本，说要把所有财产、包括父母给买的房子都过到她名下，要跟她结婚。

王乐乐说对不起，你来晚了七年，我真的不稀罕了。如果当初我被朋友赶出家门、无依无靠的时候你说要娶我，我会感激你，可现在，我只想嘲笑你，因为你连中学政治都没学好，你不知道那句话吗，事物都是变化发展的，一个人不可能两次踏进同一条河流，你回来的时候，我已经不是以前的我了。

杨嘉说，你忘了，我跟你是一起退学的，我是政治没学好，所以在我眼里，你还是以前的你，我也一样。

王乐乐说那可就更糟糕了，因为我会始终记得你抛弃我的时候，我的绝望。我知道你这一辈子都没经历过那种绝望，你如果经历了，我觉得你连走到我面前来的勇气都不会有。

杨嘉没有辩解。

因为那件事的确横亘在那里——令人懊悔但是永远无法挽回。

最后他只好说：我知道你有什么打算。我拼了命也会阻止你的。所以王乐乐还以为庄恨水是他派来的，打电话跟他大吵。后来那个姓庄的也吃了不少苦头吧？

所以王乐乐想过，是不是杨嘉拿走了她的身份证？但是应该不会的，首先他没有这么做的时间，其次，他这个人不会有这么迂回的心思，他所说的拼了命也要阻止，那就是想要上来拼命，大概计划会是找到那个男的把他打一顿……虽然杨嘉是一个幼稚的男人，但藏身份证这种事，就算对他来讲也过于幼稚了些。他不会去做。

那么，是谁拿走的呢？

不会是……庄国栋吧？

想到这个名字，王乐乐忽然感到自己的心尖，确切无疑是心尖的位置，刺痛了一下，全身无意识泛起冷汗。

从来也没想过他会是那样的人……"我们可以一起钻研技术，复活真正传统的杨家镇的美酒。"说出这句话时，他是多么慈祥啊。

就像父亲。从来没有见过父亲的王乐乐曾经这样想。因为在那个污秽的地方，他似乎是唯一一个正直的人，在那个人人都谴责她的地方,他是唯一一个保护她的人。在那所有人都骂她低贱的日子里,他是唯一一个相信她能做一番事业的人。正因为如此,后来发现他做过那样的事,才会令她从心底里泛起恶心。

如果时间可以重来,王乐乐但愿自己没有去过他家,也没有翻开过他的日记。如果说生活本来就是装屎的袋子,那一瞬间……就像把那只袋子翻过来吧。

这件事她连王扶桑都没说过。因为跟王扶桑没有什么关系。这是她王乐乐一个人的事情。

然而,就在前两天,当庄国栋打电话说想见她的时候,她还是去了。

他还是没有什么钱,风尘仆仆来到北京,坐的是硬卧,身上还带着长途火车上方便面、厕所、盒饭和脚臭混合的味道。他一落座就直截了当地问:"乐乐你是不是认识了一个做生物科技公司的人?"

王乐乐惊了一跳。

"马上跟他断绝来往!"庄国栋说,"那人是个骗子!"

"你怎么知道?"王乐乐说。那一瞬间她还有点紧张,但紧接着,庄老师的一句话让她差点笑出声来。

"他是我的大学同学啊。"庄国栋说,"他做的那些事不是好事!"

"我看你啊,是不是一辈子都惦记着你那个大学,因为那就是你人生巅峰了,是吧?人家才三十几岁,怎么可能是你大学同学?"王乐乐不客气地对她的生物老师说。她还想说很多话,那些话无论哪一句都能成为核弹级的武器,砸得这个中老年人头破血流。

可是，不知道为什么，看着他那灰头土脸的样子，她终究是没说出口。

"让你姐姐多给你开点工资吧。"最后王乐乐说，"你毕竟为她老公家的酒厂做了那么件大事。你害得我们家那么惨。"

王乐乐知道庄国栋接下来就要道歉了，所以她趁着他那道歉的话还没说出口就走出了那家餐厅，走的时候也没忘了把单买了。

啊对了！那天本来早晨打算去办护照的来着。出门的时候找出身份证放进了包里……那是她最后一次看见自己的身份证。

所以会不会是庄国栋拿了？为了阻止她出国生孩子？可是她跟他总共一起待了不到半个小时，这半个小时里还出去上了一趟洗手间。再说这件事，庄国栋是怎么知道的呢？难道是杨嘉告诉他的？

可能根本就不该跟杨嘉说。要是在他威胁要把跟金融男婚事搅黄的时候，能忍住一口气就好了……但是应该也没跟他说过那个人是做生物科技的啊？

猴子，有可能，也许只是为了嘲笑他，跟他提到了猴子。

前段时间，一个在海南养猴子的大哥在一次酒会上认识了王乐乐，一见倾心。他养的是那种实验用猴，几乎垄断了国内的这项生意，据说赚钱赚得数都数不过来，而且还是现款。王乐乐一开始嫌弃他到死，遇到这种人她也有办法，喝了点酒，装醉大骂："猴子的生命就不是生命？你就是个刽子手！"没想到大哥不但没有揍她，反而要走她的银行卡，陆陆续续打过来七十多万——而且什么要求也没提。

他就这样为自己赢得了跟王乐乐再次吃饭的机会。

饭局上,他带来一个更年轻、更英俊的人。据说是他的投资人,他的金主,目前开着一家极其赚钱的生物制药公司,生意基地在国外的实验室,回国只是因为乡愁。其实不用他介绍,王乐乐也能看出来,这男人是真有钱。虽然他连表都没戴一块,穿着一件软塌塌的针织帽衫,王乐乐却一眼就认出,那件没有商标的衣服是 Loro Piana 的羊绒帽衫,在国内售价一万八。

一万八其实不算什么。她一个包都不止那么点钱。但王乐乐很清楚,用价格低廉的衣服搭配昂贵名牌包的都是死要面子的穷光蛋,花一万八买这种灰不溜秋的衣服的人才是真有钱。

对于真有钱的人,王乐乐从来都是高看一眼。

后来的事情就是那样。男人一掷千金,女人呢,一边熟练地装出自己绝对不是爱上钱的样子,一边暗地里侦查起这个男人的一切,身家啊,家庭状况啊,王乐乐跟李胜男拐弯抹角地打听过那家生物科技公司,甚至还跟徐敏旁敲侧击,想去公安系统查查这人有没有什么犯罪记录。不是说,现在的人都没有隐私了吗?没想到徐敏把她臭骂一顿,她说你现在做的事,别说你姐姐要骂你了,连我都看不上。女人出卖自己没有好下场的,你小心玩火自焚。

呸。不查就不查!老女人,嫉妒!你倒是想出卖自己,你有得卖吗?而且凭什么我不能出卖自己,毕竟我只有我自己……既然卖就一定要卖个好价钱,要获得财富,获得保障,获得安全。到时候那些骂过我的人会来求我的,求我借钱给她们?我会借的,但我也要把她们好好地羞辱一顿!

她情不自禁地抚摸着肚子。她知道是她的错觉,这几天,她总觉得胎儿在腹中很不安分。明明还才两个月,手脚都没长全的东西……王乐乐发狠地想,就算我现在改变主意,想要把这个东西拿掉,也是完全可以的。

对了王扶桑现在知道我有孩子了。王乐乐喜滋滋地想,她应该觉得很震惊吧?肯定气了个半死。哎,我都想到她会怎么教训我了。"贩卖子宫和卖身有什么区别?"可是拜托,我卖的价钱可好了,你的子宫能卖出这个价么?

王乐乐的脑海里铺陈出了一片和王扶桑吵架、厮打、乱成一团的样子。嗨姐姐,你看看你过的什么生活。房子,租的吧?户口,没有吧?钱,存二十年能买得起七环外的一室一厅吗?爱情,你觉得你那个公子哥儿不会最后缩回他的家里吗?就像那个信誓旦旦的杨嘉一样?我看啊他连杨嘉都不如。当初把我们家害成那样,害得妈妈在医院里大出血的,可就是他们家的人啊!这个秘密我先不告诉你。等梁承业哪天把你甩了我再告诉你吧,那样你心里还能好受点。

王乐乐脑补着这一切,想象着王扶桑的表情,在黑暗里发出了笑声。笑过以后,她又觉得有点渴。

她最近老是这样,莫名其妙地发渴。

那就喝点酒吧,她高高兴兴地想。

酒柜里的酒有很多种。孕妇应该喝黄酒,王乐乐想,毕竟这东西最滋补身体。

不,我还是喝红酒。红酒里的单宁成分更有助于胎儿成长。

甚至可以喝点鸡尾酒,那叫什么来着,马马尼酒,对不对?那个男的一听奎宁就吓傻啦,其实我也只是吓吓他,没准吃了奎宁，孩子以后不得疟疾呢。

对了，就是那个人，好像给了我一瓶什么……智利的红酒来着？

她想起了庄恨水的那瓶酒。

当时她趁乱从酒吧拿了出来，这会儿还在那只公文包里。

王乐乐弯腰从地下的公文包里取出酒。

开酒的时候就知道这酒不错，用的是优质的橡木软木塞——而不是现在很多酒用的那种偷工减料的合成木头。

这代表这是用心和骄傲酿制的优质葡萄酒。

胳膊上起了一层又一层的红疹子。

"你最近有什么过敏反应，或是身体有什么不适吗？"

没有没有，什么都没有。

但罗小川这个人不错，至少不会对她说些什么洁身自好的屁话。是关心她的，她想。来自陌生人的、不带任何窥探的关心，这种感觉真好啊……那一瞬间，她忽然有种冲动，要把自己最近的一些不安，一些怀疑，都向罗小川和盘托出。

过敏反应，有的。

身体不适，有的。

最重要的是……她抚摸着自己的肚子。也许是怀孕令人变得多疑，她居然开始有一点担心庄国栋的胡言乱语，她开始担心……

她想做个血液检查。

罗小川答应得好好的。可是，她没有来。

不仅是她没来。那天晚上，约好的另外一个人，那个海南养猴子的大哥，说是帮着朋友从国外带了礼物给她的，也没有出现。

为什么全世界都会对我爽约？

那不如喝酒吧。王乐乐想。为什么我就是喝不醉呢？谁能知道，有时候我就是想大醉一场，醒来以后，就像按下了游戏的一键还原键，我可以回到过去，回到某个点，重新选择一次？

王乐乐又给自己倒了一杯。酒在醒酒的容器里，默默与空气接触，然后，突然间！

那瓶酒散发出了刺鼻的臭味！

这没可能啊！酒怎么可能会臭？

那臭味扑上来的时候，王乐乐整个人就像被一阵巨大的冲击波震晕了似的，等她清醒过来的时候，已经趴在马桶旁边，呕出了今天的晚饭——可能还有昨天的午饭。

王乐乐遍身冷汗。

她忽然意识到：她醉了。

原来醉的感觉是这样……头重脚轻，整张脸、整个头像被火烧着了一样。

"你说你喝酒了？你说你喝了一瓶？呵呵你少来了，喝那么多酒脸都不红，你唬我呢？你是不是打心眼里根本就从来没把我当朋友？"是曾经住一起的室友女孩的声音。

"不是的，不是的，我真的把你当朋友，你死了我真的很难过……"王乐乐摸摸眼角，发现自己哭了。

下一次再清醒过来的时候，王乐乐发现自己开着那辆保时捷911在北京的五环路上狂奔。

前面堵车了，夜里十点居然还堵车，她气得要骂娘，缓缓挪出几十米才发现是查酒驾,警察把她拦下。

警察拿着根管子叫她吹气。

"不要,我不吹。"王乐乐说,"警察哥哥,这玩意儿脏不脏啊。"

兴许是夜色掩盖了王乐乐的美貌,让它没能发挥一贯的作用,也或许是她的美貌在不知不觉中已经褪色。当初王乐乐开着这辆新跑车,超速被交警拦下查驾照的时候,她一下就哭了,交警反倒有些手足无措,对她说:"算了,你走吧。"没过一秒钟他反应过来,又把车拦下,王乐乐以为他要看驾照,结果他说的是:"能不能把你电话号码给我。"

但是,眼前这个交警没有跟她要电话号码。在心底深处,某个地方,王乐乐感到了一种强烈的悲伤,仿佛一个应许过她的世界在地平线上消失了,那种茫然和失落。

然后是惊慌:她想起来,自己从来就没有考过驾照。

交警递过来测酒精含量的仪器,王乐乐吹了一口气。

然后,她用尽全身力气,对着交警绽放出了一个笑容。

曾经我笑,就如花开,必能动人……

标志酒精含量的那根指针一动也没动。王乐乐一身冷汗。

交警:"谢谢配合,祝您一路平安。"

12

夜场里的女王

"我拜托你给我装像一点,人就要来了。"李胜男对庄恨水说。

庄恨水已经喝下去两杯日本威士忌,这酒在智利不易见到,新鲜的感觉令他整个人都在一种振奋、神清气爽的状态。李胜男左看看他,右看看他,总还是担心这人不太牢靠。

"待会你不要乱说话,只要对我说的话表示肯定就行了,记住了吗?"

庄恨水点头:"你放心。"

"要是你乱说话,我跟你讲不是我给不给你钱的问题,是我们可能要完蛋,懂不懂?"

"好啦,你说过一百遍了。我懂!"

话音刚落,李胜男已经站起身来。庄恨水斜眼打量着她,她骨瘦如柴的身躯包在亮片裙里,浓妆的脸上不失几分华裔女星刘玉玲的派头。而向她迎面走来的人,他在心里默念了一次他的名字:杨总。

开生物科技公司的杨总。

杨总年纪不大,看上去也三十多的模样,穿着一身运动装,在现在这个环境里倒显得有些朴素过了头。李胜男熟练地开始介绍,庄恨水听见她介绍自己是"智利最伟大的华人酒庄的老板",心里暗自发笑。

他笑的是王扶桑。"说我是骗子,我看你朋友骗起人来比我还溜。天知道你跟她一起骗过多少人。"

虽然他对自己为什么要来干这件事情还有点莫名其妙,但是,李胜男许给他的那笔酬劳,刚好够他付上公寓下个季度的租金,他无论如何也得来这么一趟。

再加上,为了友谊。

"必要的时候蹦几句西班牙语,讲讲你们家酒庄的传奇故事。"

"没问题。"

"别忘了戴上你那块表,那个船长的故事我也会提醒你,该讲的时候就拿出来讲。"

"被拆穿了怎么办?"

"放心不是人人都像王扶桑那么狠。"

一切都会顺利吗?庄恨水倒也懒得想太多。反正不行的话就买一张回智利的机票……然后的事情再做打算。这么定了心,他就用一种练习中文听力的热情,耳朵仔细捕捉着李胜男和这位杨总的谈话。"听说杨总在欧洲有买下好几个酒庄?"听到李胜男这么说,庄恨水知道话题就要拐到自己头上。"那杨总你有没有考虑到南美去买个酒庄呢？"那边哈哈哈地表示了肯定的意思，李胜男就郑重推出了庄恨水："我男朋友。智利最优秀的酒庄的继承人。"

"百子莲酒庄？"那边听到这个名字，沉吟了一下，"这个名字好像听说过。好像是发现了一个葡萄品种，是传奇酒庄了。你们这样的酒庄也要卖？"

"说来话长。"李胜男说。

故事当然经过了重新包装。保留了大部分的事实，九句真话里只掺杂着一句谎言。因为养母的插手，酒庄经营不善，祖父的毕生成果眼看要付诸东流，现在唯一的办法是找一个中国人，卖掉酒庄一部分的股份，获得资金重新开始。

"你们只打算卖一部分的股份？这样的生意我不会做。我要的是全部。"

对方说出这样的话，就代表有意向了。接下来的事情又是李胜男在谈，庄恨水百无聊赖，一杯接一杯喝着面前的酒。李胜男暗地里踩他一脚："酒钱你出？"

"我男朋友中文不是太好。"转过头，她就言笑晏晏地对着那边说，"杨先生说的也是人之常情，但是我男朋友呢，不可能全部放弃酒庄的所有权，他祖父的遗嘱里明确禁止了这样做哦。而且，你拿了酒庄，也不一定能保证酿出百子莲的优质葡萄酒啊，经营这件事，还是得有经验的人来吧。"

"如果你们是担心这个。"杨先生说，"请放心，在头三年里，我会保留酒庄的全部工作人员，从第四年开始再淘汰那些不合格的。"话虽然说得彬彬有礼，但那意思就是，既然都已经沦落到卖祖产了又何必矫情。

庄恨水只当作没听见。

"杨先生,如果你觉得,百子莲之所以能在异国他乡成为传奇酒庄,靠的只是当地的那几个工人,你可能也把事情想得太简单了。"

"怎么说?"

"你听说过百子莲的传说吗?"李胜男说,"据说他们家有魔鬼的配方。"

庄恨水被这一句话惊得跳起来。喂,剧本里没有这项啊。但是李胜男不管不顾,一下拽过了他的手腕。"这块表你能看出来吧?这是当年一位西班牙的船长送给他祖父的礼物,因为他祖父在船上酿酒,你知道水手都离不开酒。"

庄恨水使劲挣脱了她的手,"我这只可是复刻版"险些就脱口而出。倒是那位杨先生,也许是真见过些世面,面对这情景处变不惊:"不要跟我说这些传奇故事来抬价了李小姐,大家都是生意人,说这些好没意思。"

"杨先生如果不信的话,可以去这个网址查一下,船长本人晚年写了回忆录,亲述了这段历史。"李胜男打开手机,看上去是传给了杨先生一段网址。庄恨水也凑上去想看,被她一巴掌拍中脑门。

"这是西班牙语,我可能需要找个翻译确认一下。"杨总先生说,"李小姐的意思是,你男朋友的酒庄的确有独特秘方?"

"绝对有。"李胜男面不改色地说。

"恐怕也是半真半假,故弄玄虚吧。"

话是这样说,不过看他那表情,应该已经是信了几分。庄恨水这时候真是悔恨啊,为什么早没想到去查回忆录这一招?

要是早做点准备,也不至于在王扶桑面前吃瘪了。

但是他心里知道他没去查的原因。

他并没有相信过这是真的,从来没有打心眼里相信过。当然别人都这么说,尽管祖父母并不喜爱这种说法,但也没有否认过。在他心里,那似乎是一种共谋。

人们说百子莲的酒是依靠向魔鬼献祭得来的秘方,这个说法乍一看上去是对酒庄不利的,但从长远来看,却是有利的。因此祖父放纵着种种传言,绝不承认,但也不否认。他心里知道,时间会发酵这一切,这故事最终会成为酒的一部分,成为传统,也就是所谓的品牌附加值。

还有祖父对自己的态度……任由人们传说着他的身世,甚至对庄恨水本人都不加任何说明。我总不可能是从石头缝里蹦出来的吧?我的母亲也是一个活生生的人,为什么就这样被抹去了一切痕迹,就好像根本没存在过?想到这里就不禁想起了王扶桑横眉怒目的脸。说起来,这个女人虽然脾气很差,但讲话还是挺有道理的。

而且她还善于培植植物。看来会像祖母一样,是打理庭院的一把好手。

……如果态度能改进改进就更好了。

正这样想着呢,忽然包间里涌进来十来个女孩子。

这是什么意思?

女孩子们身量都差不多,长发盘在脑后,统一穿着一袭白裙。领头的是个三十来岁的女人,也穿白衣,略弯着腰对杨总笑道:"您有日子不来了。"

"刚从国外回来。"杨总含混地说。看那女人的态度,显然他是这里的常客。十个女孩子最后留下了六个，但杨总此刻又显得像是个坐怀不乱的君子了，只是叫了酒和果盘来，让这些女孩子们吃喝。

他自己也端了酒杯，对李胜男说："今天这局我请了，李小姐不要客气。做生意，诚意都在酒里，我先干为敬。"

"不好意思呢杨总，我酒精过敏的。"李胜男笑着说。庄恨水心想你唬谁呢，上次你们聚会不是喝得很开心？果然那位杨总有些不痛快："李小姐这是不给面子。那你男朋友既然是开酒庄的，总能陪我喝点吧？"

话说到这里，庄恨水想也不能怠慢，赶紧把自己面前的酒杯满上了。

但李胜男看起来今天有点想找不痛快的样子。"杨总，我绝对不是不给你面子，但喝醉酒了还怎么谈生意？"她说，"我男朋友的酒庄现在危在旦夕，就等着拉笔资金去救命，我如果不是听朋友介绍，说你是个靠谱的人，也不会丢下之前的老关系来找你了。"

"那你的朋友看来没给你把介绍做全。"杨总不动声色地说道，"不然他会告诉你我做生意的规矩。"

"他说了，他说如果喝酒喝得好，当场签合同都有可能。"

"那李小姐的意思是？"

"我的意思是。"李胜男毫不让步地说道，"我想先找个律师过来，把合同拟拟好。"

半个小时以后，王扶桑出现在包厢门口。

"什么火急火燎的事情非要找我来？"她劈头盖脸就是一句，"我跟你们说我的工时很贵的。"

然后她的眼光又扫了一下沙发上围坐一圈的白裙女孩,"这什么情况?"

"活跃一下气氛。"杨总说,"什么情况,莫非你的朋友没有跟你说清楚?"

"活跃什么气氛?"王扶桑说,"不是拟合同吗?"她扫一眼庄恨水,"你在这干什么?"

"要卖我们家的酒庄我当然在这儿了。"庄恨水说。

"你确定要买?"王扶桑转头问。

"我不确定。"杨总说,"不过,现在的情况不是我急着买,是这位先生急着卖。"

"然后呢?"

"然后。"杨总指了指面前的一排酒,"把这些酒喝了,我们就可以接着谈。"

王扶桑看了一眼。

"就这些?"

"王小姐的意思是不够喝?"杨总笑了,"那就再来点。"

听说要再来点酒,周围的女孩子都精神了。杨总甩过去酒水单,很快上来十几瓶花花绿绿的洋酒,看上去是把这间店里最贵的酒全都挑了一个遍。

王扶桑看了一眼李胜男。

"王律。"李胜男说,"你今天必须得帮我这个忙。我男朋友家的酒庄可是非卖不可,而且他爷爷说了,要卖就必须卖给中国人,现在像杨总这么有实力的买家不多了。"

从庄恨水的角度看,王扶桑应该是白了李胜男一眼,他差点笑出声,但忍住了。

"李小姐是明白人。"杨总说,"王小姐你看看酒够了吗?"

"够了……吧。"王扶桑说。

"王小姐想怎么喝?"

"你让她们先出去。"王扶桑指着那一群白裙女孩,"吵死了,看着头疼。"

她这样直言不讳,杨总倒是不以为忤,挥挥手让那些女孩散去。女孩们反倒有些不乐意的样子,王扶桑威胁:"再不出去我就打电话给扫黄打非办。"她们才拖拖拉拉地出了门。

"看来王小姐是个正经人。"杨总笑道,"只是她们也是出来讨生活,何必如此严厉?"

"我喝酒的时候不喜欢有人在边上吵吵。"王扶桑说。

"这么说王小姐是真正爱酒之人了。"杨总彬彬有礼道,"那我们开始?要不要猜个拳,掷个骰子?"

"我是粗人,不会那种喝法。"王扶桑说,"就这样,您喜欢哪种就从哪种开始喝。您喝多少我奉陪。"

"好,王小姐是痛快人。"对方说着拿起了一瓶水晶骷髅头。

"等等这是伏特加。"庄恨水拦住,"跟女孩子一上来喝伏特加,不太好吧?"

"你少管了。"李胜男说。

"你管好你自己吧。"王扶桑说。

庄恨水叹口气:"说起来我家酒庄,其实不卖也没关系,让女孩子拼酒,我过意不去。"

"怎么,玩儿我呢?"杨总说。

"今天还就是玩你。"庄恨水说。他忽然觉得这戏不能再演下去了。

"刚才有个女孩子已经认出来你了。"他对杨总说,"说有一次你带着她出了台,然后第二天她身上就有了针孔。最主要的是,"庄恨水说,"她在这整个过程里都毫无知觉,就算是喝醉了酒也不至于此。所以,我怀疑,不,不是我怀疑,是警察怀疑,你在她喝的酒里添加了别的东西。至于那种东西是什么,我觉得,"他朝着那只骷髅头努了努嘴,"就你手里那瓶酒,你拿着,别放下来,放下来也没用,那瓶酒里应该有同样的东西。"

他话说到这里,只听见喔当一声,是杨总甩手将那只骷髅头向庄恨水掷过来,所幸他早有准备,一偏头躲了过去。

这一边,王扶桑已经蓄势冲了过去,庄恨水想拦也拦不住,这个莽撞的女人,对着杨总的下巴就是一记直拳。

在一切变得更混乱之前庄恨水去打开了包间的门。

"马警官,我只能帮你到这里了。"

"你说这间店以后咱们还能来吗?"庄恨水问。

尽管代表着正义之师,三个人还是被保安推出来的,根本就没有还手之力。

"不能了吧。"王扶桑说。

"那可惜。"庄恨水遗憾,"我觉得他们装修还可以。"

"有事没事来什么夜店。"王扶桑道,"你做人正经一点不好吗?"

"你做人讲点良心不好吗?"庄恨水顶嘴道,"刚才要不是我,你就把人家下了药的酒喝下去了。"

"喝下去也不要你管。"

"你不要以为你能喝酒就不在意。"庄恨水说,"那种东西跟酒不一样,对你的身体还是会有伤害。"

王扶桑停下了脚步。

"你怎么知道我能喝酒?"

"大家都知道啊。"庄恨水一愣,心知自己刚才太过放松,一下说漏了嘴,但还是负隅顽抗了一下,"谁还不知道你能喝酒?"

"我没有在你面前喝过多少。"

"小梁告诉我的。"

"那我问问他。"

王扶桑作势要打电话,庄恨水赶紧把她拦下来:"好了好了,是我不对,不是他对我说的!"

"所以呢?"

"是我猜的。"

"鬼才信你。"王扶桑警觉地说,"你这个人,十句话里总有一句假话。"

"对!你这人怎么回事!"李胜男抱怨,"不是说好了配合我一下,让他签个字?你怎么把小马拉进来了。"

"我还想问呢,你怎么找着这么个人,你真要跟他做生意?"王扶桑问。

"做个屁。"李胜男骂了句脏话。

然后她脱下高跟鞋,一屁股在马路牙子上坐下。

王扶桑在她身边坐下来。

"累死我了。"李胜男点了一根烟。

王扶桑说:"我戒了。"

听话听音，李胜男把抽了一口的烟递给她，让她深深吸了一大口。

庄恨水坐在王扶桑身边，不说话。王扶桑瞅瞅他，他把烟接过去，也抽了一口。

"行了，都戒了吧。"李胜男发话，"都多活几年。"

庄恨水把烟在地上摁灭了。三个人坐在不知道哪一条小胡同的胡同口，忽然间都有了一种青春的感伤。

"其实我大学里在这种夜店打过工。"王扶桑突然说。

"你打工？"庄恨水笑，"你打什么工？当保安？"

话音还没落，胳膊上就被狠狠拧了一下，他痛得叫出来。

"我也打过。"李胜男说，"我爹不给我学费。"

"我还当过月度洋酒销售冠军。"王扶桑说，"说真的，现在真是世风日下，我们那时候就卖酒，现在还卖人。"

"我是调酒师。"庄恨水说，"不过人家也就是给我继母面子。我每个月挣的钱喝酒请客都不够。架也没少打，我。"

"后悔吗？"李胜男忽然问，"后悔来中国吗？"

"为什么后悔？"

"我查到了，你祖父遗嘱说只要后代来了中国，就剥夺继承权。所以那边已经登报了……对不起。"

"没关系，反正从一开始就没打算给我。"

"那你还来招摇撞骗。"

"但我觉得他言不由衷。"庄恨水说，"说不让回中国，其实心里很想回。反正我是这么理解的。你知道有时候亲人之间……有很多无以言表的东西。反正我祖父和我是有。"

"你呢？"李胜男忽然问王扶桑，"你跟你妹妹之间有没有这样的东西?"

"没有。"王扶桑说。

"我和生活之间有。"李胜男说。

"别文绉绉了,你最好还是告诉我,你今晚想要干什么,我至少能帮你看看你有没有犯法。"

"没想干什么。"李胜男说,"就想见见这人,拍几张照片。看看到底是何方神圣。"

"信你才怪。"

"真的没想干什么!"李胜男说,"顶多把他灌醉了,揍一顿。"

"你跟他有仇?"

"他把我一个前辈送进去了。"李胜男说,"当然我也不确定是不是他。但很有可能是。他们多年前就在搞那种保健品,生命科学的新发现什么的。骗了一大笔钱去做了房地产,后来做房地产居然破产了,厉害吧?就又回来做保健品。"

"没想到生命科学还能挣到搞房地产的钱。"王扶桑说,"但是刚才那个人很年轻,你说的好像是很多年前的事了。"

"是吗,我倒没想到这点。"

"你会想不到这点?我都想到了,你会想不到?"王扶桑依然满腹狐疑。

"你想法这么多,你帮我查?"

"怎么你还打算查?"王扶桑问,"没人给钱也查?"

"我的世界里也不是只有钱咯。"

三个人重新陷入沉默。

明明还有怀疑,明明神魂未定,但此刻三人之间流淌的,居然是互相的体贴和信任。

庄恨水后来每每想起,都觉得那是他和生活之间,无以言表的时刻。

这种时刻最好能持续到永远……但打破它,也只需要一通电话而已。

电话是罗小川打来的。

没打给王扶桑——打给的是李胜男。

"怎么会给我打电话?"李胜男诧异,随后她对着旁边两人做了个"嘘"的手势,把电话按了免提。

"是你吗李胜男?"

"是我。"

"我不知道该怎么办了。"罗小川的声音在那边说,"你最有主意,你帮我拿个主意,好不好。"

一听这话,这边三个人对视一眼,都不约而同,想着罗小川是不是遭遇了感情问题——也就是小马的问题,几乎打算好要一齐笑出声。

但是她下一句是:"你不要告诉王扶桑。"

关免提也来不及了。

在电话那头,罗小川开始爆哭。

她哭得像山洪暴发,像泥石流,几乎是要把自己的五脏六腑都哭出来的那种哭法。这种哭法,顶多只能持续一分钟,再久了任何人都会体力不支。

在她哭泣的一分钟里,庄恨水几乎能感觉到,夜晚的空气,在一丝一丝变冷。

冰冷。

没有人说话,只能等着罗小川哭完。而当她真的说出那个坏消息,这边三个人反而一片平静。

罗小川说:"乐乐出事了。"

过了半天,是李胜男颤抖着问:"出什么事?"

"我真的不知道该怎么办好。"罗小川又重复了一遍,"乐乐出事了,我出的警。我开始不敢相信,我……"

"你告诉我出了什么事!"王扶桑终于喊了出来。

"乐乐死了啊!死了!"罗小川的哭腔又一次爆发,"扶桑啊,对不起!"

这边王扶桑"啊"的一声尖叫,整个人往后倒去。

13
妹妹的身份

"不是我妹妹。"王扶桑说。

所有人都惊了,先看向罗小川。

"是乐乐呀……"她轻声嘟囔了这么一句,但又马上觉得自己这么说话很操蛋。

她当然也希望不是王乐乐……但她那张脸,那么美丽的脸,她又怎么可能认错呢?

"不是我妹妹。"王扶桑重复道,"你们有任何证据证明这个是我妹妹吗?"

"你是不是糊涂了。"徐敏大着嗓门喊,"我们都见过她,怎么不是你妹妹,你这不是成心捣乱吗!"

但是,确实没有证据。

真是绝了。

没有身份证,没有户口本,没有驾照,没有任何带照片的文件，可以证明"王乐乐"就是现在躺在冷库里的女人。

这或许跟她从事的职业有关。当然那根本就不算一份职业。她没有工作的单位，没有同事，或许她有过朋友，有过恋人，但对那些人，她也一样是满嘴谎话，从来不肯透露她自己的来处，甚至兴之所至地为自己编造着假名。

而且就算有那些也没有用。

她没有父母，也没有兄弟。

"现在检察那边很变态的，一定要通过DNA确定身份。"同事跟小马抱怨。

小马不敢说话。本来还想着那边夜总会抓到人，可以跟罗小川洗清冤屈，也可以趁机问问她的想法。

但是现在，看罗小川的状态，他别说邀功了，连上去说句话都不敢。

"那现在怎么办呢，是不是只有一个姐姐，姐姐还不承认是她妹妹？"同事忽然把矛头转向王扶桑，"这个姐姐还是个律师呢，好像很懂的样子，就是一口咬定不承认是她妹妹，也不知道是不是有什么隐情。"

"那做做她工作呀。"另一个同事插嘴。

"谁说没做呢，物证的小罗还是她大学学姐呢，嘴皮子都快磨破了。"

但是，无论工作怎么做，那位叫做王扶桑的律师，只是一口咬定，我妹妹背上有块红色胎记，这个女的没有，她不是我妹妹。

一切要讲法律，法律这时候拿王扶桑没辙。

"现场没有打斗或者挣扎的痕迹。"罗小川说。

"是保洁员上门做清洁发现的……尸体。她有家里的钥匙,会定期上门清扫。但是王乐乐也没跟她签过合同,她就是小区的清洁工,在一些住户家里揽散活。"罗小川环顾了一周,道,"我只能跟你们说这么多了。"

在座的,是王扶桑的一圈姐妹淘,少了个熊伟,因为她临近博士毕业,正在西南做田野调查。

多了个庄恨水,因为他非要跟过来。

"你真的确定是乐乐?"

"我确定。"罗小川说。

"王扶桑为什么说她有胎记?你们看见胎记了吗?"

"记错了吧。"

"我相信小川。"徐敏说,"她为什么就是不肯认人呢?这样下去不是办法。破案的黄金时间都给耽误了。"

"所以说,你们确定是他杀?"李胜男问。

罗小川有点畏怯地看了四周一眼。

"她……她前两天还约我见面,说想检查身体……她还怀孕了。"

"王扶桑是怎么了?"徐敏说,"是不敢面对现实吗?她不是这样的人啊。"

"所以现在就是要确定王乐乐是王乐乐?"李胜男问,"这种情况不是还得验父母吗,验了王扶桑也不能说明什么。"

"我们领导说了,情况特殊,跟姐姐验一下线粒体,证明出自同一母系,检察那边应该也是能过的。"罗小川说道。

"但是王扶桑不肯啊。"

"跟她说说呀。"徐敏说,"总不能就这么拖下去啊。罗小川你去说说,小马都快愁死了,平时小马没少给我们(她在'我们'两个字上加重了语气)帮忙的,懂不懂?"

罗小川拒绝:"我不想说。"

"要不你去吧。"李胜男戳了一下庄恨水。后者一下跳起来,"为什么是我?"

"怎么你平时跟她吵架挺能的啊。"李胜男说,"现在也不要怂。"

"我去了有什么好处?"

"有什么好处,下次你要是万一再进去了。"徐敏警官思考了一下,"比方说,嫖娼吧,可以捞你出来,行不行?"

"说到做到?"

庄恨水去了。

其实就算没人让他去,他自己也是想去的。

本来想去王扶桑家,结果这边徐敏不知打了个什么电话查了什么,告诉他不在家,在夜店。

庄恨水一看那地址就心里一沉:那就是她和王乐乐上次见面的地方——应该也是最后一次。

但她没有像王乐乐一样坐在吧台。她坐在最里面的角落,面色映着昏黄的灯光,看不清楚表情。庄恨水远远地,只看见她的面前放着一排龙舌兰酒。

他赶紧过去:"这酒不好喝的。太烈了。"

王扶桑没理他,在虎口上舔了一口盐粒,一仰头,一个 Shot 下去。庄恨水伸出手,要把那一排龙舌兰的小杯子从她面前移开,她伸手抓住他的手——力气很大,他痛得抽了一下。

"你懂什么好喝什么不好喝?"王扶桑冷笑,"葡萄是你爷爷发现的,酒也是他酿的,你不过顶了一个姓就招摇撞骗,还无以言表呢,你自己不觉得可笑吗?"

"可笑有什么不好。"庄恨水知道,她现在就是要把他气走,可他偏偏要顺着她说,"如果我生在世界上就能让人笑的话,我觉得还不错啊。"

"可笑不是让人笑……你中文体育老师教的?"

"不,是我祖母教的。"庄恨水说,"她去世好些年了,我很想念她。"

王扶桑没说话。

"我祖母也教给我酒的知识。"庄恨水说,"比方说龙舌兰。这种酒是用龙舌兰的芯酿造的,你知道吗?我喝过这样很好的水果混合酒,但在中国你很难喝到那么好的,因为那种必须新鲜喝才行。"

"别胡扯。"

"怎么是胡扯呢?后来我还专门研究过。还有一种鸡胸龙舌兰酒,蒸馏的时候挂着一块洗干净的生鸡胸肉,那种也不错。"庄恨水小心地观察着王扶桑的眼神,预备有什么不对时立刻调整话题。但是还没有。也是,这样的时刻,能对她说些什么呢?问她"你妹妹死了你是不是很难过"吗?

她肯定是难过的。

只是难过得不知怎么表达。

庄恨水心知,按照平时她的脾气,遇上自己这么絮絮叨叨,早就暴跳起来打破他的头了,现在不出声,是因为完全没有听进去。

临行前徐敏警官跟他嘱咐:"你一定要看好她,别喝太多酒,还有,让她哭出来,懂不懂?"

庄恨水问:"为什么?"

"你有没有听说过中国古代有一个人,他妈妈死了,他喝了一顿大酒,吃了肥肉,过了好几天突然一口血吐出来,就死了?"

"啊这个故事我听说过。也是金庸写的吧。"庄恨水自上次被徐敏讥讽连金庸都没看过,对这个人从此上了心。但是徐敏只白了他一眼。

那一眼的意思很清楚:对中国文化的学习,你还有很长的路要走。

"反正就拜托你了。"徐警官说着"拜托",但那感觉是没做到就要给他判刑,"但是最重要的还是要告诉她,还是需要她验一个DNA的,线粒体,证明两人来自同一个母系,你就这样告诉她,行不行?"

就这样告诉她。

说得轻松。

庄恨水看着王扶桑那张寒霜密布的脸。

"其实你可能是对的啦。"他说,"可能真的不是乐乐。"

她不吭声。

"我祖母死的时候……"庄恨水接着说,"我就是不肯去参加葬礼,人家骂我冷血我也不在乎。你知道为什么吗?"

"为什么?"

"因为我觉得,只要我不亲眼看着她被放进那个盒子,被土盖住……"庄恨水说,"我就可以假装她还活着。"

"幼稚。"

"还有我妈妈。"庄恨水说,"咱们两个第一次见面,你就问了我妈去哪了,你还记得吗?"

"嗯。"

"我从来没有问过任何人,我妈去哪了。"庄恨水说,"我们家没有她的照片,我听不到任何人提起她的名字,我想,她可能本来就没有名字。我从来不问的原因是,我不想揭开那个盖子。我不想看见真相,因为真相就是没有人在意她,也没有人怀念她。但我还是会想象的,我想象着我父亲在深夜怀念她,独自哭泣,想象她在某个遥远的国度,也会想起我,只是为了我能生活得更好,不能来看我。"

"那你呢?没有她,你生活得更好了吗?"

"我是过得还不错。"

"你现在被剥夺了继承权,被骗到这么远的地方自生自灭,你连房租都交不起,想吃上饭还得靠招摇撞骗,对了,你还蹲过牢房,在智利和中国都蹲过。你管这叫过得不错的话,你对生活的要求也未免太低了。"

又来了。

骄傲的人在极度悲伤时表现出的往往是攻击性。

"我反而觉得你对生活太苛求了,不是吗?"庄恨水心平气和,"完全可以从另一个角度看。是的,我是没了继承权,可是有的人,就像我爹,明明对酒庄经营没有任何兴趣,但一辈子都要被困在那一小片山谷里。那片山谷只有北京的一个小区大,里面还有其他的好几个酒庄呢。世界上也并不是只有佳美娜一种葡萄,也不是只有葡萄酒一种酒。大麦小麦黑麦,马铃薯和玉米，甘蔗，龙舌兰，苹果梨子，还有中国和日本的稻米，这些东西都能酿酒。虽然有一些酒卖不出高价，但喝起来也一样让人开心。世界很大，王小姐，买不起最贵的威士忌，就在街头喝杯皮科斯酒，你要我说，我反而觉得街头的酒更有味道呢。"

"这种废话谁都会说。"

"你要客观一点。我相信世界上大多数人都说不出我这样的废话。"

"她们要你来找我的吧？"王扶桑说，"你跟她们混得还挺熟。"

"我跟谁都混得熟。"庄恨水说，"除了我后妈。"

"你这样的人怎么好意思活在世上啊，屁本事没有，只有吃软饭的技术。"

"吃软饭有什么不好，世界上有你这种吃硬饭的，也就得有我这种吃软饭的。"

那一瞬间，庄恨水感觉王扶桑都要笑了。

也许她已经笑了，但那笑容在她脸上转瞬即逝。

不管怎么说，笑就对了。

徐敏说的时候他就不同意！为什么一定要哭出来呢，笑出来也可以啊。两人默不作声又坐了一会儿，王扶桑开口说："你回去吧。我也要走了。"

"为什么？"

"因为，"王扶桑愣了一下，"因为我还要回家复习 CPA。"

"CPA 是什么？"

"你怎么连这个都不知道。"王扶桑愤怒地说，"你会饿死的，你知道不？"

庄恨水忽然伸出手,摸了摸王扶桑的头。"你干什么!"后者慌忙躲避。庄恨水笑道:"我只是忽然有一个感觉。"

"什么感觉?"

"我感觉你活得像一个球。"

"什么?"

"就是我感觉,你活得像是一个很完整的球,而且是大理石做的,表面光滑,没有破绽,无坚不摧,可以粉碎一切障碍。"

"那你呢?"

"我肯定是块奶酪啊。"庄恨水说,"又软,又浑身都是洞。"

这一下王扶桑真的笑了。

虽然她的笑只持续了十分之一秒,但那笑在庄恨水的眼中,就像寒冬结束春花绽放一般可爱。原来你也是会笑的啊,庄恨水心说。"你笑起来的时候,跟你妹妹很像的。"说到这里感觉有点不对,立刻补救,"不过你因为笑得比少,物以稀为贵,在我眼里比她还要可爱。"

王扶桑不说话。庄恨水壮起胆子,"但你还是要多笑。"

"为什么?"

"因为我喜欢看你笑。"

王扶桑又哼了一声。

"其实你是不是上次见乐乐的时候,就想提醒她的。只不过她一气你,你就没说出口。其实你没有必要责备自己。"庄恨水说,"你是姐姐,又不是妈。"

"是我把她从医院的保温箱里抱回来的。"王扶桑说。

"但她已经不是那个保温箱里的婴儿了啊。"庄恨水说,"她早就满了十八岁了吧。你强行要为她的人生负责干什么呢?你做一个球已经够辛苦了，不是吗？"

"你才是个球。"

"我不是。"

"你是个油嘴滑舌的骗子。"

"天知道，我对你一点都不敢油嘴滑舌。"庄恨水说，"你看看我，我紧张得都出汗了。"说到这里，他摊开手掌，将王扶桑的手也展开，手心叠在上面。王扶桑使劲挣脱，他只是摁着不肯松手。"别动！我给你演示一个魔法。"看着对方诧异的表情，他解释道，"我也不知道什么魔法，但是小时候，我难过的时候，祖母经常对我这么做。"

是的，他没有撒谎，祖母的确经常对他这样做。当他因为想念母亲而哀哀哭泣的时候，祖母就是这样，握着他的掌心，贴在自己的掌心上。

祖母掌心的温度有一种超乎常人的温暖。那温暖，通过那一小片皮肤，似乎慢慢地渗入他的全身。祖母的眼睛很黑，很美，在她的纱窗滤过的昏暗光线里，她的眼睛看上去却有些悲哀。"她还会摸我的头。"庄恨水对王扶桑说。他就果然伸出手去，一下一下，从她的头顶摸到脑后，就好像当初祖母做的那样，然后他就会在那种令人困惑的温暖中睡去。

"她们要你来找我到底是为什么？"王扶桑问。

庄恨水吓了一跳。这才发现，刚才快要睡着的不是被施魔法的王扶桑，而是自己。

这边王扶桑已经站了起来，包也收拾好，面前的酒杯也喝空了。

"就是想让你跟乐乐验一个线粒体。"庄恨水毫无防备，脱口而出,"你知不知道什么叫线粒体?"

"我当然知道!"王扶桑说,"我是学生物的我能不知道吗?"

"那你验不验?"

"我验个屁!"王扶桑说,"验那种东西有意义吗?证明来自同一母系,同一母系我呸。"

"母系怎么了?"

"我妈妈是个婊子。"王扶桑简单地说,"我外婆是妓院里的大姐。"

"什么是大姐?"

"我外婆的妈是开妓院的!"王扶桑说,"这样的母系验出来真是太好看了。"

"还能验这些?"庄恨水瞠目结舌,"中国的警察太厉害!"

"我只是打个比方!"王扶桑说,"你不要瞎掺和!"

庄恨水被她吓得一声不敢吭,就听见她拿出了手机,给人打电话。

"是的,我之前悲伤过头了。"他听见王扶桑说。但她的语调里完全没有什么悲伤的意思。"是我妹妹,我确定。"

"你们那个小马还在上班吗?"王扶桑说,"回家了就让他去加班啊,我马上就到派出所,大概需要二十分钟。休息,这种时候休息什么,凶手跑了都不知道……没错,是我妹妹,我觉得有很大可能是他杀,我有线索要汇报。"

说到这里她就出门了,挥手就招了辆出租车。庄恨水跑到吧台兜了个圈,屁颠屁颠跟在她后面。

形势急转直下,但庄恨水能看出来,王扶桑生气了。

不明白的是,她为什么要生气,到底有什么东西气到她了?

想来想去,应该是验线粒体那事吧。庄恨水模糊地觉得,这里有什么东西不对。但是具体是什么不对,他就懒得想了,他喊了一声王扶桑:"你先不要走!"

"你又有什么事?"

"我没有钱,你得先回来买单。"

14

糖姐

"你们叫我来这干什么啊,王扶桑是不是神经病啊,她妹妹死了关我什么事啊?"

"杨小姐我们只是跟你了解一下情况,你不要激动。"小马也有点无奈,但是程序上说,既然受害人的姐姐坚持说这个叫杨璐璐的年轻女人是最大嫌疑人,他们也只能传过来问问。

只是没想到这位女性也不是一般人。至少面对警察的时候一点不怂。

"你跟受害人是否认识?"

"认识。"杨璐璐说,"不认识的话你们找我来干吗?"

"你们是否于近期见了面,并且发生过争吵?"

"没有。"杨璐璐说,"我八百年没见过她了,我怎么会见那种女的啊。"

"可是受害者的姐姐说,你不仅见了她,还拿走了她的身份证?"

"你们没证据,这算污蔑吧?警察就可以随便污蔑吗?"

"你说没证据就没证据?"小马也急了,"坦白从宽抗拒从严,我这是在给你机会!"

扔下这句话,他就走到外面去抽一根烟。递上烟来的是庄恨水,这小子做人比较乖觉,上次抓进来的时候表现就不错。

"王扶桑那边怎么样了?"小马压低声音问,"她说有证据,她可不能瞎说啊,不然我这边就惨了。"

"放心。"庄恨水拍了拍小马的肩。他实在想不出王扶桑能有什么证据,但既然她那么笃定地说了,他觉得也总有她的理由。"里面那个说,"小马对着房间努一努嘴,"说是王扶桑跟她有仇,蓄意报复。她俩能有啥仇?"

"我也不知道。"庄恨水说。与此同时,他心里掠过梁承业那张可怜兮兮的脸。

对了,小梁呢?小梁这段时间怎么杳无音讯?

正在困惑时,走廊的那头来了一位年轻男子。跟王扶桑并排走着,他一瞬间以为那是梁承业,但定睛一看并不是。那男子身量跟梁承业差不多,但是,整个人又显得比他更精瘦,更挺拔,面色苍白,但走起路来还是虎虎生风。他手里拿着一只小包,庄恨水一看就知道,那是 Fendi 一款风靡的小包——是那些精致的女孩子装在手提包里,用来分隔证件用的小物。

"谢谢你,杨嘉。"他听见王扶桑对那男子说。

男子摇摇头,不说话。

"我来解释一下。"王扶桑说,"这是刚刚杨嘉在杨璐璐家里找到的。是王乐乐遗失的所有证件。"

"那这位杨先生是?"

"他是杨璐璐的弟弟。"王扶桑说。

小马警官满意地在地上踩灭了烟头。

他拿着那只小包进到了审讯室。

几秒钟以后,即使是隔着门,外面的所有人都清楚听见了杨璐璐愤怒的尖叫声。

杨璐璐,女,北京市人,籍贯湖南,杨家镇,年龄二十八岁。

同事对杨璐璐的评价:白富美!优秀!

北京有户口,北京有车,北京有房,北京有备胎男朋友。

这样的女孩还能有什么烦恼?只能说,一帆风顺的人生,果然是存在的!

但杨璐璐知道一切并不是这样。她知道自己这一路走得有多跌跌撞撞。

先说考大学。这件事折磨了她整个青春期。以她的成绩原本考不上什么好大学,于是一进高中开始,父母就开始谋划给她保送的事。保送的途径之一,就是会考成绩优秀,并且有一个国家级专长。杨璐璐的专长是国家一级运动员(武术),那是以团体成员名义参加了几次比赛获得的。然后就只需要搞定会考这一件事了。

那些年,学校里这样做的不止杨璐璐一个人。但杨璐璐的经历是最惊险的。首先,她会考就不可能得那么高的分,她要是能得高分她自己不会参加高考吗?这倒也拦不倒她神通广大的父母,会考之前,年级主任把一系列优秀学生叫到自己家里,循循善诱地谈了话,会考对你们来说没有什么意义,反正你们都是可以高考考出好成绩的(反正你们的父母也没有那么大本事),所以就帮同学一个忙,还能赚点钱(递过去红包),你们这次帮她,以后到了社会上就该她帮你们了,而且也不费事,考试的时候呢,你们只要把试卷微微竖起来一点,让她能看到就行了。

杨璐璐走进会考考场的那天,发现自己的周围都被优等生包围了。不管是情愿不情愿,他们都把试卷竖了起来,让她抄写上面的答案,碰到问答题、论述题,甚至趁监考老师不注意(这显然也是特别安排的),抓走她的卷子就开始做起来。一切都进行得很顺利,直到生物实验的时候。

因为这实验真的太简单了,还不计入总分,年级组长也没做什么安排。而且杨璐璐再笨,这几个基本的实验还是做得来。分配到同一张实验桌的人,是那个讨厌的王扶桑(她比她妹妹还讨厌),但她很快地就完成实验出去了,说实话她出去的时候,杨璐璐松了一口气。

杨璐璐抽到的实验是检测生物组织中的还原糖,她运气很好,这个实验很简单,挖一块西瓜,研磨、过滤,成为组织样液,然后配好斐林试剂,加入组织样液的试管中即可。为了缩短实验时间,杨璐璐把试管放到酒精灯上加热。

但是,本应出现的砖红色沉淀没有出现。

生物实验的监考是个年轻教师,大概刚从师范院校毕业的,还保留着年轻人的一些促狭和良知。看到杨璐璐开始额头冒汗,他好心地提醒了一下:"你重新做一管组织样液,加入试剂后在温水里加热试试看。"

杨璐璐照做了。结果还是不行。

下一拨测试的人等着要进来了,杨璐璐把半个西瓜都挖空了,试管换了三根,就是做不出来结果,急得嚎啕大哭。一边哭她一边哀求,老师你能给我打个合格吗,不然我的一辈子就毁了,老师叹着气:"这我必须实事求是。"给她记了不合格。

杨璐璐就成了那一届学校里唯一一个生物实验不合格的学生。年轻老师过后把这事当作笑话跟人讲,并且用这句话结尾:"我就不知道糖到哪去了?难道被她吃了?"杨璐璐从此就被一些人背地里叫做了"糖姐"。

这件事还是庄国栋老师亲自出马搞定的。

他让他的大学同学、也就是那位监考老师的老师打了个电话,然后在自己的办公室支起了试管跟酒精灯,从校外小超市买了个梨,让杨璐璐当着老师的面,把那实验再做了一遍。

这一遍就非常顺利。但正因为顺利,之前出的问题就更不可思议了。庄老师问了杨璐璐好几次,到底她当时做实验的详细步骤是什么,组织样液是不是新制,斐林试剂是不是按比例混合,杨璐璐一概拒绝回答,就咬牙切齿地说一切肯定都是王扶桑搞的鬼。

"她为什么要搞你的鬼啊?"庄老师有些烦躁,"她都做完实验走了,怎么搞你的鬼?"

杨璐璐当然知道王扶桑为什么要搞她的鬼。她俩有仇不是一天两天的事了。而且,女人的仇恨和直觉根本就不需要讲任何证据。比方说,杨璐璐的妈妈就坚信,王扶桑那个早就不知道跑到哪里去了的妈妈王艳,曾经勾引过杨璐璐的爸爸,并且相信杨璐璐的爸爸曾经鬼迷心窍想要跟她结婚,这个仇恨几十年来都没有消退过,而且她还通过日复一日的咒骂,将这仇恨完整地传递给了女儿。

杨璐璐就这样,尽管最后还是保送了意向中的大学,但过程中出尽丑了还不说,后来无论谁说起保送这种事的猫腻,就总会拿她这个"糖姐"来举例子,在传言中,她活生生从一个各方面都很正常的女孩,变成了一个智力发育不全者。大学里她凭着自己的实力去考研,结果还是差了十几分,又得父母出面给她调剂,到了一所理工科大学的文学专业。考研搞定了,毕业论文又被查重了,眼看不能毕业,她哭着跪在教导处门外,接待她的那个四十多岁的老女人不仅毫无同情心,反而奚落她:早干吗去了?最后还是靠父母上下打点,惊险过关。研究生读完找工作,父母给她安排进了一家事业单位,当时那个单位的户口指标不够,父母又一番运作,帮她挤掉其他三个候选人,把户口弄到了手。落好户那天正好是杨璐璐的生日,她爸她妈都来了北京,在酒店的房间里跟她打开天窗说亮话:女儿,这一路给你读书、考研、找工作、买户口,家里已经花了快两百万,就只能送你到这里了。

"为什么?这意思是不给我买房了吗?凭什么?家里不是还有钱吗?"

但问完杨璐璐也就明白,家里是还有钱,但那些钱都是给弟弟杨嘉的。

杨璐璐也哭过、闹过、撒娇过,但父母的意思很明白,你是女儿早晚是别人家的人,我们已经给了你最好的条件,在北京这个大城市里已经给了你一条优质的起跑线,其他的就看你自己有没有本事了。

杨璐璐不是一个轻易会放弃的人。一方面，她在北京寻觅着自己的目标——一个家境优越、性格上又能被她抓在手心里的男人，曾经她也相亲过投行男、官二代，但都惨遭失败，最后的最后，她将目标定在了梁承业身上，并且志在必得；另一方面，她也没放弃让父母给她买房的诉求。曾经有一度，父母的口风稍稍松动，一方面家里的确还有余钱，另一方面，也大概是因为儿子杨嘉始终追着一个王乐乐跑，给他准备的家业恐怕终究填了那女人的无底洞。本来就在今年，杨璐璐都已经开始看房了，但却被一个更大的意外打断了。

这个意外就是：家里没有钱了。

为什么？怎么会！

但真的是没有了。

杨璐璐刨根问底，家里总不肯透出一丝口风。问得紧了，她爸爸就"要你管什么"地大发脾气。到底家里出了什么事，最后居然还是王乐乐告诉她的。王乐乐突然打电话给她，对她说："糖姐，我好心跟你说一声，转告你爹，狗急不要跳墙，摔死就不好啦。"

杨璐璐从根本上不相信王乐乐的话。

因为她们俩也有仇。

这个仇，客观来说起源在杨璐璐这里。但杨璐璐并不认为是她的错。

这件事年代久远了，久远到杨璐璐根本不认为它还存在，更不会认为它给王乐乐的身体和心灵留下了伤疤。那是在王乐乐刚到北京不久的时候吧，杨嘉也报了个计算机学校到北京，是杨璐璐发现了弟弟跟王乐乐同居的事，报告父母，硬是断了生活费，把弟弟从那一间小屋里逼了出来。

杨璐璐并不知道，那时候王乐乐刚被同住的朋友赶了出来，身无分文，无处可去；也不知道她那时刚刚怀了杨嘉的孩子。杨璐璐不知道，她的这一系列做法，导致了一个更可怕的结果，那个结果至少是杨嘉难以承受的。不过也许就算知道，她也不会改变自己的做法，因为那一切都是王乐乐咎由自取，命中注定。她首先错在她姓王，其次错在要拿她弟弟——也就是她父母的钱，最错则错在她有王扶桑那样一个姐姐。

杨璐璐对自己说千万不要相信王乐乐那个婊子的话，那种外围能知道点什么？还不是酒桌上听来的。

但酒桌上听来的话不是经常是真的吗……于是那些话又像乌鸦的翅膀一样，在她心头不受控制地盘旋。

杨璐璐知道她爹一直想当市长，当年如果不是因为超生了一胎被处分，没准早就如愿以偿了。因为在他当杨家镇副镇长的时候，扶植出了一个明星企业，那就是梁家的酒厂，甚至因为这家厂子令当地的行政区划都升了一级，成为了杨爸煊赫一时的政绩，因此两家一直很有渊源。在酒厂兴旺的时候，他们互相扶持，也有长舌头的人在背后说这是"狼狈为奸"，杨家是梁家的保护伞，梁家则是杨家的金矿和脸面。

直到后来。

白酒生意渐渐衰退，取而代之的是一种神秘的药品。有人来到了三面环山的杨家镇，跟他们说到了一种快速赚钱的方法。

那一年，杨璐璐记得自己家里人来人往，妈妈购买了很多盒装的口服液，又将它们分销出去。钱应该是赚到了，全家香港游，妈妈花了几十万买手表，恨不得一家四口两只手全都戴满劳力士。后来这种口服液又消失了,取而代之的是房地产——手表卖掉了,所有的钱又重新投了进去。然后亏了个精光。

这年头,有人可能在房地产生意里亏钱吗?

杨璐璐简直不敢相信这样的事,但这样的事,好像就是发生了。

怎么这么命苦!

如果从来没有当过公主,一辈子就是丫鬟命,倒也罢了。

得到再失去的感觉,比从来没拥有过更揪心。

还不仅是这样。本来杨嘉的出生就是一个错误。要不是因为他,父亲也不会被人举报,丢掉了大好前程。但是没想到,当家里没钱了,居然父母心里第一个要保全的,还是儿子。

杨璐璐一想到,自己无论怎么努力怎么拼,在父母的心里还不如那个废柴儿子,就气得浑身发抖。

最近家里大概是真的缺钱得紧了,也就打算卖掉杨嘉的那套房子,杨璐璐多少软磨硬泡,妈妈才答应从中间拿出一部分钱来给她在北京郊区付个首付。

但杨嘉说:"房子我已经卖了。"

那钱呢?杨璐璐怒火中烧去逼问,杨嘉也不瞒她,说卖了是假,真的打算是跟王乐乐结婚,房子也要过户给她。

"你这样对得起家人吗?"

"你当初跟爸妈告密的时候,有没有想过自己对不起乐乐?"

"你开什么玩笑,我会对不起那个烂货?"

"你再这么说她信不信我抽你。"

"你敢打我,你就等着,往后有你后悔的!"

杨嘉气得发抖,然而,最后那个巴掌还是真的没有落下来。

但是,杨璐璐想,我会让他后悔的,我会让他明白,不要轻易地对不起我。

以上这些事情,警察小马都无从知晓。

他只能问:"你是在什么时候见了王乐乐,还拿走了她的证件包?"

杨璐璐白了他一眼。"你搞清楚,我可不是去见她。"

她要去见的人是梁承业。

当时,梁承业接到了自己的舅舅庄国栋老师,要送他去一个饭店。

可气的是,他完全忘记了跟自己约好要逛街买包的事。

杨璐璐决定暂时不跟他翻脸。"庄老师来北京干什么呀?"她假装漫不经心地问,"要不要我干脆请他吃顿便饭,毕竟我会考那时候,他还帮过我不小的忙呢。"

"不用了不用了,我就送他去吃饭,那个饭店就在三里屯附近,然后我们就去买包啊。"

梁承业的声音里有一丝慌张,杨璐璐忽然有种灵感:"他不会是去见他的得意门生吧?"

梁承业矢口否认,但是已经晚了。

杨璐璐说:"不巧哦承业哥哥,我也忘了我明天要加班呢,不能跟你一起逛街了。"

那边明显松了一口气,杨璐璐也懒得计较了。梁承业既然把时间地点说得清楚,她自然也就赶在那个时间,去了那家饭店。

去了要做些什么呢?杨璐璐自己也不知道。至少告诉庄老师,这位他寄予厚望的得意门生在北京都做些什么买卖吧,杨璐璐觉得,她不做些什么,真的会爆炸。

但是,当她坐在那个座位旁边,遮遮掩掩地听见他们的谈话内容时,忽然改变了主意。

庄老师当然还是老一套,劝说乐乐回家,跟他一起去做酒厂的技术员。王乐乐只是敷衍,突然间,两人之间的话题一转,居然到了一个令杨璐璐汗毛炸起的话题。

"乐乐,你千万不要上当,你还记得当初我们那很多人都在做的一种保健品吗?"庄老师说,"那个东西伤天害理,你不要碰!"

然后王乐乐激烈反驳,说自己认识的人跟那拨人不可能有任何关系。

"你说别人伤天害理,那你自己呢?"

庄老师再也没有说什么。

然后,手机响了,王乐乐带着手机就去了洗手间。杨璐璐跟过去,听到她打电话,差点气炸。

电话那头不是杨嘉又会是谁?"舔狗!"杨璐璐在心里怒骂。

"身份证带了啊。"王乐乐说,"怎么,你现在要跟我去领证?"

她的包就放在洗手台。

"然后她把包忘在洗手间了。"杨璐璐说,"我当然是想送回去给她,但是我没有她的联系方式。"

"她上洗手间的时候为什么要把证件包单独拿出来?"

"你去问她啊!"杨璐璐喊。

当然不可能去问她了。

所以说什么都无所谓。

"就算我拿了她的包。"杨璐璐说,"警察同志,我是说,就算,这就能证明我杀了她?她到处破坏人家家庭,想杀她的人多了,轮不到我。"

"那你能不能说说,你知道有哪些人想杀她。"

有一个瞬间,杨璐璐是想说出那件事的。她在搞传销呢,你们去查做保健品的啊!但这个念头还只是一星火花的时候就熄灭了。她说:"我只是打个比方。你们去查啊,你们知不知道她是干什么的,她、是、外、围、诶!多少女的想打死她啊,你们一个个去查,查到下辈子吧。"

"你能不能老实交代你拿王乐乐证件的真实原因。"警察小马疲倦地说,"至于是不是你杀的,我们不会冤枉一个好人,也不会放过一个坏人。但是也请你不要包庇坏人。"

"你叫什么名字,你让我看你的警号,你这样随意传唤公民,我要找律师让你吃不了兜着走。"

小马觉得自己真是倒了霉了,今年也许跟母星有冲,为什么所有的女的都在跟他过不去?

"那好你可以先回家。如果你回去以后想起任何线索,请及时告知我们。"

呵呵。

鬼才会想起呢。

但是,杨璐璐偏偏什么都记得。

她记得自己拿着那个包,风驰电掣地跑到家里,把里面东西一股脑地倒到地上以后,却更生气了。

因为她在里面看到了一些——试剂。

她一下就冻住了。

她想起了自己高二那年遭受到的屈辱一幕。那一幕在以后的日子里也无数次地成为她的噩梦。

无论怎样添加试剂,无论把酒精灯开到多大,那该死的砖红色沉淀物,死活就是不出现。

然后试管和酒精灯一起爆炸了,整个实验室是刺鼻的酒味。

"糖到哪去了?是不是被你吃掉了?"无数人这样质问她,可她来不及否认,他们就是一阵哈哈大笑。

那么糖到哪里去了呢?

杨璐璐不知道,庄国栋老师也曾无数次这样问自己。

实验的目的是检测生物组织里的糖。

而杨璐璐检测失败了。

但是,没有人从另一个合乎逻辑的角度想一想:如果检测不出,那就是没有糖。

糖,当然不可能是被杨璐璐吃掉的。

庄老师知道有一种生物吃糖。

是酵母。

酵母吃掉糖,排出酒精,当酒精达到一定浓度的时候,酵母就会死去。

如果说有人为了整杨璐璐,在她的实验器材里放了酵母菌,但她前前后后做了那么多次,试管都洗过好几遍了,怎么还可能重复一样的结果?

而且,又是什么酵母能够那么迅速地吃掉西瓜肉里所有的糖,任凭试剂都检测不出来?

后来他一次次问杨璐璐,你在实验现场,有没有感觉到什么异样?有没有闻到特殊的气味?杨璐璐都说没有。

于是庄老师也就放心了。人都不想去面对自己最不想面对的可能性,这是人之常情。

庄老师不再去想了。

杨璐璐也不愿再次回想自己当时的恐惧和绝望。她无数次告诉自己,那已经过去了,不会再有人叫她"糖姐",不会有人再学着她的哭腔嘲笑她:我这辈子就毁了!

但是,人不是想忘记什么,就能忘记什么的。

杨璐璐把那些试剂都倒进了下水道,然后打电话给爸妈:"你们知不知道,王乐乐跟你们原先搞的那个保健品,又搞上了。这不会对我们家不好吧?听说她姐姐好像现在是个律师什么的,最喜欢挖人家隐私了,不知道杨嘉会不会跟她们说什么啊,我可担心了。"

她东拉西扯,在电话里说了半个多钟头。很多话都是无中生有,她知道,但她控制不住。

如果她什么都不做,真的会发疯。

很多人想杀死王乐乐,这也许不假;但是在很多人中间,杨璐璐最希望她死。不仅希望她死,更希望她的姐姐去死。

而且,最好死得非常痛苦。

15

她和她的历史

熊博士回北京了。

"真是见鬼了。"她在机场里打电话给罗小川说,"我巴巴地跑到湖南去,转了一圈,结果我要找的人偏偏来了北京,你说气不气人吧。"

"你不是去云南吗,怎么又跑去了湖南?"

"我去湖南找王扶桑的生物老师啊。"熊博士若无其事地说,"还去了趟南岳,给你求神拜佛,让你今年能少接几桩命案。"

"求神拜佛有什么用……"罗小川想说,但她最后什么也没说。

这些天,她不见王扶桑、不见李胜男,徐敏是属于工作上的,低头不见抬头见,但见了也不会说一句话。

跟小马也见,但见了面就是吵架。就像个刺猬似的。当刺猬受到攻击的时候,团成一个球,那只是为了,把最柔软的肚子藏起来。

曾经罗小川一直都是躲藏的状态。别人孤立她，没有关系，她可以在那狭小的空间里，把自己的所有一切放置稳妥。

将她从那个空间拉出来的人，是王扶桑。

这几天，她却又有一种奇怪的感觉，她觉得那个空间又在对她发出了召唤，让她回去。

她拼死抵抗，但是力不从心。

这种感觉却在熊伟突然打电话，没事人一样约她喝咖啡时消失了。

一开始，她不明白是为什么。她甚至还有一些愧疚，王扶桑应该悲伤得要死吧，徐敏也烦恼得不行吧，李胜男好像也有心事……而她，她是那个报告坏消息的人，是那个亲自出了现场的人，她像个没事人一样出来喝咖啡，是不是太过分了？

直到走出刑警支队的大楼，阳光猛烈地晃了一下她的眼睛，她才意识到，为什么自己会拒绝不了熊伟的邀约。

因为到目前为止，在这个曾经一团融洽的小圈子里，只有熊伟和王乐乐的死是完全无关的。

天塌下来都只有她的论文最重要。

在你的朋友圈里，如果有这么一个人，真是应该感激她。

在所有人陷入崩溃和混乱时，只有她还维持着某种运转，提醒着你正常的世界就在身边，只需要你往旁边迈出一小步——所有的阴霾，都只是你的错觉。

置身在人群中。置身在人群中这一点，是多么的重要。罗小川又一次在三里屯迷路，没头苍蝇一样转了好久，才找到熊伟说的那家咖啡馆。这天天气真好，好看的女孩子、男孩子，都从室内走了出来,坐在咖啡馆的室外座位,年轻,快活,一个个皮肤都是金色的。

一切都是流动的。

一切都充满希望。

熊伟已经到了一会儿,她点好了咖啡,桌上还有切开的面包。

"这家店的面包烤得特别好。"她说,"你尝尝比王扶桑做的包子如何?"

"这个怎么比。"罗小川闷闷地说。

"你精神不太好哦。"

"能好得了吗?"

"倒也是……你要不要辞职去考研?"熊伟问她,"继续你的学术研究。"

"然后等我读完研出来,再找工作还是去刑警队。"罗小川没精打采,"然后那时候刑警队用人标准还提高了,女的要具有博士文凭。"

"你就是太悲观。"

"你为什么要去找生物老师,你不是做女性研究的吗?"罗小川说,"你该不会做那种特无聊的事,从什么古墓里挖出块骨头来验一验,然后搞些什么商王原来是白人,这种乱七八糟的论文吧?"

"你说的思路蛮好的。"熊伟一本正经地说,"但那是搞历史、考古的人用得比较多。不是在停车场底下挖出过英国一个国王的遗骨,还做了 DNA 吗,我看……"

"算了,别闹了。"罗小川说。

"不过这暂时不是我的研究方向,我主要还是依靠人文记录、民间传说、民间歌谣,这种语言文字性质的东西来做文化研究。"

问题终于又回到了:"所以你干什么找生物老师?"

"这个生物老师的家族曾是当地负责做县志记载的。"熊伟说,"他们那个地方吧,怎么说呢,因为地形比较复杂,三面环山,一面沼泽,加上还是多民族混居区域,所以他们的文化传承里,既有少数民族的传说,也有汉族文人的记录,但是汉族人的记录,因为一些原因,公开的部分被系统性删除了,只有隐藏的一份,收藏在他们家族手里。"

"所以你的论文课题到底是什么?"

"酒神。"熊伟面不改色道。

罗小川心里咯噔一下。但她什么都没说。

"我知道你在想什么,当地关于酒神的传说都已经消失了。但是王乐乐,她的外号却叫酒神。这是为什么呢?"

"不知道。"

"没有人知道。"熊伟说,"但那个生物老师,他应该知道。"

"那祝你好运了。"

"对了,我要找一下王扶桑的那个学弟。"熊伟又自自然然地说,"人家告诉我,那个生物老师是他的舅舅。"

"啥?"

"我让王扶桑帮我联系一下他,你看行吗?"熊伟说,"我有些社交障碍,虽然我有那个老师的电话,但是不好意思打。"

真的,对于熊伟的这种我行我素,罗小川到今天才是叹为观止。

"你想什么呢。"罗小川无奈地说,"你现在去找她办事?"

"为什么不能找她?"熊伟说,"你是说王乐乐的事吗?我不觉得我们要为这件事战战兢兢。毕竟,放在历史里看,一个人的生死真是微不足道的小事。对了,你应该也认识那个学弟吧?你帮我联系?"

"我是不会帮你做这件事的。"罗小川无奈地说。

然而,罗小川不想去找梁承业,梁承业却偏要来找她。

罗小川拒接了他十九个电话,第二十个实在不好意思再摁掉。

"你们为什么都不告诉我。"梁承业说,他一边说一边抽噎着,"还是杨璐璐告诉我的。"

"这件事跟你没关系。"罗小川说,"王扶桑说,让你别掺和。"

"我怎么就是掺和呢,在你们心里我就只有这作用吗?"梁承业说,"我也是看着乐乐长大的。"

"不是我说的。"罗小川说,"王扶桑第一时间就警告了,说不让你掺和,你也知道她这个人吧。"

"小川你怎么也这么说。我听杨璐璐说扶桑诬告她。我跟你说不可能是她杀的乐乐,我不是给她说好话,就是风险这么大的事情她绝对不会干。"

"那你说是谁呢?"

"你和我都知道,谁的可能性更大。"梁承业说,"乐乐不是怀孕了吗?"

"是怀孕了,可那个人为什么要杀掉自己的孩子……"

"就算不是他,肯定也跟他有关系。"梁承业说,"对了,你那时候不是还有他的头发吗,这样不就可以查出他是谁了吗?然后从他身上开始查……"

"我没有保留他的基因型。"罗小川说,"而且,王乐乐家里也没有找到。检测报告应该是已经给他了。"

"也许就是他。应该就是他。我有一种强烈的怀疑。"

"你怀疑也没用。"罗小川软弱地说,"不跟你说了,我在上班。"

挂掉电话,罗小川心里一阵隐痛。

是的,那个人。谁都知道要查那个人。

但是王扶桑不让她提。甚至当她知道了那个消息,第一句话就是叮嘱她:那件事不要讲。

她这样肯定不是为了维护妹妹的名誉。"不要让别人知道你给乐乐做了亲子鉴定的事。如果说了,就绝交。"

说得这样斩钉截铁,实际上却是为了保护罗小川。道理也是很实在:不能让人知道她在工作之外做这些事情,好不容易找到的工作,丢了可惜。

但是罗小川忘不了进入王乐乐的房间的场景。

她没有告诉王扶桑。

血,整个屋子里流淌的都是血。

血,和刺鼻的酒精味道。

摔碎的针管,压在王乐乐身下。

她乌黑的头发被血浸透,整张脸像是缩小了一般,但那张脸依然非常美,也因此显得更加残忍。

"这个外围女是不是吸毒过量死的?"有人这么说。但是现场没有找到毒品。

但可以肯定的是,她死前处在神志不清的状态。

她手里还握着一把指甲剪,锋利的一头翻出来,扎进了自己的小腹。

罗小川当时没有敢看这些。别人做清理的时候,她只盯着屋里的工作台、移液枪,还有一些设备……都是那种七零八碎、不成体系的设备。精致的客厅,可是卧室里就是这些。明显是大学实验室里淘汰下来,淘宝上购买的。派不了什么用场。

"原来大学就是这样。我见识过了。"她似乎听见王乐乐笑吟吟地说。

梁承业的电话又打过来了。罗小川接起,听他在那边哭。"我还不知道怎么跟我舅舅说。"他抽泣着,"他最喜欢乐乐,就好像是他自己的女儿一样。这几天我跟他去银行把所有的定期存款都取出来了。也没多少钱。他说要把这些钱都给乐乐,让乐乐出国找她妈……"

罗小川猛地站了起来,身后的活动椅"哐"的一声撞到墙上。

她说了所有事情。

帮王乐乐做亲子鉴定的事。

她觉得李胜男可能知道点什么。

她甚至说了庄恨水的出现,说了王扶桑的梦,尽管这并没有什么意义。

她自己交上了自己的处分报告。

做完这一切,她做的第一件事不是找王扶桑,而是给熊伟打了个电话。

"换我请你喝咖啡吧。"她说。

"你不找你最好的朋友王扶桑？"

罗小川说："她可能要跟我绝交了。"

"我马上过来哦。"熊伟在电话那头，几乎有些快活地说。

两个女人就在街边的咖啡馆里，像是中学生一样，要了最便宜的饮料没要蛋糕，无所事事地看着人来人往。

"春天真美好。"熊伟说，"不过快要结束了。"

"哪有什么美好。"罗小川说，"一到春天，我们学生物的，还有学化学的，通通会过敏，肿成猪头。"

"你知道吗，在王扶桑的家乡，立春那天现在大家还保持着喝春酒的风俗。"熊伟说，"据说那就是酒神的时代流传下来的风俗。"

"酒可以杀菌吧。"

"王扶桑为什么要跟你绝交？"

罗小川想了想。"我也不知道，可能因为她太骄傲了。她不想让任何人分担她的痛苦。虽然她也是出于好意，不希望这件事对我的生活造成影响。但是这件事就是在我的生活里发生了，我也不能假装它没发生过。如果不面对，痛苦就始终是痛苦……甚至可能更深。"

"你不应该学生物。"熊伟说，"你应该去学文学。不过算了哦，那个专业也不好找工作。"

"最不好找工作的是你们人类学吧。"

"没事，为了满足生存需要之外的工作都是一种浪费，我打算在书斋和田野里终老一生。"

"哦。"罗小川说。

在那一刻，熊博士并不漂亮的脸，在她的眼里有了一种光彩。

她似乎对所有的问题都能有答案……并且那答案都是如此的正确。

于是罗小川问她："如果有一天，你最深爱的人离开了人世，你觉得，最痛彻心扉、最难以接受的事是什么？"

熊伟摇摇头："我不会接受不了。人都会死。我说过，如果放在人类的历史中，我的死亡，别人的死亡，并没有什么大不了的。"

"我最不能接受的是，"罗小川自顾自地说，说的是自己，心里想的却是王扶桑，"我最不能接受的，是她带着对我的误解去死。是我们带着对彼此的误解，居然没有能够好好地告别。"

"人是不可能真的互相了解的。"熊伟说，"比方说你了解王扶桑吗？"

罗小川摇摇头。"你了解吗？"

"我也不了解。"熊伟说，"但我和你对她的了解如果拼起来，可能会有不同的发现。"

罗小川含着眼泪盯着熊伟，既有佩服又有一丝恼怒。我们总是认为自己了解别人……了解亲人，了解朋友，了解我们的同事，了解我们的敌人。每当有人戳破我们的自以为是，我们总是怒不可遏，那就好像对我们自己的否定一般，否定了我们以自己的眼睛和感受去丈量、去定义的这个世界。

"接着你刚才的话题讲下去。"熊伟问，"小川，你觉得王扶桑了解自己吗？"

罗小川愤怒地擦了一下眼泪："总比我们了解吧。"

"有可能。"熊伟说，"但也不一定。"

"为什么这么说？"

"我跟你讲过我们怎么认识的吧？"熊伟说，"是在一个读书论坛上，那时候我们都在读一本书，叫做《圣杯与剑》。"

"我好像听你们提过几次。"

"但是你懒得多做一些了解，是吧。"熊伟笑了，"你不懂也没关系，我简单跟你讲讲。圣杯，就是孕育的意思，这本书讲的是，女性曾经在社会结构里处于主导地位，是女神，是母亲，是爱人，也是孕育和生死循环的掌控者，不过后来被剑、也就是握有武器的男性征服了。"

"所以呢？"

"所以，我们了解自己也有很多的维度。"熊伟说，"了解自己的身高、体重、喜欢吃什么样的食物，适合穿什么样的衣服，做什么样的职业，喜欢什么样的爱人。有些人了解到这一步也就够了，但对我来说，还不够。"

"你还想了解什么？"

"我想了解的是，"熊伟说，"一个女人在历史中的地位，以及她身上埋藏着的历史。"

说到这里，她忽然有点喜滋滋地搓了搓手。

"我已经联系上那个生物老师了。"

"你不社恐了？"

"我也得战胜自己啊。"熊伟说，"他约我在三里屯见面。"

"他还挺时髦啊。"罗小川说。她当时想说一下王乐乐和庄老师的关系，但是欲言又止。

"也不是时髦,是因为那里离智利驻华大使馆签证处比较近。"熊伟面不改色地说。

"那你见他,到底要做什么?"

"讲故事啊。"熊伟说,"人类学的一种研究方法。我也会给他讲个故事。"

16

酒神

希腊神话中有酒神的故事。

酒神狄奥尼索斯是主神宙斯与忒拜的公主塞勒墨之子。

宙斯爱上了塞勒墨,与她幽会,被妻子赫拉得知。赫拉嫉恨塞勒墨,便化身她的亲戚,诱骗她让宙斯以真面目与她相爱。宙斯不得已在塞勒墨面前露出雷电之神的真身,塞勒墨即被烧死。当时她已孕有一子。

宙斯从塞勒墨腹中抢救出未足月的儿子,为了避免被赫拉找到,缝在了自己的大腿中,直到他可以足月出生。这个孩子便是狄奥尼索斯,为了躲避赫拉的迫害,他在林间仙女的照料下长大,学习了关于所有植物的秘密和酒的历史。

长大后的狄奥尼索斯开始一路游历,所到之处,不仅教人种植葡萄与酿酒,也教信徒们纵情享乐。当他游历到母亲的城邦忒拜,发现母亲的姐妹与弟弟、当时的国王彭透斯都在侮辱母亲的名节，称她是与人私通生下了私生子，宙斯只是家里帮她遮羞的借口，不由大为震怒。

如若世人否认了母亲与宙斯的爱恋，便是否认了自己神的身份；更可恶的是国王彭透斯，他将狄奥尼索斯带给信徒的欢乐污为淫荡，禁止自己城邦的居民追随酒神。狄奥尼索斯便设计让彭透斯来到了山林间，醉酒的信徒们误以为彭透斯是只狮子，将他杀死。

让女人堕落，让城邦沦陷，这就是酒神的复仇。

这是熊伟打算给庄老师讲的故事。

她把这个故事在心里讲述了很多遍，但是她并没有能在约定的时间把这个故事说出口。

庄恨水说："我要回国了。"

梁承业垂头丧气的。看着他的样子瘦了一圈，庄恨水有些不忍，接着说："你要不要我帮你跟王扶桑联系上？她现在虽然处于非常攻击性的阶段……"

梁承业摇摇头："我猜她想一个人待着，她从小就是这样。但你为什么突然急着回国呢？"

"我父母给酒庄找到了个买家。"庄恨水说，"而且是个中国买家。据说买家这些天就会飞过去，签字的时候，我最好还是在场。"

"可惜最后没能跟你做成生意。"梁承业说，"我刚知道我父母打算把厂子关了，也就是这一两个月的事。"

"为什么？"

"因为酒已经不行了。可能是水质改变了，也可能是气候变化，全球变暖什么的，按照以前的方法做的酒曲，总是有一股苦味，所以其实好多年前就改了酿造方法。不好意思啊，之前她们都说你是骗子，但其实我也对你说谎了。我还想着跟你们合营，改做葡萄酒，能救我家厂子一命来着。不过现在好了。说真的。"梁承业说，"一想到不用继承那份家业，我一下子轻松了。我本来就不是那块料。"

"你舅舅来北京找王乐乐，是不是想做最后的努力？"

梁承业承认："是。"

但是这个努力失败了。

庄恨水和梁承业一起沉默了一阵。

最后庄恨水说："其实，他为什么不试试找王扶桑？"

梁承业看着他，大惊失色的模样："为什么？王扶桑又不会酿酒……"

"乐乐死了以后，警察一直说，让王扶桑去验个线粒体。"

"这不稀奇，这只是为了证明母系的遗传……"

"对。"庄恨水说。

他等了几秒，想等梁承业自己想通。但最后他还是决定："我要去跟王扶桑道个别。你一起吗？"

"一起。"

"我得提醒你，她现在非常具有攻击性。"庄恨水说，"我倒没事，皮糙肉厚，你可要小心。"

这段时间，只有李胜男知道王扶桑的行踪。

庄恨水打电话时，李胜男说她俩正一起在东城法院门口，他带着梁承业匆匆赶过去，果然就看到了非常具有攻击性的一幕。

"我操你妈!"王扶桑几乎是跳起来对着一个人高马大的男人喊,"你敢碰她一下试试?"

"今天你还是老子的老婆,老子想打你就打你!"男的边放狠话边下狠劲推了一把王扶桑,王扶桑穿着高跟鞋,一个立不稳,四肢扑在地上。但男人的目标不是她,是躲在她身后的一个年轻女子。"法院今儿还没判离!老子今天就打死你!"

女子吓得缩成一团。男人就势一脚,踢得她摔倒在地,然后又暴风骤雨一样踢过去。庄梁两人赶紧冲上去想制止,但这时一个女的声音尖叫起来:"躲开!"

那不是李胜男的声音?

她整个人就躲在她的车里,车窗摇下来,正在拍摄。庄恨水乖觉,立刻意识到怎么回事,拉着梁承业一个急转弯,避开了她的角度,还没等那打人的男人回过神来,这个擅长偷拍的女人就已经发动了车子,显然已经事先研究过路径,迅速开走了。

待那男人明白是怎么回事,再叫骂也为时已晚。庄恨水是个打架的惯手,对方一个横踢过来,他只伸出前臂一挡,同时一条腿勾住男人的支撑腿,顺势往前一推,男的砰然倒地。看上去只不过是防卫,其实这一下摔得能有多严重,可能只有脊椎科医生才知道。

王扶桑这时候已经从地上爬起来。地上那男子还在骂骂咧咧,梁承业还有点不安,想上去查看伤势,王扶桑说:"不准管!"

她对着庄恨水:"你不错啊,这下不怕遣送出境了。"

富于攻击性。梁承业真是看得目不转睛。

走出法院的势力范围,李胜男的车在路边等着,三个人坐了进去,李胜男就说:"你来得还真是时候。"

"你叫他来的?"王扶桑立刻反应道。

"是他建议你重新开始打官司的吧?"李胜男说,"这种情况他不来怎么行?"

"哼?我还需要他建议?"

梁承业搞了半天才明白,原来,为了排遣王扶桑的伤痛,庄恨水给出了个建议,让久已不做诉讼的她重新回去打官司。"那你这是?"他问李胜男,"你是路过?"

李胜男爽快地回答:"当然不是。是这样,离婚官司不算好打,第一次诉讼一般不判离,除非有特别过硬的证据,证明夫妻感情破裂。其实六个月以后再诉,基本就能离了,但是对于家暴严重的女人来说,多等一天都是折磨。虽然二审法院基本不可能改判,但是有了家暴的证据应该是可以。"

"所以你们是安排好了,故意激怒那个人,好收集证据?"

"可不吗。"李胜男大大咧咧地说,"都拍到了。"

"可你们这么做我总觉得有哪不对呢?"梁承业说,"要不是我们及时赶到,你们不就吃亏了吗?"

"有什么不对的,呸呸呸。"王扶桑一连三个"呸",是在吐刚才倒地吃的一嘴泥,但客观上听上去像是在奚落梁承业。后者马上服软:"好好好你做什么都对,不过你不要太拼了。"

"一听你这话,我就来气。"王扶桑说,"什么叫太拼?你来定义我要不要拼?"

马屁拍在马脚上,梁承业吓得一缩头。庄恨水又觉得好笑,又想给他解个围，于是说道："我是来道别的。"

"好啊，再见。"王扶桑迅速说，"李胜男你给他把车门打开。"

"同时我还要澄清一件事。"庄恨水一边说，一边猛地把胳膊伸到了王扶桑眼前，"好好看一下这块表。"

"复刻版有什么好看。"

"是的，是复刻版，但是并不是我故意骗你。"庄恨水说，"就连我爹妈都以为它是真的，直到两天前。"

"两天前他们看了品牌的画册？"

"不是，两天前，他们收到了一份新的遗嘱。"庄恨水说，"我祖父的遗嘱。"

这一下，车里的其他三个人都安静了。庄恨水接着说："我都不知道我祖父还有一份遗嘱。但是，他显然是早有安排的。这份遗嘱里说……"

"说什么？"李胜男问。

"这份遗嘱里说什么我还不知道，不过肯定的是，如果后人要把酒庄出售给中国的主顾，那么这份遗嘱就会自动生效。"

"自动生效……但遗嘱本身有效吗？"王扶桑警觉地问。

"绝对有效。其实，这是我祖母在察觉自己得了癌症以后，就和祖父商量，立下了这份遗嘱。遗嘱经过公证以后，送到了西班牙的冈萨雷斯船长的后人手里。"庄恨水顿了顿，"一起送去的还有船长赠送的那块手表。原版的那块。为了避人耳目还放了块复刻版在家。真是害得我好惨。"

"厉害。"李胜男由衷感叹，"真是深谋远虑。"

"所以，大概是我父亲售卖酒庄的消息传开，船长的儿子就发了信函,即将带着遗嘱和信物赶来。只是我们都还不知道那份遗嘱里写的是什么内容……"

"什么内容,总不至于是让人再把酒庄交还给你吧?"

"那可不一定。"庄恨水故弄玄虚地说,"不过,我猜那份遗嘱里,可能也有你感兴趣的内容。"

"我怎么会对那个感兴趣?"

"我父亲还跟我提到,那个收购酒庄的中国人,是我祖父和祖母的同乡。"庄恨水说,"对这个人的身份,你也不感兴趣吗?"

王扶桑吸了一口气。

"那我跟你去一趟智利吧。"她说。

目瞪口呆的不仅是庄恨水。

还有梁承业。

王扶桑横了他一眼。

"你下车,我和你单独说这件事。"王扶桑对庄恨水说。

"你该不会是想强行代理吧?"庄恨水说,"我不下去。"

"下来!"王扶桑凶巴巴,"不要让我说第三次。"

眼看两人下车,推推搡搡地走远,李胜男瞅着梁承业,问他:"你下车吗?"

"我不下。"梁承业说。

"好吧。你不下也好。"李胜男说,"我要去办点事情,你跟我去吗?"

"你是什么时候发现他俩……"

"你是不是想多了,也许王扶桑只是想去当代理律师挣钱。"

"你别安慰我了,我又不是瞎子。我跟王扶桑从来没有这么,这么……"他一时间找不着词了,闭目往后背上一躺,悲痛欲绝,"你去哪?算了,你去哪都行。"

李胜男开车,带着梁承业只往北京城外开,很快就到了个收费站,梁承业这时候才缓过来一点,有力气惊讶:"怎么你要去外地?"

"就去趟河北。"李胜男说,"我有个做媒体的前辈关在那边的一个看守所。"

"没想到你还有这份闲心。"

"你是不是觉得我每天只想着挣黑心钱。"

梁承业没说话。

"挖人隐私,追人黑料,钻法律空子,这些事情我都特别爱做。"李胜男说,"你是不是觉得我带坏了你们家王扶桑?"

"别这么说。"梁承业解释道,"我不觉得你带坏了她……我是觉得你们有点,那个,互相影响。"

"你是不是一辈子都活在一个特别富有、特别安稳的环境里?"李胜男问,"我听扶桑说,你有两个姐姐。"

"其实也不是。"梁承业说,"小时候我们家好像挺穷的,但我那时候还小,也没什么印象。而且我家刚开始办厂的时候欠了很多钱的,差一点全家就走投无路了,我妈现在还经常说,差点抱着我们姐弟几个去跳河。"

"你们是什么时候好转的?"

"记不太清了,小学以后吧。"梁承业说,"应该是我舅舅回老家之后。"

"你为什么喜欢王扶桑?"

"因为她对我好。"梁承业说,"你不要用审犯人这样的口气审我好不好,我有点害怕。"

"王扶桑哪里对你好了啊?"李胜男实在忍不住笑了,"我看她不打你就不错了。"

"你不懂。"梁承业说,"我小时候,家里做那种酒酿沿街串巷地叫卖,尤其是春天,我去上学身上都带着酒糟味,老师都看不起我,只有她跟我玩。一个人对你好不好,不是看她对你凶不凶,而是看别人都孤立你的时候,她是不是跟你站在一起。"

"你真是小孩子脾气。"李胜男说,"喜欢搞站队这套。"

"可是所有人都是这样做的啊。"梁承业说,"你不也是么?"

"我怎么了?"

"你抛下赚钱的时间来帮王扶桑拍家暴男。"梁承业说,"这事情你肯定没钱拿,只是为了帮她。"

"哼,我并不是为了帮她。"李胜男说,"我只是不太喜欢家暴而已。"

"我认识一个女同学跟你叫一样的名字的。"梁承业忽然说。

"哈?"

"她告诉我,那时候你们江南一带,因为抓计划生育抓得严,家里生了一个女孩子的,都是叫胜男的多,意思是要胜过男人,给家里争口气。"梁承业试探了一下,"她还说,那时候她妈妈因为就生了一个女孩子,在家里很受气,爸爸动不动就喝酒打人,所以后来……"

"是不是就你懂?"李胜男说,"你少说两句行不行?"

"哦。"梁承业说。

"你这么懂怎么连个王扶桑都追不到呢?"李胜男说,"人

Rose of Dionysus | 223

家从地球的那一头来了,这才多久,就已经……"

"别说了行吗?求求你了。"

李胜男万万没想到,梁承业哭了。

对于男人的眼泪,其实她是并不陌生的。

在她战斗的一生中,不止一次地让各种男人流下痛苦、悔恨的泪水。

甚至她爸爸也在她面前哭过,也不知道为什么有些男人就是喜欢哭,明明是自己打了人,打完之后却还要抱着头痛哭一场。

李胜男不吃这一套,甚至对男人的眼泪有种本能的厌恶。但是,当梁承业就在她旁边,抽抽噎噎,一把鼻涕一把眼泪的时候,她也没有气急败坏赶他下车。

"你自己把脸擦擦。"最后她说,"我们快到了。"

"你是在车里等我还是跟我一起进去。"李胜男问梁承业。

"我跟你一起进去。"

"待会你会见到一个熟人,你可不要吃惊。"

梁承业马上就知道了这个熟人是谁。是他舅舅庄国栋老师。

舅舅这段时间的动向非常神秘,但梁承业的确没想到,会在这里见到他。李胜男对庄老师伸出手:"谢谢您能过来。"

舅舅和李胜男一起进行了探视登记。没有人招呼梁承业一起,他在外面等得心焦,但又因为刚才哭太多,忽然非常渴,就在外面水果摊上买了一块糖水菠萝。

中间他接了一个电话,是杨璐璐又要找他履行承诺,吃饭买包。

"我不能跟你吃饭了,我在河北。"他一边啃着菠萝,一边跟杨璐璐说了说自己方位。怕她不信,还发了个定位过去。

吃到第三块菠萝的时候,李胜男和舅舅出来了。两人都表情凝重。

他紧张地看着这两人的脸,发生了什么?

今天遭遇的事情有点太多,他居然不敢发问了。

"所以那个被抓进去的杨总,只是个代理人。"李胜男说,"真正的幕后操纵者是您的同学。"

庄老师点点头。

"多年前他利用您给的配方,不,灵感,不管怎么说吧,他利用您,开始了保健品骗局。"李胜男确认,"但您不知道他现在的名字。"

"他应该换过不同的身份,有不同的名字。"庄老师说,"抱歉,帮不到你什么,我跟他们断绝联系已经很长时间了。"

"谢谢,您帮了我很多了,至少现在我觉得很多事情都可以解释了。"李胜男客气地说,"下一步就是我的事……您下一步的打算是什么?"

"去智利吧。"庄老师说,"你说他们也去了对吗?我想在那里做一个了结。"

为什么所有人都要去智利?

"您跟扶桑说了吗?"

"就请你代我跟她说吧。"庄老师说,"对不起。不过,你觉得可笑吗,虽然是自己的学生,可我还是有一点怕她。"

"舅舅。"梁承业终于逮到机会,问了舅舅一个问题,"二十一世纪是生命科学的世纪,这话是你说的吗?"

"不是我。"庄老师有些困惑,"但我在课堂上转述过,我也忘了是谁说的,反正那时候报纸上都说这样的事。你怎么突然问这个?"

"没什么。"梁承业说。

他其实也不知道自己为什么突然问出这个问题。他觉得有一点丢脸,觉得自己太幼稚,明明人家在讨论更重要、甚至听上去是生死攸关的事。可是,在那个下午,萦绕在他心头的就是这个问题,甚至超过了一切的重要性。他们上了车,李胜男在打电话,庄老师对他说,承业,有些事,终于到了告诉你的这一天。你听了这些事,要自己去判断,怎么样去对待做出这些事的人,包括我在内。

梁承业这才知道,他无论做什么,问愚蠢的问题也好。都只不过是想拖延一点时间罢了。

以下是庄老师对梁承业说的故事。

他并没有说起这段时间发生的事,甚至没有多提到他视为女儿的女孩的死。他一直很喜欢这个外甥,因为他天真、热情,对人从来没有坏心眼。而且,虽然这么说有点不恰当,但每次看到他,尤其看到他对王扶桑那一厢情愿的痴情,他总像看到了自己年轻时候。

该不该告诉他一切呢?他在富足中长大,几乎在建立起牢固的人生观之前,家里就已经开始经营酒厂,他只见证过这个事业给家庭带来的荣耀,他父亲创办的酒厂,是如何赢得了专家的赞赏,创立了"酒仙"品牌,为当地制造了多少就业,增加了多少利税,带动了多少下游企业,让杨家镇的GDP得到了几何级数的增长，终于从"镇"提升为了"县"。

他几乎没有经历过那令人绝望的贫穷，也不知道为了摆脱那贫穷，人们可以做出怎样的事。

也许是因为他是大家庭里唯一的男孩子。母亲、姐姐，都像呵护自己的眼珠子一样呵护着他，生怕他受了半点委屈。即使在后来，酒厂的生产环节出现了严重问题，失去了最初那酿酒的灵药，即使整个家族的财富已经岌岌可危，即将遭到早年那掠夺的反噬，这几个女人也拼命保护着他，奋力地把他推出了这个圈子之外。

庄国栋自己就不止一次被姐姐警告："不要跟孩子说你那些有的没的！要是影响了他学习，我跟你拼命！"

尽管从他的学习成绩看，并没有如此紧张的价值。

现在庄老师决定说了。

该让他知道所有的故事其实都有另外一种讲述，那另外存在于故事中的人，不应该被抹去名字。

只是一时竟不知从何说起。

李胜男提醒他："您就先说说酒神的故事吧，我也想听。"

"酒神啊。"庄老师沉吟了一会儿，最后说，"酒神曾经救了我们全镇人的命。"

这要从杨家镇特殊的地理位置说起。

"我们杨家镇，因为三面环山，另一面是沼泽，所以很难获得干净的水源。除了山泉和有限的几口井之外，人、畜都会到沼泽里找水，用于饮用或灌溉。这一切都是县志上有所记载的。而自从有县志以来，杨家镇负责记录的人，就是我们姓庄的一族。

"我们的祖上是贬官到这个地方的,在那个年代,贬到这样人烟稀少、瘴气发达的地方,那跟处死也差不多。当那位倒霉的先祖到了这里,心想着必死无疑了,谁知道没有死,还跟一个异族女子通了婚,生了子女,就此繁衍后代。你们有没有发现,杨家镇其实是一个多民族混住的地方?有苗族、布依族、土家族……在这里,汉族才是外来人口。

"根据县志记载,杨家镇历史上,最要紧的政务便是春季的防疫工作。每年立春以后,县府便会分发丁香、木瓜汤、桃叶、艾草等中药,制成香包,帮助大家防治疫病。

"其实,所谓的春天有瘴气,就是春天万物生长,包括微生物,导致人也容易被感染各种病。想要控制瘟疫的传播,第一禁止大家喝冷水,统统都要喝烧开的水,第二禁止用人畜粪便污染水源,只要做到这两点,很多大型瘟疫都能避免。但在那个时候,要人明白微生物是什么,无疑是一种奢求。想想巴斯德是哪一年才发现了灭菌法,而中国城市政府建议公众只喝烧开的水,那是 1934 年。在那之前,很多地方发明了自己的一套灭菌法,比如说美国,很多种植苹果的地方,大家习惯不喝水,而喝淡苹果酒作为日常的饮料。拿破仑也会禁止自己的军队喝当地的生水,而要求他们喝酒,防止他们感染疫病。"

"您的意思是,酒神靠着酿酒救了当地的居民?"李胜男问。

庄老师点头。

"我刚刚说过,杨家镇是多民族聚居的区域。当地的少数民族,能歌善舞,也善于酿酒,甚至用酒来作为日常的饮料。但是汉族的官员一到,却要禁止他们喝酒,说什么不利于礼啊,义啊的,其实呢,说白了还不就是怕人家聚众造反?禁了很多很多年,也收到了成效。直到那一年,杨家镇爆发了严重的疫病。严重到什么程度呢,县志上说家家户户都有死人,甚至连片村庄出现了绝户的现象,这应该不是夸张的。

"当地的官员束手无策之际,有一对杨姓的夫妻,到了县衙里来,说自己的药酒可以治疗疫病。"

当时,这种献策有很大的风险,因为当地明令禁止私人酿酒。但县令已经焦头烂额,又害怕说不定自己哪天也被感染,于是就采纳了他们的策略。这对夫妻要求,将已经患病的人圈在一处,住所每天用烈酒洗涤,死去的人拉到野外,身上同样浇上烈酒,焚烧尸体,而活着的人,一律不许喝水,而要喝他们酿造的一种淡酒。

这一切,用现代科学不难解释:隔离和消毒。但在当时无疑是一种创举。

"所以他们酿的应该是高度酒?"李胜男问,"是用什么酿的啊?"

"是高粱酒。"庄老师说,"我们的土地,那个气候条件,只能种出高粱。"

瘟疫终于得到了控制,但这一事件最终却还是为这对夫妻招来了灾祸。灾祸的引子,在于妻子的身份:她并非汉人,而是山寨的头人之女。

当疫病得到控制,便逐渐有一种说法流传开来:说这个头人的女儿是酒神转世,感念她救命恩德的人们,还给她修建了一座庙宇。

这种做法并不难理解，因为少数民族与汉族风俗不同，在祭拜的仪式上，经常以酒作为媒介，令陷入醉酒迷狂状态的巫人与神沟通。在平时的节日庆典上，也多用酒，酒对他们来说，既是庄严的祭祀用品，又是欢乐的承载，本来就在他们的生活中占有极为重要的位置。

但受过"存天理、灭人欲"教化的官员们，却理解不了这种文化，将之视为洪水猛兽。

互相不理解，再以强令禁止，慢慢的，冲突便会愈演愈烈。

随着杨姓夫妇威望的日渐上升，再加上当地的民众确实对一直以来的政策感到不满，甚至将瘟疫这笔账也记了官员们头上，次年秋天，便有人以酒神之名起兵造了反。

可是，少数民族虽然作战勇敢，但在武器和战斗组织上，却远远不如官兵。那场造反很快就被镇压下去，杨姓夫妇、连带着他们所有的族人，也被处了坑刑。

他们从拯救者，变成了叛逆者，为他们修建的酒神庙自然也被摧毁。继任的官员采取了更为铁腕的政策，严格禁酒，别说什么酒神了，恨不得大家连"酒"这个字都忘记怎么写。庄老师说，民族矛盾的缓和，还真的就是解放以后的事，杨家镇这个名字，也是一九五几年，当地政府听取了民众的要求，才定下来的。其实当地的建制在建国后也一直就是个镇，直到后来，因为梁承业家的酒厂兴旺，带动了一批下游产业，财政各项达到了标准，才重新升级成了县，不过这都是后话了。

"舅舅，你说的这些，不都是民间传说吗？都是真的吗？"本来在庄老师讲述中一直沉默着的梁承业，这时候终于开了口。

真希望这一切都是他们编造出来，为了卖酒的谎言啊！可是他知道,这是真的。因为是真的,因为如此残酷,所以无人敢提。

如果是谎言的话,早就已经被印在酒的宣传单上了。

"是真的。承业啊。"庄老师这时候真的还在犹豫,要不要把那件事也告诉外甥呢?他想了想,也许不要直接告诉他,还是再说一件遥远的事吧。

"就在杨姓夫妇被杀死的那年,高粱绝收了。"

整片整片的高粱地都被独脚金侵蚀,这种残忍的野草将根直伸入高粱的茎中,吸干了它们,勒死了它们——就像是另一种绞刑。

然后独脚金开出了灿烂的红花,将整个杨家镇,染成了一片火海。

"这样的灾害,在以后还有两次。一次是在临近解放前,一次是……"

别说了舅舅。梁承业在心里呐喊,不要告诉我那些可怕的事。我不想知道,我想继续无忧无虑地生活,人人都说我傻,仅仅只为爱情烦恼……

不知道是不是他疯狂的祈祷成了真,就在他们驶下高速的时候,一辆停在路边的小汽车突然掉头逆行,迎头撞上了他们。

庄老师并没有当场死亡。

当场死亡的反而是肇事者,男,北京市人,1979 年生,所驾的车辆是肇事者自有,刚刚因为家庭暴力被妻子起诉离婚。警方分析该起事件的原因是个人报复。伤者已被送往就近的医院抢救治疗。

17

女人们的秘密

尊敬的先生：

您曾经用您的高尚庇护过我们。

我听人们说，当你遇到真正的危机，需要向人求助的时候，要去寻找那些曾经帮助过你们的人，因为他们心中高贵的源泉不会枯竭，只要时机成熟，他们必定会再次向你们伸出援手。

因此我大胆地再次求助于您，并将我们的命运，再次交给您的判断。

是的，我们的命运。我们两个人，我，庄志涛，和我的妻子。她的智慧和优良品性，都百倍于我，但是她没有自己的名字。

我们在1947年6月17日登上了您的船。在那之前，我们经历过九死一生。我们从中国内陆一个混乱的省份出发，翻山越岭，又走水路，终于到达了福州，我们乘船出海，确信自己如果想要活着，就要离那片大陆越远越好。

我们逃跑的原因，是因为他们要杀死我的妻子。他们要以淫荡之名杀死她，要把她沉入水里，而这一切仅仅是因为她不愿意嫁给指定的人，她要嫁给我。

我们不能就范！我们变卖了一切，一刻不停地奔逃，几个月后，出生了十七年的妻子，第一次看见了海。我们到达了吕宋，那里种植有广阔的甘蔗，既可制作白糖，也可压榨糖蜜，酿造朗姆酒。我在森林里用砍刀辟出了一块平地，我们在那里居住，决心以酿酒为生。我们节省下每一分钱，希望能赢得立锥之地，然而，就在我们开起自己第一间真正的作坊，雇了几个工人之后，灾祸又一次降临到我们头上。

这个灾祸就像今天我们在圣地亚哥遇到的灾祸一样：当地的人说看到我们向魔鬼乞求酿酒的方法。他们要烧死我们，我和我的妻子。

港口上有您的船。我们想用所有的钱跟您换取两个船上的位置。我们想要远走，走到地球的另一边，在那里总不会再有人，挖出我们的过去，用水、用火、用死亡来威胁我们。可是我们先遇到了司务长。他原听说了我们酿酒的名声，想要跟我们买酒。然后他拿去了所有的钱！并告诉了我们一个并不光彩的上船的方法。

您想知道，为什么57度、可以点燃黑火药的朗姆酒居然会发臭，又是怎样用玉米和淡水酿出酒来吗？您现在是否也开始怀疑，那只是两个异乡人心怀鬼胎的魔术？不，绝非如此，先生。一切含有糖的生物体都能酿出酒，只要找到合适的方法，还有，存活的酵母。

不知您是否已经听说过我们酒庄的故事，不知道世界上的好事之徒，是否总有一天会将那些流言蜚语传到您的耳中。我和妻子终将死去，我们的男孩会继承这间酒庄……然而，我们给予他们的，或许并不会庇佑他们，而是会伤害他们，我们担心那秘密会缠绕着他们，然后，灾祸便追随而至。

我们应该公开这个秘密吗？它是甜美的秘密，但我的妻子说，那也是诅咒。是她坚持给您写这封信，并随信寄上您赠予我们的这块手表，因这是我们第一次感到尊重与信赖的象征，即使在最艰难的岁月里，我们也不曾有过变卖它的念头。我的妻子说，希望这块保存完好的手表，能唤起在船上的那一刻，您以富于正义感的勇气，将仁慈给予我们的时刻，那是我们生命中真正的奇迹时刻（而不是发现某种灭绝的葡萄）。也希望让您看到，我们所做的一切，均配得上这份新生，我们繁衍了生命，造福了一方，获得了财富和荣誉……但选择的时刻必将到来。

先生，您或许有兴趣的秘密，刚才我在信中一直暗示它存在的秘密，就在那只密封的文件袋中。妻子说，或许总有一天，我们的酒庄将被售卖，但那购买的对象如果来自中国，无论他的姓氏为何，请您开启那份文件，公开这个秘密。我作为妻子的丈夫，曾希望这个秘密能被永远埋葬。但妻子说，糟糕的事情总会发生，到头来我们总得仰仗他人的仁慈和高尚……不幸的是，她也总是对的。

庄志涛携妻谨上

庄恨水带着鲜花去医院访问的时候,被护士拦下了。

"先生,我们医院是不允许送鲜花的。"那个细眉细眼的女孩子轻声解释道,"因为有些患者可能对花粉过敏。"

这个要求光明正大,庄恨水想想也不好强求,只得恳求道:"那我把鲜花放在门卫处,只带几根草进去,好不好?"

走进病房时候,王扶桑正伏在床头睡着,他轻轻将一把橙香木和鼠尾草混合的叶子凑到她的鼻尖旁,她皱皱眉,醒了。

醒了第一句话:"你不是要回智利吗?怎么还没走?"

"反正要回去又何必急在一时。"庄恨水说,"这是我祖母最喜欢的两种香草。鼠尾草象征着家庭,橙香木是我们聚会时会放在水盆里给客人洗手用的,你觉得怎么样?"

"什么怎么样?"

"我是说,你昨天答应过跟我一起回一趟智利,你该不会今天就变卦了吧?"

王扶桑没有回答。

她站起身来,寻到一只没有开封的矿泉水瓶子,然后掏出随身的剪刀。庄恨水发现,她带的是那种锋利的足以剪短细小枝条的小剪刀。她先是将矿泉水打开,自己喝了几口,漱了几下,然后将瓶口又剪开一圈,迅速地修了修香草的根端,插了进去。

这一系列的动作,都有一种神秘、一种久违的优雅之感。当然,庄恨水自己对优雅的感觉就与众人不同。小时候跟祖母一起侍弄花园,祖母对着植物的根部呸呸地吐着口水,然后再盖上土,一边仍旧呸呸地吐着口水,一边用宽厚大底的钉鞋把土地踩紧实。这一套动作庄恨水也觉得很优雅——一种古老的、独特的仪式感。

王扶桑将脸埋进香草叶片中间,因为一整夜守在医院的缘故,她的脸有一些苍白。"你猜得对。我变卦了。"

虽然也是意料之中,但庄恨水也像被人照着眼睛打了一拳,差点撅了过去。"你可不能这样说话不算话啊王扶桑。"他嚷嚷道,"昨天,我提出要约,你接受要约,法律关系已经成立了,虽然是口头上的,但你也得讲点诚信是不是,你怎么说不去就不去了呢?"

"昨天是昨天。"王扶桑淡淡说。

昨天。在这一切还未发生以前。

王扶桑说,不要让她重复第三次,庄恨水当然知道这句话的厉害。下了车,未料王扶桑一言不发开始猛跑,庄恨水只好跟在后面追。

好歹是当过小混混的人,翻过围墙,躲过警察,但是追上王扶桑还是颇费了一点功夫。

到最后,他也说不清是她主动停下还是让他追上的。

她像只导盲犬一样停在了一树玉兰花下面,庄恨水收不住脚,撞了上去。

既然撞上,那么他就不客气了。

没等王扶桑骂他,他已伸展胳膊把她抱住。

暮春的玉兰花在他们身边一朵一朵地砸下来。

庄恨水感觉到,王扶桑把脸埋在他的肩头,哭了。

她哭了很久。

哭完之后,庄恨水就在路边给她买了一只西瓜。

"补补水。"

王扶桑要笑,笑出来之前,眼泪却又哗地涌了出来。

"我和王乐乐。"她哽咽着说,"我和她以前上中学的时候,要穿同一套校服,一人穿衣服,一人穿裤子。"

"对不起我可以笑吗?"庄恨水问,王扶桑踢他一脚。

"王乐乐经常偷偷把一套都穿走,因为她成绩不好,穿不上整套校服,老师总是骂她比较多。每次发现她穿着整套跑了,我就在后面追……"

说到这里,她又哭了。

庄恨水看得又难过,又好笑。

"你不是要去智利吗?"

"嗯?"

"在我们智利。"他说,"在我们智利,每个人哭都是有份额的,超过了份额的就要捉到牢里去。"

王扶桑"啪"地打了他一掌:"你以为我是三岁小孩?"

庄恨水捉住她的手:"不是骗你。我知道你很为乐乐难过,但是我很高兴你愿意跟我一起回去面对。不管结果如何,不管那份遗嘱写的是什么。"庄恨水顿了顿,"也不管到时候我们会看到什么人,他们会说什么话。我只希望你记得,你相信,跟我在一起,我总有办法让你笑的。"

昨天说这句话的时候,庄恨水还信心满满。

他怎能料到,事情在几个小时后,就会这么天翻地覆的改变?

车祸的消息是人送到医院以后,徐敏通知王扶桑的。

庄老师的颅骨凹下去一大块，人已经陷入昏迷，梁承业倒还有些意识，只是断裂的胸骨插进了肺部，距离心脏也就几厘米，人也已经推进了手术室。唯一没有大碍的是李胜男。胳膊断了一根，肋骨断了两根，手术过后，现在麻药劲儿还没过。

徐敏说，车祸发生之前，李胜男正在跟她打电话。"她说她去保定的监狱看一个做新闻的前辈，似乎说跟一家什么生物科技公司有关。你说她是不是又想讹人家一笔，我看倒是不像。"没等王扶桑接口，她又补充道，"其实你妹妹之前请我查过一个生物科技公司的信息，但是我没查，我把她骂了一顿。后来罗小川去自首了，说自己给你妹妹做过亲子鉴定，我才想起来这件事。"

"所以呢？"

"那个公司注册在国外，反正看着就像一个很普通的公司，就是那种挂一个外国名字卖保健品回国内的，你也知道那种了，有问题但不是大问题。"徐敏说，"但是这个公司的法人有问题。"

"什么问题？"

"他就是个诈骗犯，服刑几年以后出去的，哪里来的钱，又怎么有了一个公司，都不清楚。估计就是那种，靠演技吃饭，给人当了代理人吧。"

"你为什么不早点给她查？"王扶桑说，"你为什么不早点告诉她？"

"你讲点道理！"徐敏气到的样子，"不是所有人都要对你妹妹百依百顺的！"

"你给我出去！"

"你以为我还想留在这吗?"徐敏说,"我告诉你,我受够了!"

"绝交吧!"她已经走出门了,又返回来喊了一句。

现在李胜男还没有醒。庄恨水看她面色红润,呼吸平稳,忽然间有了一个大胆的想法。

他凑到她耳边,大喊一声:"起床了!"

李胜男"哇"地叫出来,然后又惨叫一声,想是大喘气累及了受伤的肋骨。

原来她早就醒了,在这偷听王扶桑和庄恨水说话。"你们俩进展得还挺快嘛。"她说,口气有些讪讪,"王扶桑,你为什么又不去智利了?"

"不想去了。"王扶桑说。

"为什么不想去了,你是傻逼吗?"李胜男道,"你不会是因为梁承业受了重伤你就想嫁给他吧,你是不是心理有毛病啊你这个人?"

"你才有毛病。"

"我这边你也别想了。我跟你说人千万不能一发生什么事情就把责任往自己身上揽。我一点都不认为我出车祸是因为帮你拍了照,和你一起打官司,你也不要这么认为。"

"别的我不敢说,但这个因果关系还是成立的吧。"王扶桑说,"那个人……"

"我小时候,我没跟你讲过我小时候吧?"李胜男躺在床上,眼睛看着天花板,嘴巴一开一合,看上去还有些滑稽。"因为我是女孩,我爸要跟我妈离婚,我妈不肯离,所以他无论找什么理由,都能把她打一顿。每次我爸打了我妈,我妈就抱着我哭,说谁让我们是女人呢?说如果不是为了我有一个完整的家早就离婚了。"李胜男闭上眼睛,"我是说,如果我被我妈洗了脑,感觉是因为我是个女孩,才让我爸变成个家暴男,那我这辈子可就完了。但是呢,我这个人从小到大,脑子都是非常好使的,后来我考上了大学我就对我妈说,根本的原因是这个男人是人渣,其次是你不该结这个婚,也不该生下我,最后错在你自己没有工作,连离婚的本事都没有,而不是因为我。"

王扶桑说:"你说的和现在的情况是两回事。"

"什么两回事?"李胜男说,"你脑子什么时候才能变得跟我一样好使呢。我跟你说,那个家暴男,就凭他怎么可能知道我什么时间会从高速上下来,还停车埋伏在那?"看着王扶桑震惊的表情,李胜男很有成就感,"肯定是有人知道了我的行踪,告诉了他,对不对?查一查有没有人给他打钱!或者查他的通话记录。你让徐敏去!"

"不是,我有点糊涂,你的意思是那个人开车来撞你们,不是报复,是有人指使的?"庄恨水问,"那个人怎么知道你们去了哪?怎么知道你们的位置?"

"肯定是一早盯上我们了。"李胜男说,"可能是盯上我。所以王扶桑,你看,如果我有一点点像你这样的念头,我就会觉得自己对不起梁承业,对不起庄老师。可我没有。我这个人特别自私。我会想,天哪,是谁让那个富二代非要赖在我车上啊?他失恋关我什么事啊?是谁的大学同学搞什么生物医药公司骗钱啊?我还觉得我是被他们连累的呢好吗?我可不是跟你开玩笑,等我爬起来我就要去索赔。"

"他们可能会死。"庄恨水说。

"那太惨了,幸好我的车全险。"

李胜男还没有吩咐,王扶桑已经跑出去给徐敏打电话了。当病房里只有他们两个人,李胜男哼了一声,对庄恨水说:"你倒不傻。"

"我别的方面可能不行,但看女人真的很在行。"庄恨水说,"我祖母说的做妻子最重要的三个条件,坚强,善良,聪明,她一样都不缺少。"

"还妻子呢,你先问问她肯不肯嫁你吧。"

"我祖父说,如果你看准了一个女人,不管她拒绝你多少次,就算把鞋底磨穿,也要追上她,把她迎进你的家门。"

"你这说的都是老土的事。"李胜男说,"我问你,你有没有听说过酒神?"

"听说过。"庄恨水说,他心想总也到了开诚布公的时刻,"我家园丁跟我说的。"

"他跟你说什么?"

"是流传很广的一个墨西哥的传说。"庄恨水道,"就说龙舌兰酒是女神 Mayahuel 的血液。差不多这样吧,怎么了?"

"王扶桑电话怎么还没打完?她什么时候变这么啰嗦?"

"你好像在转移话题。"

"总之,小子。"李胜男说,"我同意你,王扶桑是这个世界上少有的人,坚强,善良,聪明。但是……"

"但是什么?"

"每个女人都有她自己的秘密。刚才你听了我的。她也有。"

"她还有一生的时间来告诉我她所有的秘密。"

"有很多男人听到女人的秘密,就反悔了。"

"我知道那样的男人很多。"庄恨水说,"但我的祖父不是那样的人,我也不是。"

"王扶桑家的女人一直婚姻不幸。她说过永远不结婚。"

"我会改变她的想法。"庄恨水说,"或许你不相信,我的家庭教育我,爱一个女人而不跟她结婚,不是一件体面的事。"

"你打完电话了?"李胜男对着门口喊了一句。

庄恨水转头,王扶桑就靠在门口。"你都这么精神了就赶紧出院吧,你这病房还挺贵的。"她说。

"贵就贵,老娘住得起。"

"我还是会跟你去智利一趟。"王扶桑对庄恨水说,"不过你别乱想,不是你想的那个原因。"

庄恨水赶紧答应:"我从来没想过什么原因。"

"我有美签,随时可以过去。"王扶桑说,"机票我买好了,我待会要去派出所。"

"你是要去测那个了吗?"李胜男说,"也行,早测早好。"

"我才不是去测那个。是他们告诉我乐乐的死因出来了,不是他杀,是自杀,加上溶血性贫血。"王扶桑说,"这我绝对不能接受。绝对!"

18
天赋

知道王扶桑要来,小马的头又开始剧痛。

啊,那个可怕的女人。难道就没有人能治治她?他给罗小川打电话求援,物证那边回复说,罗小川在实验室里。"求求你了,她一出来你就让她到我这边来一趟啊。"小马哀求道,"我请她吃潮汕牛肉锅,啊不,请她吃什么都可以的。"

"我们都知道这绝对不是自杀。"王扶桑说,"我不可能接受这个结果。罗小川呢?我要跟她说话。"

"这个结果就是她给的啊。"小马哭丧着脸说,"你找她也没用。这是签字盖好章的了。"

"她人呢?"

"她在实验室呢。"小马说,"她这段时间被内部处分了,一直加班,接案子特别多。"

但罗小川其实不在实验室。

准确地说，她不在刑警大队的实验室，而是回到了大学，买通了学弟学妹，趁导师不在的时候偷用了实验室。

从实验室出来，她就在校园里乱走，她想起了很多的事情，尤其想到了王扶桑，想到她翻开几个醉倒的老男人的钱包，把钱分给了大家，想到她握住她的手，掌心里异样的温度。想到她自以为对她有一种常人不及的了解，但人们是如何了解另一个人呢？又是如何了解这个世界呢？很多时候，都是通过讲述，通过坚信他人对自己的诚实。

问题是，我们有时候根本分不清谎言和真相。

王扶桑说，她的妹妹身上原本有块红色胎记，但尸体上没有，所以不是她妹妹。鉴于她的态度，这句话一直被当成是无理取闹，但现在罗小川觉得，也许是真的。

庄恨水拿来发臭的酒，信誓旦旦说那是美酒，大家都以为他肯定在说谎，但其实，也许他什么都没隐瞒。

在发现王乐乐尸体的地方，红色的血，混着红色的酒。罗小川能认出那个酒瓶。但她当时什么都没说……所有的人都不会认为这和她的死有什么关联，难道喝酒也有喝死的？罗小川本来也没往那个方向想，直到她遇见了另外一件事。

她的一个远房亲戚吃蚕豆吃死了。

那是一种遗传性的溶血症，因为血液中缺乏一种酶。这个亲戚在自贡旅行时突然倒毙，当时她在饭店里喝咸菜汤，而当地人会把新鲜蚕豆磨碎，加进这种汤里。

那是一种并不罕见的病症，然而又神秘莫测。一个家族中，有人有，有人严重，有人轻微，有人吃过蚕豆却并无大碍，有人吃一颗就会立即死亡。是的，造物神奇。有人的血天生有缺陷，有人的血却能治愈疾病。一个澳大利亚男人的血液里含有天然的抗体，能够治愈新生儿溶血症，所以他一生献血了一千一百多次，救了数以百万计的孩子。科学如此发达的时代，这种抗体居然无法在实验室里合成，岂不怪哉？但自然和生命就是如此运行，大部分似乎合乎着某种规律，某种理性，却又要在不经意的细处，留下彰显自己权威的神秘。

罗小川发微信问徐敏：你跟王扶桑第一次认识的时候，是不是你在路边晕倒了？

徐敏：你怎么知道？她跟你说的？

罗小川：你是有蚕豆病吗？

徐敏：你怎么知道？

罗小川没回答。因为回答不重要，甚至她新确认的这个事实也不重要。王扶桑天生地会把一些女人聚在一起。有人以为这是她富有目的性，但也可能，就是一种单纯的天赋。

生物老师认为，王乐乐具有王扶桑没有的天赋，就是酿酒。

他不了解王扶桑。

他不了解，那个女孩可能从很早以前，就开始逃避这命定的天赋，而且用的不是王乐乐的方法——她选择了一条难走的路。

一个最具有女性天分的女人，却选择了不用女人的方式活着。

王扶桑应该和王乐乐一样，都患有这种遗传性的溶血症。

悲剧的是，王乐乐在怀孕后才开始怀疑自己的血液可能有问题。答应为自己化验的罗小川临时爽了约，于是王乐乐打开针管，试图自己进行化验，恰好又饮了酒，溶血症发作……

罗小川想给王扶桑写信。可是又不知该怎么开头。因为她语文不好，所以最后就决定只发一条很短的信息。这条信息，她写了删，删了写，无论怎样都感觉有些词不达意。

最后她这样写：王扶桑，谢谢你长久以来的帮助和照顾。

王扶桑：

谢谢你长久以来的帮助和照顾。

以前我没说过，我很感激你。因为我觉得，说出来太肉麻了。以前的我就好像自己把自己装进了小盒子里，是你把我从盒子里拉出来……一开始我也是懵懵懂懂的，但是现在，我确定，我肯定，我更喜欢走出盒子的自己。

那你呢？把我拉出盒子的你，自己是不是也有某个地方，封闭在一个小盒子里？

尤其是当你遇到悲痛的事，仍然想着要维护我，要守护我的秘密。但是现在我觉得没有什么秘密是值得这样去维护的。这一次不管我多么想为你辩护，可就是理解不了，你不认可妹妹的行为，你不配合调查的行为，你不肯验DNA的行为。我有时候觉得做人骄傲一点很好，我喜欢你的骄傲，但有时候骄傲就是一种自卑，甚至是一种犯罪。你必须对人有信心，要相信别人即使知道了你的秘密，也会一样爱你。你必须让别人参与你的悲伤，因为爱你的人有这个权利。

罗小川按下了发送键。

小马这边，只感觉空气突然安静了。外面有人敲门，说王扶桑在这里吗,有人找。

来的人是徐敏。她对小马说,你出去,我单独跟她聊一聊。见小马犹豫,她不耐烦道:"你担心什么,这屋不有监控吗?我只跟她聊几分钟。"

"我不想跟她聊。"王扶桑抗议。但徐敏已经走进来,关上了门。

"我妹妹不可能是自杀。"王扶桑说,"你不是不认识她,她那样的人怎么会自杀?"

"在你验DNA之前她还不能确认是你妹妹。"

"你心里也知道是谁害死了她。"

"你说的那个人没有杀她的动机。"

"那你把那个人的身份信息给我。"王扶桑说,"不是被你们抓的那个代理人杨总。是他招供出来他背后的人。"

"我不能向你提供公民的个人信息。"徐敏说。

"你们迟早要抓他。"王扶桑说,"只要去查,一定能查到他跟李胜男他们的车祸脱不了干系。"

"那你就等我们查。"

"等你们查到的时候他可能已经跑出国了!"

"你要相信警察,相信政府。"

徐敏一边这样说着,一边握住王扶桑的手。监控摄像头只拍下了她对王扶桑说:"你没事就快走吧,大家的时间都很宝贵。"

王扶桑打车赶往机场。

庄恨水听她一直在打电话。给护照号,你能查航班信息吗?帮我找一个能查的。对,不管多少钱,我立刻就要查到。

她展开手心的一张小纸条,念出上面的数字和字母。然后她将纸条撕得粉碎,又一次拨通了电话。

那边几乎是立刻就接了。

"你说你对不起她,是吗?什么都可以为她做,是真的吗?"王扶桑说,"那你听好。"

"我现在给你买一张去巴厘岛的机票。你不用办签证,因为是落地签。我买好以后把信息发给你。你马上赶到机场。"

在机场,过了安检之后,王扶桑奔去化妆品柜台买了一瓶爽肤水,在厕所里摔碎了瓶子。玻璃碎片,她用黑色塑料袋套起来,装进包里。过了一会儿,似乎是某个约定的时间,她取出塑料袋,放在了座位下。

"这些化妆品里都有酒精的味道。"王扶桑突然对他说,"你能闻到吗?"

"能。"庄恨水点点头。

王扶桑忽然伸手进嘴里,狠命咬了一口手指。血立刻就渗了出来,她伸出手指,往那只黑色的塑料袋上滴了一滴。

想了想,又滴了一滴。

"我们走吧。"王扶桑说,"去你的家,去智利。"

"你想好了吗?"庄恨水问。

"想好怎么样?不想好怎么样?"王扶桑说,眯起了眼睛。也许是错觉,庄恨水觉得她的眼睛里泛起蓝光,其中有杀机。

"我想你明白,王扶桑,我是私生子。"庄恨水说,"私生子知道的东西,总是比别人想象的多一点。"

"你想说什么?"

"私生子能让我们看破血统和偏见。"庄恨水说,"而且……

好吧，罗小川给我写了一封信。"

"她还会写信？"

"很短的一封信。"庄恨水说，"她问我，在知道了你惊人的天赋以后，是否还会继续像现在这样，毫无改变地信任你，并且爱你。"

"她说什么？天赋？"

"是的天赋。"庄恨水说，"她说你有培育植物的天赋，发酵面粉的天赋，还有饮酒不醉的天赋。这几样加在一起，是另一种天赋。"

"她还说什么了？"

"她还说，线粒体。"

"还有吗？"

"没了。"庄恨水说。

"真没了？"

"没了。"

"你还有没有好奇，想不想再知道点什么？"王扶桑突然掀开了额顶的头发。"你看到这个，会不会觉得很眼熟？"

一块小小的、红色的印记。

罗小川在短信里说："她提到妹妹身上有一块红色胎记。我想那就是她们遗传的标志。只不过那标志，在怀孕的时候，会消失。"

庄恨水伸手帮她把头发理好。"你不要总是这样紧张，总是要一个人对抗全世界的样子。不管你是谁，不管你有什么样的天赋也好，秘密也好，你想说就说，你想藏就藏，不管如何，你都是独一无二的王扶桑，我也都是一样的尊重你，爱你。"

天赋是个美好的词。

王扶桑记得语文老师第一次解释这个词,她说,这是上天赐予的礼物。

天赋不是人人都有。拥有的人,便是天选之人,那灼灼闪光再也无法隐藏。就像莫扎特,四岁学习作曲,六岁开始巡演,早慧震惊整个欧洲。像博尔特,平日里吃着高脂肪炸鸡,拍着胸脯跑最后一程,还是能接连拿下一百米两百米金牌。有些天赋也需要暂时地隐藏,但那种隐藏不过是种策略。像撑杆跳高女王辛巴耶娃,总是一厘米一厘米地打破自己的世界纪录,因为每打破一次,便有不菲的奖金。总之,天赋使人如此与众不同,歌儿唱得好听、跳舞跳得好看的人,便总会为自己寻找表演的舞台;长得漂亮的人喜欢拍照,腿长的人,整个夏天都会穿牛仔热裤,头发好看的人,你让她剪个短发,她能哭去半条命。

然而这个世界上有必须隐藏至死的天赋吗?

有的。

王扶桑在五岁那年发现自己有一项诡异天赋。在那之前,她知道她们家的女人都有另一项不吉利的天赋,那就是不吉利的美。这个天赋她并未继承。据说她出生的时候,医院的老护士很失望:这个孩子没有她妈妈生出来时候一半的好看!不,连十分之一的好看都没有!妈妈很失望,连看都不愿意看她一眼。但这并不是因为她不美,而是因为,这是一个不能带给她婚姻的女孩,这个孩子的出生,磨灭了她人生的希望。而五年后的现在,她的妈妈又在医院里临近生产,这是她生下的第二个没有父亲的孩子。跟姐姐不一样,这个孩子非常美丽!她像她的妈妈一样,一生出来就有乌黑浓密的胎发,嘴唇鲜红,眼珠泛着仿佛不属于汉族女子的异样的蓝光。但她的美丽也无法抵销人们的恶意,她的父亲是谁啊?回去审审你家老公……人家可是祖传的贱货!

母亲非常虚弱,仍在酣睡。外婆仍然在用一种听不懂的语言咒骂。有人说,她当初自己生了女儿,就差一点把她淹死在水缸里,年龄越大她越变本加厉,对一切性别为女的东西都有一种刻骨的仇恨。新生的小女孩躺在医院的保温箱。王扶桑在家里,没有人做饭,独自吃一个苹果。她正在换牙,苹果太硬,她必须很小心地避开那颗松动的牙齿。突然她听见有人喊:"王扶桑,你妈妈在医院,快死了,你快去看看!"这喊声与其说是同情,不如说满溢着幸灾乐祸的成分。王扶桑一惊,牙齿猛地磕断,她扔下那颗沾血的苹果,跑到了医院。

一切已经结束……妈妈被推进了手术室,外婆在病房外大哭大闹。产后大出血。人们说她再也生不出孩子了。模糊的一袋血肉,从手术室装出来。护士嚷着:"可我什么都没干啊!"王扶桑懵懵懂懂,听不出什么。后来她自己进了大学,拼命地查找资料,跟记忆中比对。那个护士后来说的是"可是这不可能啊",是的,她的母亲王艳本不该在平安生产后经历这样的大出血。但这不重要,因为之前已经有过太多的血了,之后还有很多……手术后,妈妈活下来了,但是妈妈消失了。是有人要她消失,还是她自己决心远离这个无法呼吸的地方,这不得而知。不久后外婆死在火车道的末端,一台被扳错了道岔的车头。有人说她是故意去到那里寻死的,因为她要留给外孙女一笔赔偿金,一笔能长大成人的抚养费,更因为那个地方曾经是她的家，被拆毁的妓院。没有人知道，在那座妓院之前，那个地方曾经有一座不起眼的庙宇——那里曾有过欢乐，也有过希望，直到那最后的一场大火。

王扶桑后来一直说，是自己把妹妹从医院的保温箱里抱出来的。

但那也许是她记忆的错乱。一个五岁的孩子怎么可能抱着婴儿走那么远的路……但王扶桑记得，就连每一步都清楚地记得，那条极其漫长的路，她在黑暗中默默地走完了。

婴儿端端正正地躺在灯下，她小心地确认着她额角的一块胎记。

王扶桑是一个懂事很早的孩子。她其实还有别的天赋，比如说，她可以心算数学题，可以比别人更快地背诵古诗和乘法口诀表。但是并没有人在意这些，她的身份永久是一个不检点的女人的女儿，是一个带着耻辱遗传的不祥者。五岁那年，她在灯下决定：我以后绝不会结婚，也不会生小孩。决心下定，她忽然感到了一阵难言的饥饿。

家里什么吃的都没有——除了前天她扔下的那只苹果。苹果在盘子里，已经整个腐坏了，考虑到当时是冬天，这有一点点奇怪。王扶桑端详着那只苹果。那并不是普通的腐坏。从她的牙齿印上，她的血液浸入的地方，似乎有某种液体渗出——那汁液有一种与此时不融洽的热情和香甜，生命的滋味。

王扶桑一口一口吃下了那整只腐坏的苹果。从她嘴角渗下来的汁液，滴在了妹妹雪白的小手上。从那天起，王扶桑便知道了自己的天赋，然而这是一项必须要隐藏的天赋，如有可能，隐藏到死。

19

天赋-B 面

庄国栋老师曾经是整个杨家镇最有天赋的少年。

出生在最有文化的家庭,十七岁那年,他不负众望,以全市第一的成绩,考取了协和医学院。如果从那一年看,他的人生本不该这样,在一个小小的地方中学当生物老师,如此蹉跎一生。

改变这一切的是一个女人。

然而并非因为他们之间发生了什么,而是因为那未曾发生的一切。

庄国栋不知自己是什么时候爱上王艳的。或许不该用"爱"来形容。在那个封闭的小镇,他们一起长大,毫无隔阂地生活,彼此都相信这种生活将持续到他们满头白发,到世界尽头。

现在已经没有人记得了。但她曾经也是个前途无限的女孩。那个年代不是所有人都能上大学,考上卫校的她已经算是女孩子中的尖子。上卫校的第一年，有领导来检查，学姐们看着用来解剖的尸体吓白了脸，只有王艳戴上手套上前，准确无误地摘出了领导所指的几样器官。

领导走后，老师问："你怎么会知道器官的位置？"

王艳回答："我的男朋友是医科大学学生，他给我看过他的《人体解剖学》教材。"

两人的结合本来不存在什么障碍。庄国栋生在开明之家，而女孩聪颖又优秀，医生与护士也是完美的组合。庄国栋还记得那时放假回家的激动。在电话亭排队一个小时，却又来不及互诉衷肠，每次都是庄国栋先告诉王艳自己回家的车次，然后王艳凑着那班车，比他早到一点点。

年轻人连回家的路途都舍不得浪费，在火车站里，就要相见。

然而，别离也是在车站。

那一年，暑假提前返校的庄国栋，却不管王艳如何哭嚎，都坚定地只对她说一句：我们今后只能以兄妹相称。

如今，在ICU的仪器包围下，在深不见底的梦中，庄国栋一次次回到那个暑假，一个女人敲响了他的家门，请求他为自己做一次堕胎手术。

在那之前他听说过一些风言风语，关于女人的丈夫为什么要在一起走完大半生后，非要跟她离婚。但是谁也没想到，原因居然是这个——本该已经老去的妻子居然怀了孕，把那个一生信奉唯物主义的北方男人吓破了胆。

"绝不能告诉任何人！"王艳的母亲要他发誓。庄国栋连连点头,那恐怖的印象他毕生无法忘记。

他终究还是为女人动了手术。

第二天他便买了站票返京。

王艳去车站送他。那时候王艳尚不明白发生了什么事,她虽然泼辣,但毕竟还是一个年轻女孩子,她知道发生了事情,但她不敢开口。

"兄妹相称。"

在说出这四个字时,那个女孩的痛苦,至今还深深印在庄国栋的心里。

甚至因为岁月的流逝而更加清晰。

后来关于王艳的事,庄国栋便只能听说了。

听说她在学校里穿高跟鞋,参加舞会,被算成聚众淫乱差点被抓走,是欣赏她的老师千方百计才把她保下。她不再是那个勇敢向学的少女,在她身上有什么东西消失了。

听说她加入了南下打工潮,嫁给了香港富商。

第二年却又听说那个富商是个骗子,她只得大着肚子,带着她耻辱的经历返乡,生下一个女儿,给她取了个丧气到家的名字:王扶桑。

人们说,自从生下了那个孩子,王艳就完全变了。

之前的她只能算是一个秀丽的少女,但在那之后,她变成了一个女人,绝顶美丽的女人。她的眼睛泛着夜空的深蓝色,看上去又像婴儿一样纯真。一时间,杨家镇所有的已婚女人都开始紧张自己的老公,她们真希望这个女人可以像之前那样,走得远远的,甚至开始给她介绍一些有的没的男人,但无一例外遭到了她的蔑视。

她在家乡待住的日子里,庄国栋再未返乡。

并非铁石心肠,也不是害怕与她旧情复燃,只有他自己知道,那是出于一种强烈的愧疚:他觉得这女孩的人生,是因他而毁,但他毁掉她人生的原因,又是那么卑怯,说出来会让人不齿。

因为恐惧。

因为害怕这女孩的家族是有着诅咒的恐惧。

甚至连传说中她那惊人的美丽也加重了恐惧的砝码,在愧疚的煎熬中,庄国栋却也做了一个改变自己一生的决定:在大四的时候,原本直博的他却执意改了方向——改学了生命科学。

是的,他在所做的那一台违禁的手术里,发现了用医学无法解释的,关于血液的秘密。

那么,用更加先进的科学呢?

如果一切都能解释,那么他是否能再次坦然、无愧地走到王艳的面前?

但是他却忽略了一件事。这件事,比那车站的告别更让他痛悔。

"你永远不要把这件事告诉别人。"

他应该永远保守这个秘密,然而他告诉了别人……他研究生的同学,同样有志于生命科学的青年。在实验室里讨论到昏天暗地时,他不知不觉讲出了那件事,尽管假托为邻县:请问这种现象的产生,是否因为某种生物酶的异常?用细胞生物学的方法能否解释?

但他忘了,科学对某些人来说,永远不是造福的志向,而是牟利的工具。

那个同学瞒着他,回到了他的家乡。

他很容易就找到了王艳……因为从一个年轻人嘴里流露出的话,总是有那么多的蛛丝马迹。他们总是忍不住要去谈论他们的爱人,但他们又总觉得自己很好地保守了秘密。

但庄国栋没想到他也找到了别的东西——曾经在一次运动中,所有人都以为已经被毁掉的县志。

那真的记载了女人们天赋和秘密的县志。

庄国栋是在王艳永远离开杨家镇那一年,永远回到这里的。

他亦只能凭借他人讳莫如深的描述,得知曾发生在她身上的一切。

世间最容易让人陷入疯狂的事,莫过于给一个本已绝望的人以希望,然后又将这希望再次撕碎。

王艳又生了一个孩子。

然后,她再也不能生孩子了。

似乎是难以承受女儿彻底身败名裂带来的耻辱,又或许是痛悔着自己应该在更早的时候就死去,王扶桑的外婆在那一年触轨。

她死去的地方,一小片高粱地中,独脚金开花了。灼灼的红花仿佛燃烧了整片土地,庄老师驻足停留,仿佛听见有人尖叫的声音。

那一年,杨家镇有了酒仙酒。

杨嘉是在十九岁那年知道王乐乐的秘密的。那一年,姐姐向父母告状他与王乐乐同居,断了他的生活费。王乐乐怀孕了。需要钱!很多钱。

杨嘉去卖血了。他觉得自己非常勇敢，那种为爱不顾一切的激情燃烧着他。王乐乐抱着他，一直哭一直哭。哭到最后，她忽然告诉了他一个秘密。

她当年是如何酿出梨酒的秘密。

以后的王乐乐都知道，绝对不能相信男人，也不要妄想他们的勇敢和真诚。他们总是会被女人的秘密吓死！但那是以后了。那一年，她还是一个真真正正的少女，渴望跟爱人分享所有的一切……但是当她说完，杨嘉冲到洗手间，吐了。（如果他有神魂能穿回过去，会看到另一个青年与他一模一样的恐惧。）那时他们住在一间半地下室。只有在半夜地上无人的时候，才能打开窗户透透气。整间房子都充满了他呕吐的味道，那绝对绝对，不是爱情的味道。

一切都无法挽回了。

杨嘉在后来无数次地想，如果那个时刻重来，他一定会抱紧她，告诉她无论她是什么也好，巫女也好，妓女也好，在他的心里，总是最美丽、最洁净、最神圣的人儿。又或者什么也不用说，只要抱紧她……他打印出王扶桑给他买的机票，在机场里缓慢地逡巡。

他从一只垃圾桶里掏出一只黑色塑料袋。

"我怎么知道你把玻璃藏在哪？"

"你可以闻到气味。"王扶桑说，"王乐乐酿的梨酒……那种气味。"

她没有说谎。

然而如果深深呼吸，他知道那里面隐隐透出的，是王乐乐身体的气味，她的眼泪的味道……他将再也不能拥抱她了，尽管为了能再次拥抱她,他可以做任何事,任何事!

与此同时,他的姐姐杨璐璐在噩梦中又一次重现了实验室里的场景。

红色的西瓜瓤,掩盖了红色的血迹,有一个少女趁她不备时,咬开手指在西瓜瓤的中心滴了几滴血。酒精灯挥发的气味掩盖了另一种味道,在她的试管中,始终未见糖反应的红色。

那一天的首都机场国际航站楼,当一个中年男人的颈动脉被一片锋利的玻璃片划开,那一瞬间男人想起来许多的事情。首先想起了自己的同窗好友,充满信任的少年时;想到了那个帮助他在众人面前制造了神迹的女人:只要把那一点点的试剂滴进去,蜜变成了酒。谁能想到世界上居然有如此神奇的东西……一个女人的血液。后来那个女人不见了。

在那之后,他满世界地寻找那同样的血。他听说,那样的女人总是出身于妓院……是啊,美丽、软弱而又轻信男人的女人们,除了那样的地方又能去哪里呢?他在一个个夜场里寻找,终于他找到了一个人……这一次他要小心,要将那珍贵的血脉永远占为己有。

当他自己的血流出时,他闻到一种香气。那是他踏进杨家镇的地界就隐隐闻到的香气,那香气令他魂牵梦绕,一直想要在生命中重遇。真美啊,请你再停留一下……在意识流失的短暂几秒钟里,他感到了一种漫长的满足。

如果不是全身麻醉,梁承业做梦也想不到自己会做这样的梦。他梦见妈妈要抱着自己去跳河。大姐死命拦住了妈妈:"怎么能让那个女人得逞！""可是，那个女人会酿酒。她的血就是酒。""不行，不能这样，必须想个办法！"当护士的大姐托了人。那个女人再也不能生孩子了。那一年，"酒仙酒"出现但也成为了绝唱。儿子留住了父亲，成为了全家的宝贝。他将会甜甜蜜蜜、无忧无虑地长大，直到遇见那个女孩。

那个女孩善于栽培植物，她也发现了酵母。

她将带来酒神的复仇。

在飞向圣地亚哥的飞机上，庄恨水也不止一次做梦，他梦见的是人们传说他祖父的巫术：将血液、指甲、头发，扔进火的祭坛，向魔鬼献祭。抛开那些奇诡的迷雾，其实庄恨水早已经知道真相，那不过是一个远超育龄的妇女在烧掉她的月经用纸。在梦里，庄恨水也在笑，啊，感谢现代社会，我们已经有了棉条和月经杯，有了密不透风的城市和单身公寓房。总之，一切问题都可以解决，如果解决不了，还有一个解决方式，那就是跑。

20

葡萄的新枝

开在圣地亚哥的市中心，La Piojera 酒馆一入夜总是顾客盈门。

二十年来都是如此。

尤其是近来，生意比之前还要好，因为这里来了一位新的调酒师，他就是原先百子莲酒庄的私生子庄恨水，他去到中国，学习了神秘的配方，调配出一种鸡尾酒，叫做"酒神的玫瑰"。

说到那座传奇的酒庄……真是令人遗憾，它居然在一个月之前，毁于一场大火。

而要放火烧掉它的，竟不是什么暴徒：而是死去的老庄主本人。

不要误会！并不是说那位可敬的老人死而复活。而是他留下了一份遗嘱。

另外的一份遗嘱。

这份遗嘱的内容，当然只有指定的几个人知晓。那几个人中，有老庄主的儿子，儿子那趾高气昂的老婆，还有老庄主、老夫人都最疼爱的长孙。但是，据老园丁蒂亚戈说，在场聆听遗嘱的，居然还有两个不认识的女人。一个穿着黑衣，黑色长发，长得漂亮，有一双夜空蓝色的眼睛，另一个穿着男人一样的西装，短头发，看上去总像要跟人吵架。

这些人自然不会透露任何有关遗嘱的内容。但是现在全城起码有好几百号人宣称，他朋友的朋友是当事人的亲密朋友，听他亲述过遗嘱的全部内容，并且保证绝不对任何人讲。你真的想知道吗？可否先去给我买一杯酒，我会告诉你，但你也要答应我，不要告诉任何人。在那杯酒下喉之前，人们已经喊喊喳喳讲起来了。魔鬼的配方啊，你们难道不记得？那个黑衣的女人就是魔鬼的代言人，她是来收回秘方的。那个短头发的女人是她的律师……什么，你说魔鬼不会有律师？那你可错了，魔鬼什么都有，自然也付得起一份律师费。这时候就会有人反驳，说那个短发女人根本不是什么律师，明明是庄从中国带回来的女朋友，然后大家就会为了那个女人的身份吵起来，争执中也夹杂着一些失望：为什么庄会找那么一个女朋友？不管从哪方面来看，都不是一个很有魅力的女子。他甚至从来不会带她出来跳舞！说到这里，大家又觉得，与其在这猜来想去，不如直接去跟庄自己问个明白，于是便三三两两进了酒馆。

"庄，那个女人到底是律师，还是你的女朋友？"

"都是啊！"庄回答。

看上去不是开玩笑。

有人一本正经道："找律师当老婆，离婚的时候肯定要倒霉。"

"她是中国人吗?什么时候出来跟我们喝一杯?"

这个时候,庄恨水每每想把王扶桑千杯不醉的特长公之于众,但想想还是算了。"她不喜欢喝酒。"庄恨水说,"我跟你们老实说吧,她痛恨饮酒!"

众人哄然大笑:"她痛恨饮酒,那你可要小心了!"

"你自己就是一个酒保!"

"你新调的这种鸡尾酒是怎么回事?为什么别的不叫,偏要叫酒神的玫瑰?"

庄恨水道:"你们可要小心了!这里面我加了魔鬼的药草。"

"是你那位继母的药草吧!"

"让你爹戒酒的药草。"

"他终于要去做自己想做的事情了!为他干一杯。"

是的,整件事情里最令人快慰的地方,莫过于父亲可以从深深厌倦的葡萄酒生意中解脱,去做他自己想做的事。谁能想到呢?这么多年来,他其实一直是个默默的天体物理爱好者,甚至在几个不起眼的杂志上发表过小小的论文。虽然为时已晚,但他仍准备去美国继续他的学业,而他的妻子,对此居然表示完全支持。

如果有人说,这个世界上没有真正的爱情,就看看这对夫妇吧。

提到爹和继母的时候略有一点尴尬。但这事绝不能说出去,因此只有回家以后,跟王扶桑讲。半夜庄恨水走出酒馆,无法忘记他就是在这条路上开始了一段奇异的旅程。然后他想起,今天该是那个黑衣女人——王扶桑的母亲回国的日子。

"绝对不会去送她的。"王扶桑说,"原谅她也是不可能的。"

"你也别这样,她也有她的苦衷。"

"什么苦衷能够让她丢下刚出生的女儿?"王扶桑说,"我警告你,不要慷他人之慨,这样我会很生气!"

"你生气的样子也很可爱。"庄恨水真心诚意地说,"你是全世界最会生气的女人。"

"你别这样油嘴滑舌。"王扶桑说,"我想问你,你打算怎么办呢?"

"我的心意一直也没有改变。"庄恨水说,"当然现在也没有。"

"那件事呢?"

"哪件事?"庄恨水装糊涂。王扶桑气得跳起来打他,庄恨水一边挡,一边呼痛道,"先别打死我!我这里还有你的一封信!"

"谁的信?"

"熊博士。"

"谁让你把地址给她们的?"

"不是我给的,是李胜男查的。"

"信你才怪。"

不过,王扶桑还是接过了信。

王扶桑:

大家都要我给你写信,说写一封信显得比较正式,那么我就只有勉为其难。好在我的论文已经告一段落,这有一部分要归功于你们家乡的素材，当然大部分归功于老天，它让庄老师醒了过来……总之，现在写这封信，我没有太多心理负担，也就有可能写得很长。我想你也不会在意，它总不会比你写的那些合同或者你的 CPA 教材还难懂。

虽然你没有跟我说起那边的情况，但我也大概猜到，庄家要求烧毁酒庄（其实只是他们的发酵坊），是为了燃烧掉他们血缘中的秘密。你们也许不太理解为什么一定要用火，我简单地说，这是一种仪式的流传和变形，在神话中，酒神的祭祀仪式总是和火联系在一起。

以前聊天的时候，我总是和你们说，我们要重视神话的价值。你看，这就是一个活生生的例子。庄老师提供的县志资料其实是对于神话内容的一种佐证。这段历史，以他家的祖先被贬官、从北方的都城到了百越的蛮荒之地为开始，我们可以将这视作一种父系的封建社会对母系社会的入侵。好了，接下来我换成你能懂的语言来说。

庄家祖上，因犯下忤逆之罪被贬入百越之地。中瘴气，被当地女子的药酒所救，遂娶为妻。杨镇原是女子之国，众生平等，类似近代的乌托邦。当然也有统领之人，但并不是国王，而是巫女。巫女最善酿酒，而酒与神灵相通。巫女能用体液化水为酒，饮者无不欢愉。没有婚姻制度，孩子们只知其母，不知其父。若有男子前来，便饮下巫女酿的酒，尽情欢愉。当然，所有男子中最英俊的属于巫女。巫女怀孕之时，便会燃起篝火，对月祭祀，酿出最醇厚的美酒，而土地就像能感应到这血脉的生长一般，那一年的庄稼也会格外穗实累累，牛羊下崽也胜过往年，因此虽然地处偏僻，但就近乡里仍然多有投奔，尊巫女为酒神。

所以你看，是巫女救了他，后来嫁给了他。只可能是因为强烈的爱情，而不可能是任何别的原因，她居然接受了汉族的制度礼仪，成为了他正式的妻子，并让孩子追随他的姓氏。社会结构一改变，神话的基础就不复存在。原始生命的呼声让位给了一整套规则。我们注意到以后当地历史的书写，都是以男性作为主角的。包括后来的一次少数民族起兵反抗事件。虽然制造药酒、结束瘟疫的是女性，但其实整个事件会以男性来命名，这也是你们现在地名的由来，对吧？

对我来说，整件事情最关键的地方，就是酒神的血脉是通过女性后代来传承，但是姓氏不能。再加上继承有这个血脉的女性，往往会自我意识到这其实是种危险，因此会加以掩盖，所以这个血脉就会越来越变得难以追溯。关于你可能担心（我是说可能）的你和庄恨水的血缘问题，我觉得问题不大，因为你们的上一辈可能是姑表亲，或是姨表亲。当然了，你的上上辈实际上才等于他的上一辈，造成这种尴尬现象的是你们本族的强悍生育能力，但说老实话，我并不认为这种辈分的差距有什么意义，因为你们是在地球相距最远的两个点分别长大的。

如果你还不放心的话，你可以回来，请罗小川给你们做一次基因检测。虽然这个意义可能也不大，只是一个心理安慰。

以我对你的了解，你是不需要那种心理安慰的人，不是吗？

以下是徐敏带给你的话：案件正在审理。

显然机场的救治还比较及时，也是因为嫌疑人用的凶器不够锋利：只是凑巧捡到了不知道是谁打碎又忘了拿走的化妆品。总之，他们在机场的相遇应该是一个巧合。说起来好笑，这个人自称是一家生物医药公司的老板,而且他之前做过保健品也做过房地产,但他现在最挣钱的生意,居然是在海南养猴子。他似乎在进行一些科学实验,但没有什么结果,养猴子才是他最挣钱的买卖。这个人和你妹妹见过面。但应该是另案处理。他涉及的是经济类案件,保健品传销之类,或许还有一件买凶杀人案,但确定与你妹妹的死无关。机场行凶的嫌疑人对一切供认不讳。他好像还很希望去牢里待着,世界上就是有这样的怪人。哦,这个嫌疑人你可能也认识,他叫杨嘉。

王扶桑深吸一口气,没有再看下去。庄恨水一直在小心观察着她,发现她既没有发作,也没有要把那封信点燃烧掉的架势,总算松了一口气。

如果从她妈妈点燃了火把烧掉酒庄的时候算起来,时间已经过去两个多月了。

这里现在正是南半球的春天。庄恨水有时走在路边,会想着那对经过长途跋涉终于到达此地的夫妇(或许已不能称呼他们为祖父母了),他们在这里经历的第一个春天。之前潮湿而寒冷的冬天,几乎让他们失去了一切,然而这春天是如此温暖,鲜花次第盛开,树木发出了嫩芽,人们的脸上洋溢笑容,开始讨论今年葡萄的收成。他们默默地倾听着,准备着。他们还年轻,还能互相拥抱,最重要的,是他们还拥有希望,那令人恐惧的回忆终于被抛在了身后。

先生:

当我们到达墨西哥,下得船来,您请我畅饮过那里的龙舌兰酒。您是否听过关于龙舌兰的传说？墨西哥人说，龙舌兰的汁液也就是Mayahuel女神的血液，这是主管发酵的女神，也是生殖之神。如能酿出美酒的年份，便会人畜兴旺，五谷丰登。请您不要受到惊吓，这也正是我妻子的身份。您现在知道船上的酒为何会发臭，以及土豆如何变成酒了。无论如何，我们也不能为这欺骗辩解。无时无刻，我们也想着为当时的行为赎罪。

但是当时我们必须逃走，因为妻子怀孕了。我们以为走得很远，但其实还不够远，任何流言可以抵达的地方，对我们都不安全。妻子是从妓院逃出的。本是女神，却只能沦为妓女，本可带来兴旺，却被视作不祥，这一切难道公正？更加骇人听闻的不公是，她的姨母、妓院的老鸨为了钱财，要将她嫁给一个当地的官员；而我的父亲，一个染上了赌瘾的堕落的读书人，为了钱财，逼迫我娶那位老鸨的女儿。这里面有一个母亲对女儿前途的深谋远虑，但也是可耻的交换。在她终于逃出的那晚，那个官员放火烧掉了妓院。我不清楚那里是否还有与我妻子相同的人——也许没有了吧。也许她是最后一个。希望她是最后一个。

正如您所知道的，先生，我在智利经营了酒庄。我的妻子，就像传说中的一样，不仅具有酿酒的天赋，还天生能培育珍奇的植物。神奇的葡萄就在那里，然而它能恢复繁育的能力，却是我妻子的功劳。或许不应该太过自夸，但每次想到她，我都感到由衷的骄傲。

是她让我给您写这封信……因为她已经诊断出了癌症——子宫癌。我一直怀疑，这是否跟她上一次的生产有关，当时酒庄遇到了灾害，我们不得不再生了一个孩子，从这个过程中，再次获取那种神奇的可以酿出美酒的酵母。也许有人将这视作上天的赐福吧,但对我来说,在就要失去妻子的时刻,我对这一切只有深深的怀疑,深深的厌恶。在这个世界上没有人比她更加善良,也更珍贵。她爱着自己的孩子,不忍心将财富从他们手中剥夺,但是我们终于达成了一致:这存在于血液中的诅咒,这让女人不堪重负的秘密,不能再被人利用。如果有知晓这个秘密的人再一次找到了我们,我们要做的就是将一切终结。能向您坦白一切,并将一切委托给您,我们如释重负。我们两人的生活即将结束。但是,四季仍在流转,葡萄会发出新枝,更美好的时刻也会到来。一定会到来的,妻子说。那个世界,会更善良,也更公平,不管是对男人,还是对女人。

王扶桑睡着了。
庄恨水偷偷从口袋里拿出了另一张纸。
当然,他一直跟李胜男保持着联络。
嗨。听说你身份变了。
李胜男在信中如是说。庄恨水仿佛看到了她那尖俏的、嘲讽而又精明的脸,嘴角挂着不屑的笑容。
是的,自从祖父——哦现在可能得叫父亲了——的新遗嘱公布后,大家也都知道了,远航的庄志涛的妻子也就是王扶桑外婆那一辈的姨表亲,而庄恨水是庄志涛与妻子的小儿子,他的出生,也是为了酿酒。

那么下次见面,叫你一声庄叔。哈哈哈哈让我笑一会儿。我的意思是,别管那些鬼话了。赶紧回中国吧,把那个女的也带回来。现在，那个苏醒过来的老头天天就盼着王扶桑她妈妈回来，我觉得吧，这两个人年轻的时候说不定有什么关系，不然为什么他会给她钱，要她出国去呢？这里面的事情说不清楚。我还是那句话，谁也别觉得欠着谁的。她自己妈妈的事情，怎么也怪不到你们家去，对吧？我们管好自己就不容易了，还往上追溯三代，是不是发疯？

我说，你们赶紧回来吧。我把那个姓梁的小哥也搞定了。为什么你一回中国就找他？我搞清楚了，就是王艳那个疯女人怀恨在心……你不要让王扶桑搞什么原谅，这种疯女人能原谅吗？凡事不从自己身上找原因，上扯三代，还要祸及下代。不行，要我说绝对不行。等她回来我一定想办法让她去看看心理医生。不是说你是女的就可以为所欲为，我的观点。我看王扶桑也有一段有点疯。但她战胜了自己。可见血缘这东西没有那么神奇，关键还在于自我的教育。

又及：罗小川非常担心王扶桑，主要是担心她的生命。她担心她的基因里可能有某种随时会爆炸的定时炸弹，你最好是把人弄回来，让她放心。

至于怎么弄回来就要看你的本事了，你不会连这点本事都没有吧，对吧？

应该有这个本事吧！庄恨水想。不管怎么说，如果你看准了一个女人，看准了她坚强、善良又聪明，那么就算跑到天涯海角，磨破你的鞋底，也要把她娶到你的家里。

又又及：我在云南买了一块地。你知道吗，曾经法国传教士在云南传教,苦于没有红葡萄酒。你要知道,在基督教的仪式中,一定要喝葡萄酒的,因为那是人子的血,对吧?于是他们就从普罗旺斯,不远万里带了著名的玫瑰蜜品种去香格里拉,栽种成活,酿成葡萄酒。一百多年以后普罗旺斯葡萄染病,玫瑰蜜灭绝了。是近些年,法国人才在云南发现了玫瑰蜜的存活。我调查过了,此事绝无虚假。

我的意思你应该明白?

请你展开想象的翅膀:这不是一个美好的故事吗?

图书在版编目（CIP）数据

酒神的玫瑰/ 方悄悄著. -- 上海：上海文艺出版社,2020
ISBN 978-7-5321-7478-2
Ⅰ.①酒… Ⅱ.①方… Ⅲ.①长篇小说－中国－当代
Ⅳ.①I247.5
中国版本图书馆CIP数据核字(2020)第042884号

发 行 人：陈 徵
责任编辑：江 晔
装帧设计：付诗意
封面插画：Tong_W

书　　名：	酒神的玫瑰	
作　　者：	方悄悄	
出　　版：	上海世纪出版集团　上海文艺出版社	
地　　址：	上海绍兴路7号　200020	
发　　行：	上海文艺出版社发行中心发行	
	上海市绍兴路50号　200020　www.ewen.co	
印　　刷：	上海盛通时代印刷有限公司	
开　　本：	889×1168　1/32	
印　　张：	8.75	
插　　页：	2	
字　　数：	189,000	
印　　次：	2020年5月第1版　2020年5月第1次印刷	
ＩＳＢＮ：	978-7-5321-7478-2/I.5951	
定　　价：	42.00元	
告 读 者：	如发现本书有质量问题请与印刷厂质量科联系　T: 021-37910000	